UNIVERSITY OF NORTH CAROLINA AT CHAPEL HILL

DEPARTMENT OF ROMANCE LANGUAGES

NORTH CAROLINA STUDIES
IN THE ROMANCE LANGUAGES AND LITERATURES

Founder: URBAN TIGNER HOLMES

Editor: CAROL L. SHERMAN

Distributed by:

UNIVERSITY OF NORTH CAROLINA PRESS

CHAPEL HILL
North Carolina 27515-2288
U.S.A.

NORTH CAROLINA STUDIES IN THE
ROMANCE LANGUAGES AND LITERATURES
Number 264

RAZA, GÉNERO E HIBRIDEZ EN
EL LAZARILLO DE CIEGOS CAMINANTES

RAZA, GÉNERO E HIBRIDEZ EN *EL LAZARILLO DE CIEGOS CAMINANTES*

BY

MARISELLE MELÉNDEZ

CHAPEL HILL

NORTH CAROLINA STUDIES IN THE ROMANCE
LANGUAGES AND LITERATURES
U.N.C. DEPARTMENT OF ROMANCE LANGUAGES

1999

Library of Congress Cataloging-in-Publication Data

Meléndez, Mariselle, 1964-
    Raza, género e hibridez en *El lazarillo de ciegos caminantes* / by Mariselle Meléndez.
    p. cm. – (North Carolina studies in the Romance languages and literatures; no. 264).
    Includes bibliographical references (p. -).
    ISBN 0-8078-9268-8
    1. Concolorcorvo, b. ca. 1760. Lazarillo de ciegos caminantes. 2. South America –
Description and travel – Early works to 1800. 3. South America – Race relations. 4. Sex
role – South America – History – 18th century. 5. Miscegenation – South America –
History – 18th century. 6. Mestizaje – South America – History – 18th century. I. Title.
II. Series.
F2217.C74L3936   1999
980'.013–dc21   99-33442
                                                                   CIP

Illustrations 2, 3, and 5 are reproduced by permission of the Patrimonio Nacional
(Spain). Numbers 1, 4, and 6 are by permission of the John Carter Brown Library
(Providence, RI).

Cover-illustration: *Relación histórica de un viage a la América meridional.* Jorge Juan
y Antonio de Ulloa. Detail of Illustration 4.

Cover design: Heidi Perov

ISBN 0-8078-9268-8

DEPÓSITO LEGAL: V. 4.191 - 1999

ARTES GRÁFICAS SOLER, S. L. - LA OLIVERETA, 28 - 46018 VALENCIA

ÍNDICE

ILUSTRACIONES

RECONOCIMIENTOS

La concepción de este libro no hubiera sido posible sin el reto y el apoyo intelectual de Margarita Zamora (University of Wisconsin-Madison). Su dirección a lo largo de mis estudios graduados ha nutrido mis ideas y me ha ofrecido la oportunidad de desentrañar y agotar las posibles interpretaciones de textos coloniales. Su lectura de varios capítulos de mi libro fueron también cruciales en la reformulación de mis ideas. Mi agradecimiento va dirigido también a mi colega Marcia Stephenson (Purdue University), cuyas continuas conversaciones acerca de posturas teóricas y sus lúcidos comentarios con relación a los temas explorados fueron también vitales en la concepción de mis ideas. Quisiera igualmente agradecer a Karen Stolley (Emory University), cuyos estudios sobre *El lazarillo de ciegos caminantes* sirvieron de reto e inspiración para desarrollar y profundizar en otros temas aún no explorados. Su lectura de varios capítulos de mi libro y sus comentarios en los congresos que hemos compartido han sido sumamente valiosos en la redacción de este estudio. Gracias también por los comentarios y ayuda editorial prestada por la Universidad de North Carolina y su serie en *Romance Languages and Literatures*.

Quisiera reconocer a su vez el apoyo material ofrecido por la Escuela de Artes Liberales (Purdue University), el Purdue Research Foundation y el National Endowment for the Humanities por las becas ofrecidas durante el otoño de 1998 y el verano de 1997 respectivamente. Igualmente va mi agradecimiento a la Biblioteca de John Carter Brown en Providence, Rhode Island, y a la Biblioteca del Patrimonio Nacional en España por facilitarme las reproducciones fotográficas incluidas en este libro. Quisiera agradecer también a la *Revista de Estudios Hispánicos* (Washington University-Saint Louis) por permitirme reproducir algunas de las ideas incluidas en un artículo publicado con ellos en 1995.

Finalmente, mi más profundo agradecimiento a Chris Jordan y a Lia Cristina por su tiempo, entendimiento y apoyo durante la concepción, desarrollo y finalización de este estudio. A ellos va dedicado mi libro.

CAPÍTULO I

INTRODUCCIÓN: REPERCUSIONES DISCURSIVAS DE LA IDENTIDAD EN EL ÁMBITO COLONIAL

Ya es tiempo de proponer mi sistema... Doy principio por El Cuzco, porque es la última ciudad de este virreinato o la primera que encuentran los porteños y provincianos súbditos al virreinato de Buenos Aires. Diez provincias están sujetas en lo(s) espiritual y temporal a esta ciudad y su casco, que puede contarse por otra con respecto a su comercio. *Estas once provincias son tan desiguales en gente y produc[c]ciones que no admiten comparación,* y así *he resuelto formar una imaginaria que sirva de norma* para que se arreglen las demás sin tropiezo alguno (234).

[Cada Provincia o República] Se compondrá de cuatro mil hombres útiles; esto es, capaces de servir con sus contribuciones al rey y a la patria, *no incluyéndose mujeres ni viejos decrépitos, incapaces de trabajo alguno.* De estos cuatro mil se harán dos divisiones iguales, si es posible, la una de españoles originarios y la otra de españoles naturales, *procurando se olvide el nombre de mestizos y de indios, que con tanta impropiedad se les ha puesto a éstos* (234).

Sin embargo, que en Lima se hace el mayor servicio por negros, zambos y mulatos de ambos sexos, rara casa hay que no tenga un cholo o chola. Pasan de treinta conventos completos de ambos sexos los que tiene esta ciudad, y no hay alguno que no encierre muchos cholos y cholas. En ninguna ciudad de este virreinato, y aun en todas juntas, se pierden muchas cholas que en Lima, por el mismo caso que las crían bien en lo espiritual y lo temporal. Llega una chola serrana con su pelo y su lana, esto es, con sus piojos y andrajos a la casa de una señora, quien *al instante la hace peinar, lavar y vestir su talle un nuevo vestido, la manda poner su camisa y la calza,* de suerte que la que entró dos días antes de dominquejo para espantar gorriones ya se presenta en el estrado y

13

asiste a la mesa en calidad de sirvienta y com[e] su ración al igual que las otras. *Con este trato sueltan la costra, pelechan y se ponen lustrosas, de modo que ya ellas mismas no se reconocen.* La doctrina cristiana la aborrecen y es para ella una molestia grandísima hacerlas rezar, *pero lo que no pueden sufrir es la privación de la calle, por lo que se huyen sin más motivo, y quieren más servir a un pobre por el simple cubierto, con calle a todas horas, que en la casa más opulenta con clausura* (250).

Todo cuanto llevo escrito no es más que una idea para que los señores intendentes formen un concepto de lo que deben ejecutar en cada provincia, teniendo presente que *el fin principal es el aumento de los colonos*, y en particular de los naturales, que sin fatigarse mucho pueden doblar el fruto de la labranza y cría de ganados, de donde resulta *el comercio, que es el alma y hace florecer las monarquía[s]* (292).

(Alonso Carrió de la Vandera, "Plan del gobierno del Perú" 1782, la cursiva es mía)

Aproximadamente seis años después de haber publicado *El lazarillo de ciegos caminantes* (1775-76), Alonso Carrió de la Vandera hace mención de forma directa a lo que él concebía como algunos de los problemas más graves que sufría el Virreinato de Perú a finales del siglo XVIII. En el documento titulado "Plan del gobierno del Perú" Carrió ofrece sugerencias en torno a la imperiosa necesidad de la creación de una nación homogénea en el Perú integrando los distintos grupos étnicos al sistema colonial y haciendo desaparecer los nombres de indios, mestizos, y castas, como incentivo para aliviar las tensiones sociales que se habían desarrollado en las últimas décadas del siglo XVIII, especialmente después de la insurrección de Tupac Amaru en 1780. [1] En las citas, el escritor alude a la necesidad

---

[1] El "Plan del gobierno del Perú" o como ha sido llamado por Pablo Macera "Reforma del Perú" fue un documento redactado por Alonso Carrió de la Vandera antes de morir en 1782, el cual no llega a corregir y deja en borradores. Según Macera, el manuscrito consiste de una copia incompleta a la cual le faltan las dos primeras páginas y cuya paginación ha sido alterada. La obra carecía de título por lo que él optó en llamarla "Reforma del Perú" basándose en el título que le había conferido Ramón Vargas Ugarte: "Reforma económica del Perú" (Macera 7). Macera decidió eliminar el calificativo de "económica" porque "limitaría demasiado el contenido y propósito de la obra" (Macera 7).

Roger Zapata ha sugerido que entre la "Reforma del Perú" y *El lazarillo* existe "una unidad de pensamiento" que responde al impacto de las reformas borbónicas y al deseo de "aumentar la productividad [de las colonias] para el beneficio de la Corona" (60).

de sistematizar y ordenar la sociedad colonial, denuncia la compleja constitución étnica y racial de sus habitantes que dificulta cualquier tipo de comparación, apunta a la desigualdad de los territorios la cual resulta en la necesidad de crear distintas maneras de utilizarlo eficazmente y llama la atención al rol que la mujer debe ocupar en la reorganización del estado. Por otro lado, Carrió de la Vandera denuncia la incapacidad de los habitantes, la necesidad de obliterar las distinciones raciales para facilitar un sentido de comunidad, comenta la movilidad social de las clases subalternas junto a su manipulación del sistema colonial, destaca el desenvolvimiento de la mujer fuera del espacio doméstico, hace un llamado a la urgencia de aumentar la población con fines económicos y a la visualización del comercio como alma del Imperio. Otro aspecto que Carrió menciona es la dificultad de organizar sociedades y territorios tan disímiles al punto que la única opción que le queda al escritor es ofrecer ("formar") un plan imaginado ("imaginaria") que aunque no se haya probado su efectividad esté a disposición en caso de que sea necesario.[2] Las palabras de Carrió manifiestan una apremiante inquietud por establecer un orden social, cultural y económico que contenga las prácticas divergentes de unos grupos marginados cuya diversidad racial y movilización social amenazaban las débiles y obsoletas estructuras del sistema colonial. Su preocupación se desplaza entre las coordenadas del orden y el desorden.

El presente libro estudia la dinámica de la construción de la identidad cultural del sujeto colonial elaborada en *El lazarillo de ciegos caminantes*. Se explora cómo los elementos de la raza y el género sexual se convierten en parte esencial del proyecto colonial que articula el autor a lo largo de su diario de viajes por medio de las voces de sus dos narradores: el visitador español Alonso Carrió de la Vandera y su acompañante y amanuense Calixto Bustamente Carlos Inca, alias Concolorcorvo.[3] En el contexto de este estudio me referiré a Carrió de la Vandera como el autor de la obra y como el que recoge el testimonio de los dos personajes. A Concolorcorvo y el Visitador los considero como personajes narrativos a quienes

---

[2] "Imaginaria" alude a algo "que se puede imaginar o se ha imaginado" (*Diccionario de Autoridades* 213) o a una "guardia que no presta efectivo servicio pero que está dispuesta para prestarlo en caso necesario" (*Pequeño Larousse Ilustrado* 562).

[3] La crítica peruana basada en la página titular del libro adjudicó la autoría de la obra al narrador indígena. Consúltese nota # 9 a continuación para una descripción completa de la página titular.

Carrió manipula para convertirlos en instrumentos al servicio de su postura ideológica y escudándose tras de ellos para liberarse de las ataduras a las que lo reducía su posición pública. [4] Carrió intenta integrar ambas voces narrativas para ampliar los espacios interpretativos de su obra.

Mi interés es demostrar cómo la hibridez racial y cultural que distingue a la sociedad colonial dieciochesca constituye un elemento desestabilizador para el proyecto colonialista que propone el autor; un proyecto que se destaca por el deseo de abogar por el crecimiento y la reproducción de sus habitantes y a la vez controlar sus cuerpos y territorios. El autor persigue una organización espacial y económica de la sociedad que depende de un discurso basado en los temas de la enfermedad, los estereotipos raciales, la higiene, los hábitos en el vestir, el lenguaje, las prácticas sexuales y culturales y la religión. [5] Como resultado, *El lazarillo* se convierte en un texto que intenta responder a la heterogeneidad social, racial y cultural por medio de la institución discursiva del orden. La heterogeneidad que caracteriza a lo "híbrido" se convierte en un elemento que amenaza y causa miedo. *El lazarillo de ciegos caminantes* trata sobre la obsesión de crear un orden que contenga la amenaza que las dimensiones de lo híbrido llevan consigo.

CARRIÓ DE LA VANDERA Y *EL LAZARILLO DE CIEGOS CAMINANTES*

Alonso Carrió de la Vandera nace en Gijón (Asturias) probablemente entre 1714 y 1716, pero vive la mayor parte de su vida en América. No se conoce nada sobre los primeros veinte años de su vida, excepto la exigua herencia que le dejan sus padres: Justo Carrió y Teresa Carreño Argüedes, suceso que impulsa su venida a

---

[4] Enrique Pupo-Walker ha sugerido que en *El lazarillo* existe "la presencia desdoblada de un relator histórico y otro figurado" que radica en la utilización del amanuense indígena Concolorcorvo como "*la persona* narrativa que asume el visitador" ("Notas para una caracterización" 657). Es ese "desdoblamiento presente en la imagen del relator" añade Pupo-Walker, lo que le otorga ambivalencia al texto debido a las narrraciones yuxtapuestas que proveen ambos personajes a lo largo de la obra ("Notas para una caracterización" 658).

[5] Los temas a los que se limita mi estudio no constituyen la única materia desarrollada por los narradores en *El lazarillo,* entre otras noticias se abarcan informaciones lingüísticas, comentarios sobre la arquitectura, datos demográficos, noticias de comercio, oficios, agricultura y ganadería.

América. En 1736, Carrió llega a México (Virreynato de la Nueva España) donde reside por diez años y se desempeña como comerciante. Se traslada a Lima en 1746, donde se casa en 1752 con Petronila Matute Melgarejo, descendiente de una prominente familia limeña. A excepción de un corto viaje a España en 1767, donde se ofrece a acompañar a 181 jesuitas expulsados de las regiones de Perú y Chile, transcurre el resto de su vida en Lima, donde muere en enero de 1783. En Lima, Carrió relega su actividad comercial a un segundo plano y se dedica a la función pública, ejerciendo los cargos de Corregidor de Indios, Capitán General, Alcalde Mayor de Indias, Subdelegado de los Bienes de Difunto y Visitador y Segundo Comisario para el arreglo de Correos y Ajuste de Postas entre Montevideo, Buenos Aires y Lima. Este último cargo ejercido entre 1771-1773 se convierte (según los críticos) en un elemento clave para la creación de la obra. [6]

El lazarillo de ciegos caminantes se destaca por su "carácter descriptivo, didáctico y crítico" (Díez Echarki y Roca Figueroa 761). [7] Su crítica abarca desde el señalamiento de las fallas del sistema administrativo colonial hasta la presentación de la forma de vida de los múltiples grupos sociales que constituían la sociedad virreinal. [8] Carrió no concentra su crítica en un grupo específico sino que ataca los males de todos por lo que *El lazarillo de ciegos caminantes* en su totalidad, expone como apunta Evaristo Penha "las tensiones sociales que marcaron esa etapa de la historia colonial" (213), reflejadas a mi entender en aspectos de índole racial, cultural y de género sexual.

---

[6] Entre 1777 y 1778 publica un manifiesto anónima y clandestinamente en contra del Administrador de Correos del Virreynato, José Antonio Pando, suceso que provoca en 1778 el arresto y encarcelamiento de Carrió por parte de las autoridades y el embargo de sus bienes. Pocos meses después lo dejan en libertad debido a su edad y poca salud. Emilio Carilla ofrece una descripción detallada sobre la vida de Carrió de la Vandera en su libro *El libro de los "misterios": El lazarillo de ciegos caminantes* (Madrid: Editorial Gredos, 1976) 1-19.

[7] El carácter satírico de la obra es otro aspecto que se destaca en *El lazarillo* y que ha sido lúcidamente discutido por Julie Greer Johnson en su libro *Satire in Colonial Spanish America. Turning the New World Upside Down* (Austin: Texas UP, 1993) 107-25. Johnson examina las múltiples parodias provenientes de la tradición de la sátira manipea que Carrió desarrolla en *El lazarillo* y las cuales tienen como objetivo la crítica social de los grupos marginados y el subrayar los aspectos sociales de la vida colonial desde una perspectiva económica (*Satire in Colonial Spanish America* 124-5).

[8] Según el crítico peruano Martín Adán, *El lazarillo de ciegos caminantes* es "donde primero se advierte, siempre en retórico, lo que va de costeño a serrano, o más, propiamente, de mestizo a blanco y de negro a mestizo..." (413).

El lazarillo de ciegos caminantes aparece bajo circunstancias sumamente enigmáticas: falsa autoría, falsa licencia, falso lugar de edición y falsa imprenta.[9] El libro es producto de una labor encargada
a Alonso Carrió de la Vandera de inspeccionar el sistema de correos
entre Buenos Aires y Lima para sugerir reformas que facilitaran su
eficiencia. El viaje toma lugar entre el 5 de noviembre de 1771 y el
6 de julio de 1773, de los apuntes tomados durante su recorrido y
que debían ser sometidos a los Administradores Generales de Co-
rreo,[10] Carrió de la Vandera decide redactar un libro de viajes cuya
intención consistía (según establece en el prólogo) en observar e informar a fondo lo concerniente al comercio de mulas, pero aprove-
chando la oportunidad para presentar algunas noticias históricas.
Sin embargo, su intención no se limita a informar a los caminantes
o viajeros de países desconocidos sobre el comercio de mulas, sino

---

[9] La portada de la edición *princeps* ofrece la siguiente información:
EL LAZARILLO / DE CIEGOS CAMINANTES / desde Buenos
Ayres, hasta Lima, / con sus Itinerarios según la más punt- / tual obser-
vación, con algunas no- / ticias útiles á los Nuevos Comercian- / tes que
tratan en Mulas; y otras / históricas. / SACADO DE LAS MEMORIAS
QUE / hizo don Alonso Carrió de la Vandera en / este dilatado Viage, y
comisión que tubo / por la Corte para el arreglo de Cor- / reos, POR
DON CALIXTO BUSTAMENTE CARLOS / Inca, alias CONCO-
LORCORVO Natural / del Cuzco, que acompañó al referido Comisio- /
nado en dicho Viage, y escribió sus Extractos./
CON LICENCIA / En Gijón, en la Imprenta de la Rovada. Año / de
1773.
Ya en el 1794 González Posada señala que en Gijón no existía imprenta alguna.
Federico Monjardín en 1928 lo corrobora declarando que "en aquella ciudad astu-
riana no hubo imprenta hasta que un señor Sotomayor instaló la suya en 1843"
(142-3). El hecho de que no existiera imprenta en Gijón invalida el posible permiso
de licencia que se le haya otorgado a Carrió.
Marcel Bataillon, apoyado por críticos como Emilio Carilla, Álvarez-Brun y
otros, ha demostrado que la fecha de impresión oscila entre 1775-1776 y no en el
1773 como señala la página titular de la obra. Bataillon se basa en documentos des-
cubiertos por él en el Archivo General de Indias a través de André Saint-Lu, donde
encontró una carta de Carrió dirigida a los Administradores Generales de Correos
en Madrid, fechada el 24 de abril de 1776 y donde se destacan: la exactitud de los
datos contenidos en la obra, el verdadero autor, y el número de ejemplares que les
envía. Carrió menciona también, que no fue hasta después del 1774 que decidió im-
primir la obra. Bataillon reitera que además es "difícilmente verosímil para la impresión en España de la relación de un viaje a Lima acabado hacia la mitad de ese
mismo año" (204).
[10] En la carta fechada el 24 de abril de 1776, Carrió de la Vandera ofrece una
descripción detallada de la exactitud del itinerario. Esta versión según apunta Emilio Carilla, cabe considerarse como la versión oficial de su viaje, mientras que *El lazarillo* puede reputarse como la versión personal de su recorrido (Carilla 18).

que se da a la tarea de ofrecer un cuadro de los múltiples habitantes que ocupaban las zonas entre Buenos Aires y Lima. La trayectoria del viaje oficial le sirve al Visitador como excusa para evaluar la sociedad y el territorio colonial con miras a un objetivo económico y político.

La crítica en torno a *El lazarillo* se ha enfocado en sus posibles fuentes literarias e historiográficas, los problemas de autoría y su influencia en escritores posteriores. El primer libro dedicado exclusivamente a la obra por Emilio Carilla, *El libro de los 'misterios': El lazarillo de ciegos caminantes* (1976) cae dentro de esta categoría ofreciendo datos importantes sobre las posibles fuentes que influyeron en la redacción del libro y su impacto en los escritores del siglo XIX. [11] Los estudios publicados en los últimos diez años han brindado un enfoque más diverso de la obra abarcando los terrenos lingüísticos, socio-culturales, formales, el uso de estrategias discursivas como la sátira y la ironía. [12] Un libro imprescindible que comienza a ahondar en los mecanismos lingüísticos y retóricos que caracterizan a la obra de Carrió es el publicado por Karen Stolley, *El lazarillo de ciegos caminantes: un itinerario crítico* (1992), donde se examinan las estrategias narrativas que organizan el texto y que lo convierten

---

[11] Carilla también ha publicado una cantidad de artículos en los cuales repite muchas de las ideas exploradas en su libro incluyendo una edición anotada de *El lazarillo* y publicada por Editorial Labor en 1973. El estudio representa una aportación importante en términos de los innumerables datos que ofrece en relación a las posibles lecturas de las que se sirvió Carrió para crear su obra y la relación entre ésta y su vida pública. El estudio de Carilla aunque carece muchas veces de un análisis crítico, representa una consulta necesaria al considerar las fuentes que influyeron en la redacción de *El lazarillo*.

No es mi intención en esta sección ofrecer un recuento de toda la crítica existente sobre *El lazarillo de ciegos caminantes*, prefiero referir a la tesis doctoral de Karen Stolley, *"El lazarillo de ciegos caminantes: un itinerario crítico"*, diss., Yale U, 1985, 21-49, donde de manera clara y eficiente presenta la reacción de la crítica hacia la obra desde los primeros artículos o alusiones a finales del siglo XIX hasta el 1983. Véase mi tesis doctoral *"El lazarillo de ciegos caminantes* y la metáfora del *viage* como vehículo de transgresión historiográfica, literaria y cultural"*, diss., U of Wisconsin, 1993, 13-18, donde se ofrece una reseña crítica de los trabajos publicados a partir del 1983 hasta el 1993.

[12] Véanse los estudios de Enrique Pupo-Walker, Julie Greer Johnson y Roger Zapata, los cuales son consultados en varias partes de mi libro. Un artículo más reciente es el de Patrick J. O'Connor (1996) donde se examina "la multiplicidad de lectores que *El lazarillo* suscita" entre ellos el lector viajero, el lector curioso, el político, el lector moralizante y el formalista. O'Connor concluye que el lector al que la obra se está dirigiendo es sobre todo a "un lector ahora imposible, el europeo curioso, tradicional y hambriento del siglo XVIII" (335-48).

en un itinerario crítico que dificulta "el intento de reducir la obra a una significación finita" (12). Críticos como Enrique Pupo-Walker y Julie Greer Johnson han ofrecido también estudios significativos en cuanto a las estrategias discursivas que gobiernan el texto, el primero concentrándose en la estructura narrativa de la obra y su valoración como testimonio histórico; Johnson enfocándose en el rol de la parodia y la sátira en la obra en cuanto a su utilización para retar la validez de la historiografía sobre el Nuevo Mundo y para criticar la sociedad de la época. [13] Aparte de las significantes contribuciones de los críticos mencionados y las lecturas que sugieren en torno a *El lazarillo*, la obra de Carrió sugiere también otros acercamientos que requieren de un estudio meticuloso que explore las coordenadas raciales, sexuales y culturales de las que el autor se vale para articular su posición política en torno a la situación social que gobernaba al Virreinato de Perú en el siglo XVIII.

Mi interés en el estudio de *El lazarillo* y el contexto socio-cultural en que se crea parte de la importancia del texto como reflexión de los cambios que comienzan a hacerse tan visibles en el tardío período colonial y que se desplazan en el terreno de las relaciones raciales, sociales, culturales y de índole sexual. La consciente elección de temas escogidos para el estudio de la obra surge de la importancia en examinar aquellos aspectos menos estudiados de *El lazarillo* y que ofrecen un cuadro más complejo de la red de pensamiento que articula la organización del texto que como bien ha observado Enrique Pupo-Walker, se distingue por la "dimensión pluralizada de un discurso" que constantemente le otorga "un signo equívoco a la narración" ("Notas para una caracterización" 648-9). La intención de mi estudio consiste en problematizar esos signos equívocos concentrándome en dos aspectos que representan una gran preocupación para el autor: la raza y la posición que ocupa la mujer en la sociedad. [14]

---

[13] Ambas posturas son recogidas en Enrique Pupo-Walker, *La vocación literaria del pensamiento histórico en América. Desarrollo de la prosa de ficción: Siglos XVI, XVII, XVIII y XIX* (Madrid: Gredos, 1982) 156-90; y en Julie Greer Johnson, *Satire in Colonial Spanish America* 107-25.

[14] El que me ocupe en la problemática de raza y género sexual no significa que éstas sean las únicas preocupaciones que refleja la obra. La crítica en torno a *El lazarillo* se ha encargado en estudiar los problemas de autoría, sus aspectos historiográficos y literarios, el género del que parte, la intertextualidad que subyace en la obra y las estrategias discursivas a las que apela el autor para elaborar su discurso, entre ellas, la sátira y la ironía. Mi interés en alejarme de estos temas (aunque reconociendo su importancia) surge de la necesidad de destacar aspectos no estudiados en relación a uno de los libros de viajes sobre Sur América más leídos, citados y conocidos por escritores y críticos latinoamericanos desde el siglo XIX.

El libro parte de la importancia que tiene para el entendimiento de la obra (y de la época en que se escribe) la necesidad de un análisis minucioso, hasta ahora no hecho, de aspectos tan relevantes como la raza y el género sexual y sus repercusiones en la diversidad cultural y los objetivos políticos que gobiernan la obra de Carrió. Mi análisis se aleja (aunque está consciente) del valor que tiene la obra en cuanto su construcción lingüística y su valor histórico-literario para adentrarse en la configuración socio-cultural que caracteriza el texto de Carrió y que apunta a la construcción de identidades que se destacan por operaciones exclusionarias y por su constante variabilidad. Mi acercamiento a los temas y el estudio en general, guarda un carácter interdisciplinario. La disciplina de los estudios culturales ("cultural studies"), la antropología, la historia y las discusiones teóricas sobre los conceptos de raza, género sexual y la sexualidad han nutrido mi acercamiento a los problemas discutidos en mi libro. Por último, el uso de tales posturas no busca validar las ideas que se quieren destacar acerca de *El lazarillo*, sino que son utilizadas en el sentido en que amplían las posibilidades de lectura ofreciendo nuevas perspectivas sobre la obra. Se ha tratado de crear un balance entre las aportaciones teóricas con respecto a los temas tratados y el contexto histórico cultural en que se genera la obra de Carrió, siempre permaneciendo consciente del hecho que la realidad histórica tratada en muchos de estos textos teóricos difiere de la realidad histórica a la que se alude en *El lazarillo de ciegos caminantes*.[15]

EL SIGLO XVIII HISPANOAMERICANO: PERÍODO DE CRISIS

El ambiente que rodeó la vida en el Virreinato del Perú en el siglo XVIII puede considerarse como uno de crisis, incertidumbre, ansiedad y miedo. El alto grado de mestizaje había producido una

---

[15] Walter Mignolo observa que el estudio de los legados coloniales en Hispanoamérica y el uso de teorías postcoloniales pueden ser conciliables si se toman en cuenta desde un "espacio transdisciplinario". Tal espacio permite pensar sobre la colonización insistiendo en que ésta no constituye un fenómeno homogéneo del cual se puede generalizar. Véase Walter Mignolo, *The Darker Side of the Renaissance. Literacy, Territoriality, & Colonization* (Ann Arbor: The U of Michigan P, 1995) vii-xvii. Mignolo añade que las estrategias comparativas de estudio enfatizan la noción de que las culturas no representan "entidades monológicas" sino entidades basadas en la diferencia (xiv).

heterogeneidad poblacional que cada vez se hacía más visible en las esferas del virreinato. La movilización social de la que eran testigos mujeres y hombres indígenas, mestizos, negros, mulatos y otras castas, había comenzado a empañar las marcadas categorías raciales que las autoridades españolas se habían propuesto imponer durante el proceso de colonización. Debido al cargo de impuestos a los que estaban sometidos las clases subalternas, éstos se vieron en la necesidad de escapar de los tributos por medio de la movilización racial y la adopción y manipulación de las prácticas culturales defendidas por los europeos. Indígenas que se hacían pasar por mestizos, negros que intentaban pasar por mulatos, mulatos que reclamaban ser mestizos, representaron varias de las maneras por las cuales la población marginada trató de escaparse del trabajo forzado y de las precarias situaciones económicas que los afectaban. La adopción de la vestimenta española, el estilo de cabello, la dieta, el uso del lenguaje, el reconocimiento de objetos simbólicos reconocidos por las autoridades españolas o de los parámetros de limpieza valorados por la clase dominante, constituyeron algunos de los aspectos de los cuales los grupos subalternos se valieron para lograr una movilización social (Schwartz, "Colonial Identities" 186). [16] La dificultad de identificar por el color de la piel y la manipulación del sistema colonial por parte de estos grupos, incitó a las autoridades coloniales a imponer un sinnúmero de leyes con el fin de controlar a las clases subalternas. Las leyes consistían desde decidir quién podía entrar a la universidad hasta qué tipo de vestimenta, zapatos o hábitos de comida se podían permitir. Los patrones culturales comenzaron a utilizarse como determinantes del estatus social (Campbell 325-27), mientras que las nociones de clase, estatus, raza y etnicidad se transformaban constantemente. Las mujeres pertenecientes a las clases altas inclusive comenzaron a ser también objeto de crítica por parte de las autoridades quienes denunciaron la visibilidad que ellas iban cobrando fuera de los contornos del espacio doméstico y su fascinación por el consumo de artículos de lujo.

---

[16] Silvia Rivera Cusicanqui arguye que "La amplia gama de especialidades artesanales, así como el comercio rural-urbano, el servicio doméstico y el 'amancebamiento' de mujeres indígenas con españoles, se convierten así en canales establecidos de ascenso social y sobrevivencia en el mundo colonial" (64). Rivera Cusicanqui añade que esta "ruptura con la parentela y el territorio de origen" no representó una alternativa fácil para los grupos marginados sino que significó una "opción desesperada por escapar del estigma social y las cargas fiscales" asociadas a las condiciones de su clase social (64).

Aparte de la crisis social a la cual se enfrentaba España en sus colonias aquélla tuvo que lidiar con una situación económica crítica. Desde mediados del siglo XVII la metrópoli comenzó a presenciar una baja producción de metales, un estancamiento comercial por la constante intervención de contrabando de comerciantes extranjeros en las zonas interiores del Virreinato del Perú y la competencia con la mercancía que comerciaban los ingleses, holandeses y franceses a precios más bajos. Por otro lado, la falta de comunicación entre el virreinato y la metrópoli produjo una tradición de soborno y corrupción por parte de los administradores coloniales. Estos hechos acentuaron la dificultad de España en mantener una situación económica estable que le permitiera defender sus colonias ante el flujo de la presencia extranjera, problema que se agudizó en el siglo XVIII. Como resultado, la monarquía borbónica se dio a la tarea de crear una serie de reformas que restauraran el poder español en sus colonias. Felipe V (1700-1748), nuevo monarca Borbón, decidió sentar los objetivos para lograr una administración más eficiente, posibilitar el cobro de más rentas públicas, eliminar el contrabando y mejorar la situación militar. El gran obstáculo al que se tuvo que enfrentar el monarca Borbón lo constituyó la falta de dinero para poner en vigor las reformas, especialmente cuando las minas ya no dejaban ninguna ganancia. Felipe V estableció medidas que centralizaron el poder y supervisión de las colonias en Madrid y disminuyeron el control que hasta ese momento había gozado el Consejo de Indias. Los secretarios de Estado y la elección de agentes especiales a cargo de investigar la evidencia de fraudes y abusos por parte de corregidores e instituciones administrativas ahora ocupaban los cargos de supervisar las colonias. [17]

Su sucesor Carlos III (1748-1788), prosiguió la labor de integrar las colonias más efectivamente a la Corona llegando al punto de disminuir la presencia de las élites locales (criollos americanos) en puestos administrativos y sustituyéndolos por peninsulares. Inclusive, para defender las colonias de la presencia de extranjeros, trajo militares de España lo que causó gran resentimiento en los criollos. La amenazante situación social y económica a la que estaba expues-

---

[17] Para una descripción más completa del impacto de las reformas impuestas por los Borbones en las colonias americanas durante el siglo XVIII, véase John Lynch, *Bourbon Spain, 1700-1808* (Oxford: Basil Blackwell, 1989). Un resumen más suscinto se puede encontrar en Mark A. Burkholder & Lyman Johnson, *Colonial Latin America* (New York, Oxford: Oxford UP, 1994) 234-89.

ta la metrópoli se vio reflejada en la serie de insurrecciones por
parte de las clases subordinadas que estremecieron y debilitaron el
poder político de la Corona. [18] A pesar del fuerte impulso por parte
de la Corona española por controlar sus colonias, éstas se hacían
cada vez más difíciles de gobernar debido a la multiplicidad de intereses que gobernaban a sus integrantes desde las clases más altas
(criollas) hasta las más bajas (las castas).

En el siglo XVIII, la Corona se había dado cuenta de lo poco que
conocía a sus territorios y de la precaria situación en la que se encontraba con relación al resto de las potencias europeas. El gobierno español se vio en la necesidad de conocer/controlar a sus colonias para así ordenarlas dentro de un sistema que las salvara del peligro de perderlas. Los monarcas borbones se dieron a la tarea de lo
que Silvia Rivera Cusicanqui ha llamado "una 'reconquista' del espacio colonial" (43); una "reconquista" basada en la imposición de
reformas políticas y económicas que lograran contener la incipiente
autonomía que comenzaban a gozar ciertos sectores de la población
americana. De la misma manera, el autor de *El lazarillo de ciegos caminantes* emprendió un viaje discursivo que buscaba descubrir los
problemas que caracterizaban a unos territorios que cada vez se separaban más social, política y económicamente de España. Carrió
de la Vandera intenta denunciar el caos y desorden que según él rei-
naba en la sociedad colonial. Su viaje se convierte en una metáfora
del orden que de acuerdo con él era imprescindible para controlar
el espacio americano y la heterogeneidad racial, étnica y cultural
que caracterizaba a sus habitantes. En *El lazarillo de ciegos caminantes*, la articulación de identidades de los grupos subalternos (sub-
alternidad basada en parámetros raciales, sociales y de género sexual) se convierte en un instrumento crucial para contrarrestar la
amenaza y el peligro que ellos representaban para la estabilización
del orden colonial. [19]

---

[18] La desestabilización social llegó a su máxima tensión con el levantamiento de
Tupac Amaru en 1780. Steve Stern apunta que el número de disturbios indígenas
en las zonas andinas en protesta contra las autoridades coloniales durante el siglo XVIII sobrepasa los 200. Para una discusión más detallada de algunas de estas insurrecciones ver la colección de ensayos editada por Steve J. Stern en *Resistance,
Rebellion, and Consciousness in the Andean Peasant World. 18th to 20th Centuries*
(Madison: U of Wisconsin P, 1987) 3-210.

[19] Los grupos marginados (indígenas, mestizos, negros, mulatos y mujeres de
distintos grupos raciales y clases sociales) pasan a representar en el contexto del discurso colonial lo "abyecto". Anne McClintock retomando la posición de Julia Kris-

Debido a la naturaleza económica que caracteriza a la obra en cuanto a su contexto histórico, *El lazarillo* puede considerarse y leerse como una versión anticipada de lo que Mary Louise Pratt, refiriéndose a los viajeros decimonónicos, ha llamado la "vanguardia capitalista" (148). [20] La frase se refiere a los viajes de carácter imperialista que emprendieron los extranjeros partiendo de Buenos Aires a Lima después de la independencia de las colonias españolas. La retórica que orientaba a estos viajeros era la de "la conquista" y "el logro" por lo que su recorrido destacaba la hospitalidad de los grupos aristocráticos en contraposición a la ineptitud del resto de los habitantes, que se caracterizaban por su atraso, indolencia y fracaso en no saber explotar los recursos que le rodeaban. Según esos viajeros, la sociedad de la periferia era incapaz de racionalizar, especializar y sacar máxima producción de los recursos de los territorios que habitaban. La meta del discurso de la vanguardia capitalista añade Pratt, partía de la noción de que América debía ser transformada en una "escritura de industria y eficiencia" (155). [21] Aunque en Carrió no aparece ese elemento estético que caracteriza a la vanguardia capitalista y que Pratt discute (169), *El lazarillo* recoge todas estas preocupaciones que inquietaron a los viajeros del siglo XIX. Aunque con una finalidad distinta (reformar el sistema español y evitar la presencia extranjera en las colonias), Carrió de la Vandera deseaba destacar la pereza de los habitantes de las zonas

teva sugiere que lo abyecto constituye aquellos a quienes el colonialismo niega pero sin los cuales no puede vivir (72). Sin estos grupos marginados las autoridades coloniales no pueden establecer su poder económico y político. La marginalidad no radica exclusivamente en condiciones raciales y de clase sino que abarca también cuestiones de género sexual. Por ejemplo, la mujer de clase alta puede convertirse en un ser marginal dentro de la sociedad si se toma en cuenta el papel secundario que ocupa con respecto al hombre.

Lo abyecto se refiere según Kristeva (siguiendo la teoría de Mary Douglas sobre "los márgenes") a aquello que emana de adentro y afuera del cuerpo que constantemente amenaza y perturba el orden en un sistema (Kristeva 4). Representa "un miedo" que atrae y que se trata de controlar por medio de un discurso de enfrentamiento con el "otro". La abyección trata a su vez sobre la ambigüedad que existe cuando la persona reconoce lo que lo amenaza y lo tiene en constante peligro (Kristeva 9).

[20] He traducido todas las citas que provienen de textos escritos en inglés para evitar cambios de una lengua a otra que puedan afectar la transición de ideas.

[21] Lo que dominaba al discurso de la vanguardia capitalista según Pratt, era una "consciencia planetaria". Esta "consciencia" constituía una "nueva fase territorial del capitalismo" cuyo intento era expandir el comercio a las zonas interiores por medio de la búsqueda de materiales no explotados (9). Una estrategia de este discurso consistía en la sistematización exhaustiva de la naturaleza.

del interior, su falta de habilidad en explotar la abundancia de recursos y la incapacidad de racionalizar y hacer viable un comercio de tipo local e internacional. Su meta al igual que la vanguardia capitalista, consistía en transformar el espacio americano, junto con sus habitantes, en un cuerpo de industria y eficiencia.

La lectura que propongo de *El lazarillo* sugiere que ya en el siglo XVIII Carrió visualizaba la necesidad de "re-descubrir" y explotar estas zonas del interior que todavía permanecían ignoradas por el gobierno español. Es por ello que desde el plano narrativo, el autor decide emprender su viaje en Buenos Aires y no Lima, en vez de comenzar con la ruta oficial del viaje que consistió en partir de Lima hasta llegar a Buenos Aires. Carrió decide darle prioridad a las zonas del interior aún no descubiertas o explotadas; zonas en donde la abundancia se hace peligrosa o como Concolorcorvo señala "perjudicialísima" (I 76). Su objetivo es salvar el interior de mano de los extranjeros quienes por medio del comercio ilegal ya se habían adentrado en aquellas zonas. En *El lazarillo*, el viaje, como comenta María Luisa Bastos, "apunta a afirmar la necesidad de mantener el *status quo*, no a estimular la curiosidad de posibles viajeros no obligados a recorrer los territorios inspeccionados por el Visitador" (56). El viaje de Carrió se convierte en un intento desesperado por contener unos territorios y habitantes que existían en los márgenes de la vigilancia colonial aunque sin dejar de criticar a su vez a los habitantes de las zonas urbanas.

IDENTIDAD E HIBRIDEZ EN EL DISCURSO COLONIAL

Como se ha señalado anteriormente, el rol de la hibridez con respecto a la construcción de la identidad en el discurso colonial que emiten los narradores en *El lazarillo*, constituye el objeto de análisis en este estudio. Desde un plano teórico los conceptos de identidad, hibridez y discurso colonial se distinguen por sus variados significados por lo que considero necesario discutir brevemente en qué sentido se utilizarán a lo largo del libro.

Michel de Certeau ha sugerido que la narrativa de viajes puede considerarse como "un laboratorio interdisciplinario" debido a lo móvil de su configuración y a que en él se confunden distintas disciplinas ("Travel Narratives" 222). Sería válido añadir que la narrativa de viajes le ofrece la oportunidad al viajero de modificar continuamente su discurso para lograr una agenda política y personal específica; aspecto que se hace más evidente cuando el viajero confronta un nuevo territorio y una multiplicidad de habitantes. El viaje como metáfora de movilidad se enfrenta a la presencia de diferentes alteridades convirtiéndose en un encuentro con la diferencia. Hasta cierto punto, la estructura móvil del viaje se enfrenta a la movilidad de las culturas que el viajero encuentra a su paso, convirtiéndose por ende en una metáfora de movilidad sobre la movilidad.

La dificultad que confronta el viajero colonial, al igual que los narradores de *El lazarillo*, es que para elaborar exitosamente su proyecto colonial esa movilidad debe ser contenida.[22] No obstante, el "movimiento y la multiplicidad" frustran toda lógica de reducir lo diferente a "lo mismo" (Chambers 27). La diversidad causa miedo e incertidumbre al viajero colonial al no saber hasta qué punto (o si será viable del todo) entender y controlar la diferencia, razón por la cual el escritor tiende a ver lo heterogéneo como símbolo de desorden. Esta generalización le facilita al viajero justificar el llamado (y la imposición) de un supuesto orden que elimine lo que se concibe como lo fragmentado. Al concebir la "fragmentación cultural y la movilidad" con horror (Chambers 71), el viajero se ve en la necesidad de articular identidades que controlen ese miedo y que faciliten un discurso en donde el establecimiento de un orden sea posible y justificado; situación que se hace evidente en *El lazarillo de ciegos caminantes*.

El tema de la identidad trae a colación el hecho de quién tiene el poder de definir y las razones que subyacen en ese deseo de contener al otro en imágenes determinadas que parten de objetivos políticos que persigue el escritor. La identidad, como resultado, se convierte en un acto de construcción social que se destaca por su variabilidad. Judith Butler sostiene que la importancia del estudio de "la identidad" radica en "interrogar las operaciones exclusionarias" por las cuales las identidades se construyen ("Discussion"

---

[22] Toda noción de movilidad social lleva consigo un elemento de poder. Michel Foucault sostiene que el poder está en todos lugares constituyendo "un proceso" que transforma y se refuerza y que se da en relaciones móviles (Foucault, *Power/Knowledge* 93-4). Si según Foucault, "donde hay poder hay resistencia" se podría argüir que el miedo que siente el viajero o escritor colonial ante la movilidad social y espacial, se debe a que ese movimiento acarrea consigo algún tipo de resistencia (Foucault, *Power/Knowledge* 95).

108). Mi análisis sobre la construcción de la identidad en *El lazarillo* toma en cuenta la premisa de Butler para así indagar en los objetivos políticos y económicos que conducen a los narradores a com-
prometerse en un proceso continuo de creación de identidades en
los cuales los factores de la raza y el género sexual cobran un papel
crucial. La raza al igual que el género, se convierten en atributos
cuya construcción social está intrínsecamente unida a la situación
política y cultural del Virreinato del Perú en la segunda mitad del
siglo XVIII.

El estudio de la identidad en mi libro parte del análisis de ésta
como un mecanismo de producción cultural inherente a los conflic-
tos sobre el logro de poder. Por lo tanto, a lo largo del estudio se
toma en consideración el que las identidades de los distintos grupos
sociales en *El lazarillo de ciegos caminantes* estén construidas por
una diversidad de discursos concomitantes a la posición que desea
adoptar el que tiene el poder de definir. Las posiciones de los dos
narradores los conducen a la utilización de una diversidad de discursos que se caracterizan por su "naturaleza polivalente" y que
surgen como resultado de la movilidad inherente que distinguen a
las sociedades con las cuales los narradores entran en contacto. [23]
En *El lazarillo*, la identidad se relaciona con la incertidumbre y la
inquietud que la heterogeneidad social genera y que se acentúa en
situaciones de inestabilidad, de conflicto y de cambio. La identidad
se relaciona con el deseo de subrayar las diferencias raciales, culturales e históricas que destacan a la sociedad y que de acuerdo con
los narradores provocan conflicto e inestabilidad por lo que requieren vigilancia y control. El sujeto colonial se visualiza como sugiere
Antonio Cornejo Polar, en términos de una identidad "cambiante
y fluida . . . [e] instalado en una red de encrucijadas múltiples y
acumulativamente divergentes" (20). Las distintas posiciones que
adoptan los dos narradores en *El lazarillo de ciegos caminantes* frente a la diferencia y heterogeneidad social, y que se desplazan entre
lo político, lo económico y lo administrativo, dan origen a la pre-

---

[23] Rolena Adorno ha sugerido que el discurso colonial se destaca por su polivocalidad la cual consiste en "la existencia de discursos variados y contradictorios y la
variedad de las posiciones del sujeto" en tales discursos ("Nuevas perspectivas" 14).
Alí Behdad también concibe el colonialismo como "un ejercicio discontinuo" de
poder cuyas estrategias no son uniformes o estables y que como resultado no puede
visualizarse estrictamente como una práctica estable de dominación ejercida por el
binarismo de colonizador versus colonizado (131).

sencia de diferentes discursos y a una variedad de posiciones críticas creando una hibridez discursiva que incluye discursos tan variados como el tratado, la historia, la relación de viajes, la crónica y lo poético.[24]

Karen Stolley ha sugerido la lectura de *El lazarillo de ciegos caminantes* como "un texto híbrido" (13). Stolley alude a la naturaleza narrativa de la obra, en específico a las "máscaras" que adopta Concolorcorvo a lo largo de su itinerario de viajes: viajero ilustrado, cronista y dialogante, para demostrar la naturaleza ambivalente y violenta del lenguaje (13, 59).[25] El presente estudio sugiere una lectura de lo híbrido en un sentido más amplio. Coincidiendo con Stolley, Enrique Pupo-Walker apunta que el texto puede leerse "como una pluralidad que apunta hacia significados disímiles" (Pupo-Walker, "Notas para una caracterización" 648). Mi interés es examinar la noción de lo híbrido más allá de su carácter discursivo para concentrarme en su dimensión racial y cultural. Mi postura sigue la línea de Serge Gruzinski cuando en su estudio sobre las sociedades indígenas en México durante los siglos XVI al XVIII sostiene que el proceso de colonización por parte de los españoles convirtió a la América hispánica en una "tierra de sincretismo" en una "cultura de lo híbrido" (*La guerra de las imágenes* 15).[26] Mi propósito consiste en investigar cómo las distintas dimensiones de la hibridez influyen en la articulación de identidades de los habitantes del virreinato peruano en el siglo XVIII que los narradores construyen a lo largo de la obra.

---

[24] En mi tesis doctoral se ha estudiado la manera en que la obra de Carrió transgrede los modelos historiográficos y literarios de la época para proponer una re-escritura del descubrimiento y colonización de América y a la vez una "nueva forma" de escribir la historia actual que coincidiera con las nociones de progreso de la época. (Véase nota # 11.)

[25] Karen Stolley apunta que como viajero Concolorcorvo subvierte los conceptos tradicionales del viajero del siglo XVIII, como cronista, intenta re-escribir la tradición literaria de las crónicas y en su papel de dialogante, Concolorcorvo se convierte en una especie de Calibán, el salvaje que ha aprendido a apropiarse y a manipular la lengua de su amo (19-183). Según Stolley, el narrador sufre una metamorfosis final ilustrada en el epígrafe del prólogo donde dice "porque ni soy dorado como el cedro, ni leve como la piedra pómez; me ruborizo de parecer más culto que mi señor".

[26] Gruzinski se refiere al "clima de enfrentamientos e intercambios" junto con la improvisación y la mezcla de etnias en que coexistieron indios y blancos, esclavos negros, mulatos y mestizos, provocando un "choque imprevisto y brutal" (*La guerra de las imágenes* 15).

Lo híbrido en el contexto de mi trabajo alude a tres elementos diferentes. Primero, hace referencia a su perfil racial: el ser que es producto de la mezcla de dos razas distintas, en el contexto de *El lazarillo* estos seres lo constituyen los mestizos, mulatos, gauderios y otras castas. Este tipo de hibridez como arguye Robert C. Young, se relaciona también con los diferentes efectos que la unión de "cuerpos dispares" ocasiona en la manera en que se visualiza la mezcla de razas (*Colonial Desire* 19). En el contexto colonial la hibridez se concibe como una amenaza a las claras distinciones raciales que se intentan generar en momentos de tensiones culturales. En su perfil racial, la hibridez se asocia con sociedades "imperfectamente organizadas" que no se pueden desarrollar de manera estable (Young, *Colonial Desire* 19).

La segunda connotación que toma la palabra "hibridez" en mi estudio es todo aquello que "es producto de una distinta naturaleza" (*Diccionario de la Real Academia Española* 777). Lo distinto en este contexto se refiere a las prácticas culturales ejercidas por los grupos marginados que compuestas muchas veces de un sincretismo cultural provocan su alejamiento de la posición fija en que los quiere circunscribir la voz de la autoridad colonial. Alude también a lo que se distingue por la heterogeneidad, movilidad y la diferencia. Es lo que se trata de contener debido a la visibilidad que ha alcanzado y que como consecuencia, connota una amenaza. Esta dimensión del concepto de hibridez se asocia con lo que Antonio Cornejo Polar ha definido como "la configuración diversa y múltiplemente conflictiva" que distingue a la cultura hispanoamericana colonial y que llega al punto de convertirse en un elemento desestabilizador (13).[27]

Por último, una de las preocupaciones centrales de este libro es prestar atención a las formas en que los grupos subordinados desestabilizan los parámetros ordenadores establecidos por el sistema colonial. Mi interés es estudiar aquellos momentos en que la presencia del colonizado se aparta del comportamiento que esperan los narradores llegando en algunos casos a cuestionar o retar el sistema que

---

[27] Antonio Cornejo Polar indica que el concepto de "culturas híbridas" constituye un macroconcepto que apunta a la "heteróclita pluralidad" que definirá a la sociedad y cultura hispanoamericana desde la época de la colonia y que abarca otros conceptos como literatura transcultural, literatura otra, literatura alternativa y literatura heterogénea (12).

se les ha impuesto. Es aquí donde entra en juego la última dimensión de la hibridez. La hibridez en este contexto representa lo que Homi Bhabha ha denominado como el momento en que el colonizado a la vez que es simultáneamente reconocido fuerza a la autoridad colonial a visualizarlo como lo diferente (112). El reconocimiento de la diferencia o lo inesperado causa incertidumbre en quien se cree con la autoridad de definir y nombrar ya que los subordinados parecen escapar de la vigilancia colonial convirtiéndose en un elemento perturbador. La hibridez por ende, constituye una problemática de la representación colonial por la cual los conocimientos negados entran en el discurso dominante y afectan las bases de su autoridad, sus reglas de conocimiento (Bhabha 114). La siguiente noción de hibridez nos permite entender que las diferencias entre las culturas no constituyen elementos fácilmente clasificables sino que guardan consigo ciertas contradicciones y problemas. Sin embargo, el hecho que estas contradicciones existan no significa que la hibridez siempre sea subversiva o transgresora debido a que la aparición de momentos híbridos pueden ser manipulados en un texto con el objetivo de justificar la necesidad de la presencia de la autoridad colonial.

Una vez dejado claro las implicaciones que tiene el concepto de hibridez en el contexto de mi investigación considero oportuno ofrecer al lector una breve descripción sobre el material discutido en cada capítulo y los objetivos que se persiguen en cuanto a su asociación con la problemática de raza y género sexual en la obra a estudiarse. El segundo capítulo del libro se centra en la articulación de la identidad indígena y mestiza. Se estudia el miedo a la función desestabilizante que producen las prácticas religiosas, lingüísticas y sexuales indígenas, en el proyecto de expansión económica del europeo. Se discuten las razones por las cuales los narradores enfocan sus descripciones en los temas de la sodomía, la manipulación del lenguaje y la religión como un intento de controlar el espacio que ellos ocupan. El capítulo finaliza con un análisis de Concolorcorvo, supuesto "indio neto", como el epítome por excelencia de inestabilidad racial y cultural. El tercer capítulo se enfoca en la imagen de los gauderios o gauchos examinando la manera en que la identidad de ellos es construida en términos de nociones de espacio. El recorrido por las zonas del interior sirve como excusa para examinar las prácticas culturales de los gauderios y su falta de manejo y utilización del lugar. Se presta atención a la medida en que ese espacio se ve dotado de relaciones sociales en las que el elemento del desorden es destacado y en donde el viaje es visualizado como metáfora del orden. El cuarto capítulo está dedicado a los mulatos, negros y zambos. Se estudia la manera en que ellos se convierten en parte de un discurso donde el tema del desorden y el peligro adquiere gran relevancia. La articulación de la identidad va dirigida a condenar la visibilidad que ellos comienzan a cobrar en la sociedad colonial y las maneras en que manipulaban el sistema impuesto. Se demuestran además, las implicaciones que tiene el que la imagen cultural que se produce de los negros esté basada en estereotipos que varían desde lo salvaje, lo inútil y lo sucio. El libro concluye con un capítulo donde se examina el rol que ocupan los hábitos del vestir, las prácticas sexuales, la higiene y la enfermedad en la articulación de la identidad de las mujeres en el Virreinato de Perú. Se cuestiona la intención que persiguen los narradores en centrar su discusión en mujeres de distintos grupos raciales y clases sociales y el hecho que se ubiquen en determinadas ocasiones fuera del espacio de lo doméstico. Se ilustra cómo la mujer se hace sinónimo del espacio americano el cual es reflejado en un cuerpo que debe ser controlado debido al caos y desorden que trae consigo. Su visibilidad social y sus prácticas culturales y sexuales se conciben como fuerzas potencialmente transgresoras y perturbadoras.

Debido a la naturaleza dinámica de la sociedad colonial es difícil establecer una marcada división de capítulos en donde los grupos subordinados se vean completamente separados el uno del otro. Aunque cada capítulo intenta analizar detenidamente a un grupo marginado distinto, la naturaleza móvil de su compartamiento provoca que en determinadas ocasiones se haga referencia a los otros grupos. Las alusiones a la mujer negra, mulata, gaucha o indígena, por ejemplo, no están circunscritas estrictamente al último capítulo sino que aparecerán aludidas en distintas partes del estudio. Por lo tanto, los capítulos tratan de temas que se entrecruzan y que por la naturaleza de su hibridez son difíciles de contener en un solo marco analítico. Mi estudio también busca dejar claro las conexiones existentes entre *El lazarillo de ciegos caminantes* y el contexto histórico-cultural en que se produjo, como resultado, el análisis va acompañado de la discusión de documentos legales de la época, periódicos y libros de viajes que influenciaron o de alguna manera coincidieron con lo representado en la obra de Carrió de la Vandera.[28] Mi objetivo no radica únicamente en establecer la importancia de *El lazarillo* como un texto que refleja las marcadas preocupaciones que caracterizaron a las autoridades coloniales y su deseo de controlar una sociedad multiracial que cada vez se hacía más difícil de contener, sino que también intenta ofrecer un análisis socio-cultural del siglo XVIII; un siglo poco estudiado y sin embargo, crucial para entender las motivaciones que dominarán las guerras de independencia en Hispanoamérica y los procesos de formación nacional.

---

[28] En este sentido coincido con Margarita Zamora cuando señala que los acercamientos críticos a los textos coloniales deben tener en cuenta el contexto sociocultural en que estos últimos se produjeron para de esa manera determinar su función cultural original (343).

CAPÍTULO II

EL INDÍGENA COMO ELEMENTO DESESTABILIZADOR: RELIGIÓN, LENGUAJE Y SODOMÍA

> No son terribles los *Indios* por su valor, como lo son por sus ale-
> vosías y las astucias de que se valen para cometerlas.
>
> No es posible apartar a esta *Nación*, después de tantos años de
> reducidos, de sus antiguos usos y costumbres, y si se intentase re-
> sultarían mayores inconvenientes, pues de prohibirlo en una
> parte pública las juntas, irían a tenerlas de noche á los parages
> retirados donde no fuese averiguable lo que discurrían en ellas.
>
> (Antonio de Ulloa, *Noticias americanas* 1772)

En el siglo XVIII, las prácticas culturales como el hábito del vestir, los ritos religiosos, la dieta y la escritura, fueron algunas de las
vías por las cuales el sujeto colonizado y el colonizador confronta-
ron y negociaron los sistemas de poder en lo que Mary Louise Pratt
ha llamado "zonas de contacto". Las zonas representan espacios sociales donde culturas dispares se encuentran, confrontan y luchan
en relaciones asimétricas de dominación y subordinación (Pratt 4).
En estos encuentros y desencuentros los sujetos (colonizado y colonizador) son constituidos a través de sus prácticas diarias y las normas establecidas por el sistema colonial. Las relaciones en estas
zonas se distinguen por su carácter interactivo e improvisador
(Pratt 7). La resistencia, adaptación, acomodación y creación, forman parte de las relaciones entre colonizado y colonizador en las
zonas de contacto. Como resultado, los encuentros coloniales se
destacan por procesos multilaterales en donde la cultura de los sujetos coloniales está propensa a continuos cambios.

El proceso de transculturación representa un fenómeno que
surge en las zonas de contacto y que facilita al colonizado desestabi-

lizar la autoridad del sistema colonial. [1] Lo facilita en la medida en que selecciona, transforma e inventa. La sustitución de lo nativo por lo europeo no representó un proceso inocente y pasivo. [2] Las sociedades indígenas se acomodaron a las formas colonizadoras para su propio beneficio. La adaptación, transformación y creación por parte del colonizado estuvo motivada por la necesidad de subsistir económicamente, conservar la memoria de su pasado, defender sus territorios, defenderse legalmente o reaccionar a situaciones completamente ajenas a su cultura. Es en el terreno de lo religioso donde estos fenómenos adquieren sus más variadas formas. Como observa Rafael Vicente, aunque la religión sirvió para someter al indígena, a su vez representó un vehículo que les permitió a éstos retar la autoridad colonial (7). [3]

El propósito de este capítulo es estudiar la naturaleza del lenguaje, el cristianismo y el discurso de la sodomía en las zonas de contacto y su impacto en la articulación de la identidad del colonizado que intentan llevar a cabo los narradores en *El lazarillo de ciegos caminantes*. El objetivo es demostrar cómo el interés de otorgar una identidad al nativo cumple la función de controlar el espacio del "otro". El miedo a la función desestabilizante que producen las prácticas religiosas, lingüísticas y sexuales del indígena en el proyecto nacional y de expansión económica del europeo, le inducen a cuestionar la manipulación, desarticulación y transgresión que el indígena ha llevado a cabo en su adopción del cristianismo. Esta crítica deja ver el deseo del viajero/europeo en controlar lo incontrolable debido a la amenaza que las prácticas culturales del colonizado representan para el proyecto colonialista del europeo. Los temas del lenguaje y la sodomía se convierten en dos aspectos cruciales para la agenda política y económica que emprende el autor a lo largo de la obra. Ambos se conciben como elementos peligrosos que deben ser controlados para garantizar un orden en la sociedad colonial. La sodomía y el lenguaje pasan a formar parte de un dis-

---

[1] Mary Louise Pratt considera la transculturación como un fenómeno de las "zonas de contacto" (6). Este concepto originado por Fernando Ortiz, añade Pratt, alude a la manera que los grupos marginados o subordinados seleccionan e inventan con los materiales transmitidos a ellos por el colonizador (6).

[2] Véase Serge Gruzinski, *La colonización de lo imaginario* 62.

[3] Vicente añade que el catolicismo le proporcionó al indígena "un lenguaje para conceptualizar los límites de la dominación colonial" (7). Quisiera agradecer a Mary Louise Pratt (Stanford University) por la sugerencia del estudio de Rafael Vicente.

curso religioso que ulteriormente se desplaza al terreno de lo económico. Finalmente, se ilustra cómo la manipulación de la religión
y del lenguaje por parte de los indígenas y mestizos subraya hasta
qué punto la identidad es afectada por la multiplicidad e induce a
que un sujeto se presente como subordinado en una posición y dominante en otra. El "agente social" (en este caso el indígena o el
mestizo) está constituido por una serie de posiciones ("subject posi-
tions") que nunca pueden ser totalmente fijas por lo que en *El lazarillo* el sujeto indígena y el mestizo son articulados como parte de
una "estructura discursiva inestable" ya que están sometidos a una
variedad de "prácticas articulatorias" (Mouffe 372-3). El capítulo
cierra con un análisis de la figura de Concolorcorvo para demostrar
cómo él se convierte en epítome de una identidad indígena cuya
posición fluctúa entre una serie de posiciones articulatorias que
producen esa "discursividad inestable" de la que habla Chantal
Mouffe.

LA LENGUA EN EL ÁMBITO DE LO RELIGIOSO: ESTRATEGIAS DE MANIPULACIÓN

El camino recorrido por los viajeros en *El lazarillo* se convierte
en un espacio donde los narradores se enfrentan a la presencia del
"otro". Durante su viaje ambos se transforman en testigos y subse-
cuentemente en intérpretes de las prácticas de los indígenas. El
comportamiento de los nativos en las zonas de contacto no es pre-
decible y en muchas ocasiones los viajeros-narradores no presencian lo que desean ver. Los narradores confrontan momentos de
inestabilidad que dificultan cualquier intento de homogeneizar al
"otro" y es en esos momentos donde se invierten, retan, repudian,
cuestionan y transforman los procesos de dominación de la autoridad colonial. Estos momentos o "signos de hibridez", originan la
deformación y desplazamiento de las prácticas de dominación y
discriminación por lo que la autoridad colonial acude a prácticas
discriminatorias de índole cultural y racial para contrarrestar la
amenaza que representa lo diferente (i.e. el "otro") (Bhabha 112).
El colonizado por lo tanto fuerza al colonizador –o el indígena al
viajero– a reconocer la diferencia proliferante lo que a su vez produce incertidumbre en el discurso de poder que intenta proyectar
el viajero.

Por medio de la hibridez el indígena entra en el discurso del viajero para desarticular las reglas de reconocimiento anunciando así lo impredecible de la presencia del "otro". El discurso colonial es por consiguiente un efecto: se hace se deshace, forma y transforma; en la medida que el "otro" no es capaz de garantizar la autoridad y el poder total del colonizador; y el colonizador no puede garantizar la visión del "otro" como lo estable y transparentemente descifrable. En *El lazarillo de ciegos caminantes* la representación del "otro" en el terreno de las prácticas religiosas produce la imagen de lo inestable y desestabilizador. Representa el terreno en donde el deseo por parte del autor de lograr un control discursivo del "otro" se ve envuelto en un proceso continuo y multiforme, donde como bien señala Antonio Cornejo Polar, se vislumbra la índole de la identidad "cambiante y fluida" que distingue al sujeto colonial (20).

El retrato de los indígenas en *El lazarillo de ciegos caminantes* adquiere una naturaleza multiforme y en ocasiones contradictorias, lo que se debe a la índole del territorio que recogen. Desde Buenos Aires a Lima los viajeros se encuentran con una multiplicidad de grupos y distintos grados de mestizaje. Los narradores a pesar de criticar la poca fe, malicia, abuso de la bebida, cobardía, las trampas y ociosidad de los indígenas, son capaces de reconocer que los más civilizados se destacan por su talento en las artes y las ciencias, su valor y tesón, su obediencia y sentido de ley, y su dominio estratégico de la lengua castellana. El autor por medio de la manipulación de la voz narrativa del Visitador y en determinadas ocasiones Concolorcorvo, señala la necesidad de que los indios sean parte integral del desarrollo económico bajo la imposición de reformas que eliminen la alienación en que han vivido por tantos años. Estas reformas están intrínsecamente relacionadas con el aspecto religioso y buscan facilitar un control de la población indígena que facilite su eficiencia dentro del sistema.

Al hablar de los indios de la sierra el Visitador señala que debido a la disposición de los terrenos, éstos carecen del "pasto espiritual" y en muchas ocasiones "mueren como bestias" (XVIII 322). [4]

---

[4] Con serranos, el Visitador se refiere a los indígenas que habitan en la sierra o han nacido en ella. El Visitador no menciona explícitamente a qué parte de la sierra alude. No obstante, si se sigue la trayectoria del viaje, el lector se da cuenta que en el momento en que el Visitador habla de los serranos él ha llegado a la zona del

La falta de conocimiento religioso y desidia constituye un "mal irremediable" en la sierra (322). La imagen de los serranos se resume como una "pobre gente" grosera que vive en las "soledades sin más trato que el de las bestias", sin comerciar con "los que hablan el idioma castellano" porque "apenas entienden los signos y procuran ocultarse de qualquiera español o mestizo que no les hable en su idioma, y *los consideran como nosotros a ellos, por bárbaros*" (XVIII 323, cursiva mía). El Visitador se apoya en una cita de Ovidio del *Tristium* donde señala "Barbarus hic ego sum quia non intelligor ulli" ("Aquí soy bárbaro porque nadie me entiende").[5] Un elemento que se destaca de la descripción anterior es el relativismo que guarda el concepto de barbarismo en la sierra. La ambigüedad constituye uno de los momentos en donde el colonizado desarticula las reglas de conocimiento del colonizador convirtiéndose éste último en el "otro". En este momento de inestabilidad, el Visitador procede a argumentar que cuando se está en tierra extraña y no se habla la lengua del nativo se es bárbaro. El pasaje resalta la dificultad que guarda la recepción de lo ajeno en el europeo, y cómo hay que tener cuidado con toda representación que se ofrezca de la otredad, porque como sugiere Michel de Certeau, tanto el que se da a la tarea de representar como el representado, ambos son los "otros" ("Montaigne's 'Of Cannibals'" 79).

El Visitador utiliza también el concepto de barbarismo, en la connotación de salvaje para indicar el peligro y el miedo que representa el que los indios en las zonas periféricas se desplacen en el terreno de lo militar. En el capítulo XIX el Visitador indica que "los indios bárbaros. . . se burlarán de las vanas diligencias de los españoles, que no pudiendo defender los sitios, los abandonarán" (334). El Visitador explica que los considera bárbaros porque no están sujetos "a leyes ni magistrados, y que finalmente viven a su arbitrio, siguiendo siempre sus pasiones" (XIX 334). Su concepción de barbarismo refleja su obsesión por controlar a los habitantes de las zonas perifé-

---

Cuzco donde ha comenzado a ofrecer su descripción de la capital del imperio incaico y sus habitantes. Más adelante hace alusión a que "la salida del Cuzco para Lima es penosa" (XXI 354). El narrador tampoco indica qué parte específica de la sierra habla, si se refiere a la zona más alta (la puna) o a las partes más bajas. Solamente menciona que estos indígenas "aprovechan algunos trozos de tierra menos estéril en laderas y quebradas" (XVIII 322).

[5] La traducción proviene de la edición de *El lazarillo* utilizada en mi estudio y a cargo de Antonio Lorente Medina (Madrid: Editora Nacional, 1980).

ricas (indios pampas y del Chaco). Su intención en aludir al barbarismo de los indígenas pretende justificar su postura que en aquellos lugares es necesario un establecimiento del orden el cual se debe poner en vigor por medio de la presencia de las autoridades coloniales.

Otro aspecto que introduce el Visitador con relación a los indios de la sierra es cuán sospechosos son "en cuestiones de fe y esperanza" (XVIII 320). El narrador ofrece una razón indirecta que explica en qué radica ese elemento sospechoso, el cual se debe a la falta de sinceridad de los indígenas en el terreno de lo religioso. El Visitador comienza estableciendo que las mujeres son tan vengativas hasta llegar a lo inhumano, aunque ellas luego asisten a misa y se muestran muy sensibles hasta el punto de llorar. La sospecha sobre su supuesta fe se introduce cuando el Visitador comenta sobre el tipo de castigo que sufren los indígenas cuando no concurren a la iglesia. A las mujeres se les castiga pegándoles "de la zintura para arriva, y a los hombres para abaxo" (XVIII 321). Con este comentario el Visitador sugiere que probablemente la única razón por la cual los indígenas asisten a misa y las mujeres se muestran más humanas, es porque son llamados por listas y en caso de no aparecerse son víctimas de un castigo violento adjudicado en las partes genitales más sensitivas y visibles. Los indígenas acuden a la iglesia para salvarse de los castigos y no necesariamente por motivos religiosos. Lo que se destaca en el pasaje es cómo la fe religiosa es manipulada por los indígenas para así salvarse de los abusos físicos perpetrados contra ellos.

No obstante, el Visitador no se molesta en señalar la razón por la cual varios grupos indígenas habían escapado a la sierra y vivían en condiciones de desolación. Testimonios históricos de la colonia ponen de relieve que los abusos de los conquistadores obligaron a los indígenas a escapar a las sierras para evadir los sistemas de opresión.[6] La sierra representó un espacio de seguridad para los indíge-

---

[6] En *Yawar Fiesta*, José María Arguedas menciona que en los tiempos coloniales la sierra pertenecía a los indígenas: "Vivían libremente en cualquier parte. . . la puna era de los indios; la puna, con sus animales, con sus pastos, con sus vientos fríos y aguaceros. Los mistis le tenían miedo a la puna, y dejaban vivir allí a los indios" (II 25). Sin embargo, los mistis poco a poco comenzaron a apropiarse de las mejores zonas y fueron empujando a los indígenas a las zonas más altas y ásperas. Arguedas añade que en condiciones no acostumbradas a las formas de vida anterior a la Conquista y alienados del resto de las comunidades, los indígenas se vieron obligados a vivir en condiciones salvajes: "En lo alto, junto a las granizadas, envueltos por las nubes oscuras que tapan la cumbre de los cerros, el encanto de la puna los agarraba poco a poco. Y se volvían cerriles" (II 30).

nas debido al miedo y dificultad que los europeos sentían ante estas
zonas tan poco familiares para ellos. En el caso de las mujeres se es-
capaban a la puna por el miedo que tenían a los abusos cometidos
contra ellas en las reducciones y allí cultivaban el ganado, no se
confesaban y no tenían conocimiento de quiénes eran sus curacas;
su huida a la puna representaba una especie de "resistencia cultural" (Silverblatt 177-9). [7] En suma, el Visitador prefiere omitir por
qué las mujeres en aquellas zonas eran tan "vengativas" según su
perspectiva, y por qué los indios de la sierra eran tan sospechosos
en "la fe y la esperanza, y totalmente sin charidad" o más aún, las
razones por las cuales preferían vivir en un estado de alienación
(XVIII 320). Los indígenas habían aprendido desde su marginalidad a manipular el sistema y la religión colonial porque representaba la única salida para su sobrevivencia. La marginalidad se convirtió en un espacio de resistencia.

Para combatir el mal que permea en la sierra, el viajero español
sugiere que un elemento esencial es que se les enseñe la lengua castellana para que olviden sus antiguas costumbres, "...porque por
medio de los cantares y cuentos conservan muchas idolatrías y fan-
tásticas grandezas de sus antepasados, de que resulta aborrecer a los
españoles considerándolos como tiranos y única causa de sus mise-
rias" (XVIII 324). El Visitador arguye que por estas razones "se
debía poner el mayor con<n>ato para que olvidasen enteramente
su idioma natural" (XVIII 324). Una "hazaña" que de acuerdo con
él, sólo "los señores curas la pueden executar con gran facilidad"
(XVIII 324). Éstos deben enseñarla desde la infancia a los indígenas para que en diez años sean capaces de hablar el castellano como
sucede exitosamente con los indios en las zonas urbanas quienes
"entienden la lengua castellana y la hablan" (XVIII 325). Si el indígena adopta la lengua castellana, su inclusión dentro del proyecto
colonialista y económico del colonizador se haría más fácil. El lenguaje facilitaría las prácticas de comunicación y el sometimiento indígena a las órdenes y deseos del colonizador.

Otro elemento que se enfatiza en su discusión sobre el serrano
es lo peligroso que puede resultar la periferia ya que allí existe
menos control por parte de las autoridades coloniales. Anteriormente refiriéndose a los mestizos de la sierra Concolorcorvo indica

---

[7] Silverblatt indica que en la actualidad la puna es dominada por las mujeres
(179).

que éstos "son más háviles en picardías y ruindades que los [mestizos] de la costa" (59). El narrador valida su postura intercalando la anécdota sobre un grupo de serranos que pasando por un convento le prometieron a la priora que le iban a donar mil carneros. Ésta le agradeció "la preferencia que hacía a su comunidad" y como muestra de gratitud les ofreció mate el cual fue bebido por ellos en grandes cantidades "al uso de la sierra" (59). Cuando ella los invitó a cenar al próximo día los serranos desaparecieron ("se hicieron invisibles") (59). La prelada quedó burlada ("a irrisión de todas las monjas") mientras que ellos vendieron los carneros a buen precio en otro lugar (59). Concolorcorvo finaliza la anécdota advirtiendo "Cuydado con los mestizos de leche que son peores que los gitanos, aunque por distinto rumbo" (59). La anécdota sirve para subrayar la desconfianza hacia aquellos que viven en los márgenes, los que aún fuera del círculo de la modernización urbana han aprendido a sobrevivir y tomar ventaja de las situaciones que se les presentan. El pasaje subraya la habilidad manipuladora del serrano en asuntos religiosos indicando cómo las ofrendas consideradas como provechosas desde un plano religioso, pueden transformarse para los serranos en el plano cotidiano en un instrumento de ganancia material. El serrano domina y manipula el sistema ideológico del "otro" para ganar provecho, en este caso tomar mate de gratis. El consejo de Concolorcorvo al final del pasaje enfatiza el peligro que generan los grupos subalternos quienes son capaces de leer el sistema colonial y manipularlo perspicazmente causando inquietud y miedo.

La primera contradicción que surge en el cuadro del indígena elaborado en *El lazarillo de ciegos caminantes* radica en la afirmación que establece el Visitador con relación a que el indio en las zonas periféricas no conoce la lengua castellana: "en diferentes provincias y pueblos" aun los más bárbaros "casi todos entienden el idioma castellano" y se "explican competentemente en nuestro idioma" (XVIII 325). En su descripción del serrano el Visitador añade que una vez se emborrachan tienen la habilidad de hablar mejor la lengua castellana: "lo más agraciado es que cuando el vulgo se emborracha, que es un día sí y otro también, hablan el castellano en sus juntas y conciliábulos, que es una maravilla comparable a la que sucedía en el tiempo de la gentilidad..." (XVIII 325).

La descripción del Visitador apunta a dos aspectos importantes. Primero no todo en el indio es negativo, ni siquiera sus borracheras. Al menos cuando se emborrachan son capaces de comunicarse en la lengua del colonizador, lo que facilita el integrarlos al resto de la sociedad. Segundo, el Visitador deja claro que los indios no son tan tontos como parecen y usan el castellano a su conveniencia manipulando la lengua y utilizándola cuando y con quienes lo crean necesario.[8] Mientras tanto, si la situación lo amerita, serán capaces de negarse a hablar en la lengua del "otro", fingiendo no entenderla o conocerla: "por que los indios, a título de que no entienden el castellano, se hacen desantendidos en muchas cosas, de que se originan pendencias, disgustos lastimosos" (XIX 331). El Visitador irónicamente sugiere que si la religión no funciona como vehículo para erradicar el idioma del nativo, entonces se puede proceder a emborracharlos "y puede ser suceda lo mismo . . . por que verdaderamente acontece que los vapores de Baco causen el efecto de infundir el don de lenguas" (325). El mantenerlos en estado de embriaguez los hace más susceptibles a los deseos de la autoridad colonial en controlarlos.

Los peligros que causa la manipulación del lenguaje por parte de los indígenas se subraya con la intercalación de la descripción de los indios de la provincia de Pucará. Concolorcorvo les advierte a los viajeros que al pasar por esta provincia se queden en el pueblo de Santa María para evitar que los indígenas se burlen de ellos. Él indica que las tiranías allí "son recíprocas . . . los españoles en estos casos siempre son los agraviados" (XV 272). Concolorcorvo añade que si los españoles no les pagan lo suficiente por el trabajo prestado, los indígenas los dejan estancados en aquellos pueblos diciéndoles que las mulas se han perdido. El plan lo ejecutan llamando al mitayo y diciéndole en español que traiga la supuesta mula, inmediatamente cambia de idioma y en lengua indígena le ordena al mitayo que la traiga pero en dos días quedándose el español por burlado ya que no domina la lengua ajena. Se destaca nuevamente, que el dominio de ambas lenguas por parte del indígena le facilita burlarse de quienes tratan de aprovecharse de ellos. El lenguaje en *El lazarillo de ciegos caminantes* llega a indicar peligro (Stolley 57), un peligro que radica en la agudeza del indígena en manipular la lengua española a su conveniencia como queda ilustrado en el pasaje.

---

[8] El Visitador añade que en La Paz utilizan el castellano en conversaciones privadas y el aymara en los estrados. Según él, lo mismo hacen los habitantes del Cuzco con el quechua (XVIII 327).

Más adelante, Concolorcorvo ofrece otro comentario que pone en duda la supuesta barbaridad de los indígenas citando en este caso a los que habitan las zonas de Lunaguaná quienes se destacan por su habilidad en el ámbito de lo económico. Concolorcorvo comenta que en Lunaguaná todo el camino está poblado de "ranchos y pueblecitos abundantes de todo lo necesario, y, sobre todo, de indios muy racionales, que sólo hablan el idioma castellano y se distinguen de los españoles en el color solamente" (XXIV 380). El grado de civilización es tal, que "ofrecen sus casas con generosidad y venden sus comestibles al precio arreglado sin repugnancia" (XXIV 380). En opinión de Concolorcorvo, estos indios son racionales porque tienen un sentido de lo económico que se trasluce en su conocimiento comercial sacando provecho "del delicioso y fértil pueblo de Lunaguaná" (380). En *El lazarillo* los narradores dejan ver la dificultad de describir a los indígenas como un todo homogéneo debido a la multiplicidad de grupos presentes en las zonas recorridas.

Finalmente, el Visitador intenta ofrecer una explicación acerca de por qué algunos indígenas no han llegado a dominar la lengua española. Él añade que la razón por la cual los serranos no se han integrado a la sociedad, es culpa de los religiosos que "explican mal el Evangelio a los indios por que no entienden bien su idioma, y los ayudantes [de los curas] porque no entienden el Evangelio, ni aun a la letra el latín" (XVIII 323-24). Ilustrativo de ello es que en algunos pueblos los indios decían la oración del Padre Nuestro de la siguiente manera: "Hágase Señor, tu voluntad, así en el cielo como en la tierra" (324). La religión, lo mismo que el concepto de barbarismo, en estos lugares ha sido trastocada. El Visitador arguye que la religión puede funcionar como instrumento para transformar la identidad de los indígenas ya que el olvidar la lengua y someterse a la lengua del europeo aumentará las posibilidades que éste deje de ser indio, abandonando sus antiguas costumbres: cantares, cuentos, idolatrías y grandezas de su pasado. La supresión de la memoria de los suyos posibilitará que los indígenas acepten a los españoles sin que permanezca un grado de aborrecimiento. Ambos grupos pasarán a ser uno, evitando de esta manera la amenaza que representan los indígenas en su odio contra los españoles: "por lo que no hacen escrúpulos de robarles [a los españoles] cuanto puedan, y en tumulto, en que regularmente se juntan cincuenta contra uno, hacen algunos estragos lamentables en los españoles. . ." (XVIII 324). Su plan persigue "una fijeza de la identidad"; fijeza que se busca en situaciones de inestabilidad, de conflicto y de cambio (Young, *Colonial Desire* 4). Una vez desaparezca esta amenaza se hará más fácil controlar estos territorios y lograr el establecimiento de negociaciones comerciales. La posibilidad de hablar el idioma castellano ayudará a que esta gente deje de ser pobre y no viva en las "soledades, sin más trato que el de las bestias" (XVIII 323), mientras que por otro lado evitará que los españoles sean víctimas de la manipulación que llevan a cabo los indígenas quienes al conocer ambas lenguas son capaces de utilizarlas selectivamente y en ocasiones que les sean provechosas. El Visitador está consciente de la remuneración económica que deja la manipulación de la religión cristiana en su proyecto reformista. En *El lazarillo*, como sugiere Julie Greer Johnson, el autor culpa a la Iglesia por el fracaso de educar a los indios para que asuman un rol económico productivo en la sociedad debido a que los han utilizado para beneficio propio (*Satire in Colonial Spanish America* 120); sin embargo, la manipulación de la religión por parte de los indígenas representa para los narradores otros tipos de problemas.

CELEBRACIONES RELIGIOSAS: RESISTENCIA, IDENTIDAD
     Y LA COMODIFICACIÓN DEL ESPACIO

En el capítulo XXII, Concolorcorvo señala que para cumplir con "la obligación de ilustre cuzqueño" va a ofrecer un "bosquejo" de las dos fiestas más grandes que se celebran en el Cuzco (362). La primera es de carácter sagrado, la segunda de carácter profano. La fiesta sagrada a la que se refiere es a la del Corpus Christi. Ésta se celebra en el Cuzco durante el mes de junio y según Concolorcorvo con "seriedad jocosa" (363). [9] El lado serio se observa en la iglesia cuando se celebran los divinos oficios y en la procesión de los eclesiásticos adornados con insignias del Santo Tribunal de la Inquisi-

---

[9] El origen de la presencia indígena en la celebración del *Corpus Christi* comienza en 1551 cuando el fraile Juan de Fuentes vistió con indumentaria incaica a ocho niños mestizos en vez de seis, según lo exigía el coro –siguiendo la numerología incaica– y los puso a cantar el *hayllí* inca. La mezcla de ambas músicas en la Catedral del Cuzco fue de gran acogimiento por la Iglesia y los asistentes y desde el 1552 en adelante la Iglesia decidió contratar a los niños anualmente (Stevenson 774).

ción. A los eclesiásticos les sigue el cabildo secular y la nobleza de la ciudad mientras que las "devotas damas" les arrojan flores y aguas olorosas. Toda la ceremonia está rodeada de un lujo extremo: "ricos paramentos", "paredes llenas de pinturas", "altares suntuosos" y "ricos ornamentos" (XXII 364). En la procesión sólo se observa seriedad y silencio.

El aspecto alegre y festivo ("jocoso") de la fiesta reside en la segunda parte de la procesión donde se presencian las danzas de los indios que concurren de todas las parroquias adyacentes. Concolorcorvo comienza su descripción comentando que estas danzas son consideradas por los indios "muy serias en la substancia, por que esta nación lo es por naturaleza" (XXII 364). A Concolorcorvo le parece jocoso (aunque él no explica claramente por qué) el contraste que existe entre la vestimenta que llevan los eclesiásticos versus la de los indígenas que eran de plata maciza: "la *tarasca y gigantones*, quando no tengan conexión con los ritos de la Iglesia Cathólica, están aprobados. . . por que contribuyen a la alegría del pueblo, en obsequio de la gran fiesta" (XXII 364). [10] Los bailes y los adornos de plata maciza funcionan como elementos desestabilizantes que han modificado el cristianismo español ejemplificado en la celebración. [11] Los adornos se convierten en parte de una "identidad cultural" expresada por la "comunicación visual" (Barnes y Eicher 1). Los indígenas a pesar de conservar varios elementos de su cultura (danzas y adornos) en su procesión, deciden elegir algunos elementos de la celebración española (la tarasca y los gigantones). Ambas figuras estaban asociadas en los pueblos de España más con lo popular y lo festivo que con el perfil serio de la celebración y es por tal razón que Concolorcorvo cuestiona su conexión con los ritos católicos. La selección de la tarasca y los gigantones subraya que en determinadas ocasiones los elementos que los indígenas seleccionaban del cristianismo español no eran los que se asociaban más con lo espiritual y con lo religioso. En el contexto andino la figura de la sierpe guardaba un significado diferente asociándose con el mundo de lo subterráneo (Jara y Spadaccini 71). Si se tiene en cuenta que la

---

[10] La tarasca es la figura de sierpe que sacan delante de la procesión del *Corpus Christi* la cual representa místicamente el vencimiento glorioso de Jesucristo por su sagrada muerte y pasión (*Diccionario de la Real Academia Española* 227).

[11] El festival del Corpus Christi es considerado comúnmente como una celebración andina teniendo sus orígenes en la Europa católica y siendo una de las grandes fiestas celebradas en España (Cahill, "Popular Religion" 69).

celebración del Corpus Christi era utilizada por los indígenas para
honrar y recordar a sus dioses (Jara y Spadaccini 68), es muy posible que éste fuera el caso para los indígenas del Cuzco que Concolorcorvo describe. Sin embargo, el narrador pasa por alto una posible explicación y decide enfatizar que aunque las figuras no son
parte de la Iglesia católica, éstas se han integrado a la celebración
del Cuzco gracias a las tradiciones creadas por los pueblos de España.

El contraste "jocoso" que Concolorcorvo observa entre ambas
partes de la procesión revela un aspecto muy sugerente y es el grado
de sincretismo existente en la fiesta sagrada. Las fiestas del *Corpus
Christi*, entre otras, operaban, como arguye Teresa Gisbert, a través
de un sincretismo que permitía a través de la expresión artística la
sobrevivencia de las culturas antiguas durante la época de la Conquista y la colonización (668). En *El lazarillo de ciegos caminantes* se
destaca cómo los eclesiásticos han incorporado el elemento indígena en su celebración religiosa para tratar de controlar cualquier tipo
de resistencia por parte de los indígenas. Esta "indianización de lo
cristiano" como lo llama Gruzinski (*La colonización de lo imaginario* 195), acentúa la manera en que ambas culturas reformaron sus
prácticas culturales. Las fiestas se convierten en un espacio de influencia recíproca destacando el carácter de interacción que caracteriza a las zonas de contacto. Concolorcorvo sugiere además que la
gente del pueblo asiste más para ver los bailes de los indios que por
el carácter religioso: "hasta los españoles ven con complaciencia en
sus barrios estas fiestas que particularmente hacen los indios"
(XXII 364). El español a través de los años llega a asimilar lo extra-
ño como parte de sus costumbres, complicando las fronteras culturales que separan al uno del otro. La manera en que los indios ma-
nipulan la celebración y el olvido del significado original por parte
de los europeos repercuten en la manera en que las autoridades en
el siglo XVIII comienzan a percibir el festival de Corpus Christi con-
siderándolo como una amenaza al orden social, específicamente debido a su carácter multiracial (Cahill, "Popular Religion" 76, 84).

No obstante, como se indicó anteriormente, uno de los aspectos
más importantes del pasaje es que Concolorcorvo no explica claramente por qué la procesión indígena del Corpus Christi le parece
"jocosa". Quizás la clave se encuentra en el hecho de que su comentario alude a la recepción por parte de la nobleza española y
criolla, para quienes la indumentaria y los bailes no guardan un sen-

tido serio, como lo guardaba para los indígenas, sino que representa un puro entretenimiento; algo exótico. Por ejemplo, Concolorcorvo en su descripción incluye un comentario importante: "La segunda parte de la procesión es verdaderamente jocosa, pero me parece que imita a la más remota antig[üe]dad, por lo que no se puede graduar por obsequio ridículo, y mucho menos superticio[so]" (XXII 364). Dos aspectos se destacan de la cita anterior, si se considera como un comentario irónico, Concolorcorvo simplemente alude a lo contrario de lo que afirma; la fiesta sí puede considerarse como un "obsequio" ridículo y supersticioso por eso se tilda de jocosa. Sin embargo, si se toma su comentario como uno ambiguo, donde el discurso se hace indefinido, decentralizador y equívoco (Bhabha 96, 128), entonces, Concolorcorvo probablemente alude a que para los indígenas en el desfile, la indumentaria y el baile, sí poseen un sentido religioso. Tal consideración se hace más evidente si se trae a colación la versión que de la procesión ofrece el Inca Garcilaso en sus *Comentarios reales* (1609) un siglo antes y la cual toma lugar también en la ciudad del Cuzco. Como he señalado en otro trabajo, el autor de *El lazarillo de ciegos caminantes* estaba muy familiarizado con la obra de Garcilaso hasta el punto de cuestionar su autoridad como fuente de la historia incaica. [12] En la descripción de la celebración del Corpus Christi ocurrida en 1555 Garcilaso menciona que la nobleza incaica desfila al principio de la procesión y el resto de los indios al final con muy poca ropa como sinónimo de haber perdido el imperio (citado de Jara y Spadaccini 68). Para los conquistadores la fiesta ofrecía una oportunidad para celebrar el triunfo de la Conquista mientras que la nobleza incaica pedía por el regreso de sus dioses quienes los habían olvidado durante aquellos tiempos (Jara y Spadaccini 67-8). Según la descripción de Garcilaso, la celebración constituye un instrumento para preservar su pasado e identidad. No obstante, en *El lazarillo de ciegos caminantes* debido a que el discurso le niega la palabra al indígena partícipe en la procesión, éste queda propenso a ser juzgado por lo visible: su vestimenta y su "performance" y a ser epítome de lo ridículo. El tildar la fiesta de jocosa representa un intento de restarle importancia a la manera en que los indígenas introducen aspectos de su cultura den-

---

[12] Véase Mariselle Meléndez, "The Reevaluation of the Image of the *Mestizo* in *El lazarillo de ciegos caminantes*", *Indiana Journal of Hispanic Studies* 2 2 (1994): 171-83.

tro de una celebración que era controlada tradicionalmente por los
españoles. [13]

La fijeza recogida por el narrador en la descripción de la procesión es a su vez un modo de representación paradójico, ya que los
espectadores son incapaces de entender y reconocer el significado
que ésta guarda para los nativos. Los europeos y criollos presentes
ignoran que los adornos y bailes indígenas han ofrecido un modo
de resistencia y que constituyen una crítica al sistema por parte de
los indios. En ellos se preservan los vestigios de una cultura (Gisbert 668), convirtiéndose en parte de su identidad cultural. En la
celebración recogida por Concolorcorvo el aspecto serio que ésta
posee para los indígenas ("danzas, serias en la substancia") queda
reducido para los europeos en puro entretenimiento (XXII 364).
Irónicamente, es el narrador indígena quien prefiere pasar por alto
el significado de los bailes y la indumentaria indígena en la procesión, para prestar atención al perfil jocoso de la misma. La voz narrativa del indígena es manipulada por el autor para desprestigiar el
sentido simbólico que la procesión representa para los indios. En *El
lazarillo*, se ignora el hecho de que para los indígenas, los bailes y
los adornos funcionaban como un tipo de "autoidentificación gestual y simbólica –no discursiva– que contribuía a la formación de
identidades colectivas en la sociedad colonial" (Rivera Cusicanqui
66). [14] El control de la imagen del indígena que se intenta llevar a
cabo discursivamente, deja escapar lo incontrolable: el poder ideológico que guardan lo gestual y los objetos simbólicos. Ali Behdad
define los "momentos de heteroglosia" como aquellos en que el colonizador intenta articular lo no-hablado y en los cuales la incertidumbre permea la articulación monolítica de la representación del
otro (76). Este momento de "heteroglosia" se observa claramente
en la descripción de la celebración del Corpus Christi que realiza
Concolorcorvo. El narrador destaca la importancia del espacio de la
representación del Corpus Christi como instrumento para preservar
la memoria e identidad; una memoria e identidad que para el público presente es difícil de comprender pero que para los indígenas

---

[13] David Cahill comenta que la fiesta del Corpus Christi fue una introducida,
organizada y controlada por los representantes de la cultura hegemónica española y
en la que los indígenas comenzaron a hacer su aparición ("Popular Religion" 84).

[14] Rivera Cusicanqui añade que la vestimenta fue utilizada por los grupos dis-
criminados como rasgos de identificación y un medio para elaborar identidades
(65-6).

posee un significado profundo: ambas preservan parte de su pasado y se muestran como elementos de resistencia.

La cantidad de cuentos que recogen los narradores a lo largo de su trayecto constituyen otra parte importante de la elaboración del panorama cultural indígena y la conservación de su pasado en *El lazarillo de ciegos caminantes*. Ambos narradores prestan atención a lo que la gente común cuenta en sus pueblos y las creencias que incorporan como parte de sus tradiciones. Los relatos ofrecen un cuadro de esa otra parte de la sociedad que se iba desarrollando con características propias en la periferia del virreinato. Los relatos son intercalados con la intención de desmitificarlos y de burlarse de las ingenuidades de la gente del pueblo. Las anécdotas subrayan la manera en que los indígenas visualizan y modifican las ideas y prácticas religiosas europeas, razón por la cual la visión del "otro" como lo estable y descifrable se dificulta (Bhabha 114).

Una de las anécdotas más conspicuas es la del español y el indio guía incluida en el prólogo y basada en la peregrinación de ambos hacia su repartimiento. El indio cada vez que veía una cruz se detenía como excusa para descansar debido a lo largo del camino y la falta de agua. El español, la primera vez que vio la cruz se detuvo y se dio un trago, compartiendo con el indio su bebida. La segunda vez, el indio le dijo al español "caimi-cruz", cuyo significado en español era "aquí para mí, cruz". El español volvió a beber y compartió con el indio. Luego, al llegar a una extensa pampa el indio no pudiendo más con su cansancio, detuvo su mula y le volvió a repetir al español "caimi-cruz". Lo que llama la atención es la reacción del español cuando se detuvo a adorar la cruz y se dio cuenta que no se veía por ningún lado. Él decidió preguntarle al indio dónde se encontraba ésta, a lo que él reaccionó asumiendo la forma de la cruz. Concolorcorvo añade cómo el español, que era "un buen hombre celebró tanto las astucias de el indio que le dobló la ración, y el indio quedó tan agradecido que, luego que llegó al tambo, refirió a los otros mitayos la bondad del español, y al día siguiente disputaron todos sobre quién le había de acompañar" (52-3).

En la anécdota anterior, Concolorcorvo critica la falta de juicio del español que no es capaz de reconocer que el indio al adoptar la forma de la cruz lo hace como excusa para poder descansar. Es por eso que al comenzar la anécdota introduce un comentario irónico en donde le aconseja al viajero que quiera tardarse más en el dilatado camino de Buenos Aires a Lima que haga "lo que cierto pasagero executó con un indio guía" (52). La acción del indio es celebrada por el español, mientras el indio se burla a su vez de éste que cree en su supuesta religiosidad y seriedad ante la adoración de la cruz. La realidad es que el indio manipula y se apropia del significado sagrado de la cruz sustituyéndolo por uno más práctico, el de fingir para no morirse de sed. [15] El indio parece establecer un paralelismo entre su sufrimiento y el de Cristo en la cruz con el propósito de ganar la compasión de su amo. El "aquí para mí cruz" pasa a significar "aquí para mí agua" ya que lo que el indio valora es el agua que necesita para mitigar su cansancio y no la cruz, al contrario de lo que piensa el español. Desde la perspectiva del indio, el simbolismo religioso de la cruz adquiere un sentido más personal. [16]

La imagen de la cruz pasa por un proceso de adaptación y consecuentemente de transformación en donde queda trasladada al contexto de lo cotidiano y considerada como instrumento de sobrevivencia. [17] Es parte de lo que Serge Gruzinski ha llamado una "et-

---

[15] La cruz funcionó también en la época colonial como emblema de identidad y reconocimiento étnico. El Inca Garcilaso en *la Florida* recogiendo el relato de Gonzalo Silvestre, uno de los sobrevivientes de la expedición de Hernando de Soto, alude a un pasaje donde otro de los supervivientes del naufragio es reconocido al asumir con sus brazos la forma de la cruz. Juan Ortiz, quien había pasado tanto tiempo con los indígenas ya se le había olvidado hablar el castellano. En uno de los momentos en que él y sus compañeros indígenas son atacados por un grupo de españoles, Juan comienza a gritarles a sus compatriotas "Xibilla, Xibilla" en vez de Sevilla para ver si ellos detenían su ataque. Al darse cuenta que los españoles no lo entendían "hizo con la mano y el arco la señal de la cruz para que el español viese que era christiano" (II vi 160). Es finalmente de esta manera que Juan Ortiz es reconocido salvándose del "peligro de ser muerto" (II vi 161). Como se puede observar, en el pasaje recogido por Garcilaso la cruz se visualiza como instrumento de salvación basado en un sentido de asociación étnica-religiosa.

[16] Karen Stolley analiza este pasaje desde una perspectiva lingüística. Stolley añade que el indígena al vaciar la palabra de su significado simbólico pone de relieve "la arbitrariedad de la relación entre significado y significante" (160).

[17] La imagen de la cruz a lo largo del proceso de conquista y civilización de las Américas pasó por un proceso de adaptación y transformación. Por ejemplo, los indígenas en la zona del norte de Perú sincretizaron el festival católico del Inventio de la Cruz con el festival prehispánico K'arwa Mita (llamado hasta hoy Cruz Velakay) donde se celebraba el comienzo de la temporada de la cosecha. La cruz se plantaba en el tope de los montes con motivo de proteger las siembras de los daños que pudiera causar el clima. Una vez traída la cruz comenzaba la siembra y luego de recoger la cosecha la cruz se sacaba fuera de la ciudad (Urton 98-118). Para otras perspectivas sobre la apropiación del signo de la cruz en el encuentro entre los indígenas y los españoles, ver el ensayo de Maureen Ahern refiriéndose a la conquista de Nuevo México: "The Cross and the Gourd: The Appropriation of Ritual Signs in the *Relaciones* of Alvar Núñez Cabeza de Vaca and Fray Marcos de Niza", *Early Images of the Americas. Transfer & Invention*, eds. Jerry M. Williams & Robert Lewis (Tucson and London: The U of Arizona P, 1993) 216-44.

nografía a la inversa" donde los indígenas interpretan la imagen de los europeos desde su propia perspectiva (*La guerra de las imágenes* 22). Las "astucias" del indio son premiadas por la doble ración que le dan y esto es muy bien recibido por el resto de la comunidad indígena quienes llegan a disputarse quién iba a acompañar al español la próxima vez. En este caso, como apunta Rafael Vicente en su estudio sobre los indios tagalos en las Filipinas, el catolicismo le provee al indígena un lenguaje que es capaz de confrontar la dominación colonial convirtiéndose en un emblema de "resistencia popular" (Vicente 7). [18] Si el propósito de la anécdota de Concolorcorvo es aconsejarles a los viajeros que no se dejen aprovechar de los indios, él deja entrever cómo en las zonas de contacto la habilidad del indígena de sobrevivir toma variadas formas: desde el uso pragmático del idioma, la incorporación de la indumentaria y bailes indígenas en celebraciones cristianas, la apropiación del significado religioso de las imágenes por motivos más prácticos, y la creación de santuarios y modificación del espacio, como se discutirá más adelante.

Otro pasaje que refleja la asociación entre el carácter de lo cotidiano y lo religioso aparece en el capítulo XVIII cuando el Visitador comenta sobre la naturaleza indígena. Él indica como éstos se caracterizan porque dudan de todas las cosas y procede a ofrecer dos ejemplos que pueden probar la "poca fe que tienen y su poco talento o sobra de malicia" (XVIII 317). Según él, si al indígena le preguntan si Jesucristo se encuentra en la Hostia Sagrada éste responde "así será". Si le preguntan si le han robado mil carneros, el indio contesta de la misma manera: "así será". La respuesta de los indígenas sugiere que para ellos existe un paralelismo entre religión y vida diaria en el sentido que uno sirve de vehículo para beneficiar al otro. El indígena sabe que es conveniente no cuestionar la palabra sagrada por eso sólo acepta esta creencia por medio de su respuesta. Sin embargo, el utilizar la misma frase para referirse a aspectos que afectan su sobrevivencia (subsistencia económica) le ofrece una esperanza de obtener un tipo de ganancia material: la devolución de los carneros. Este pasaje también subraya la astucia

---

[18] Vicente añade que tanto la conversión cristiana como el poder colonial se destacaron por una serie de "malas traducciones" en las que cada grupo leyó dentro del "lenguaje y comportamiento" del "otro" mensajes que los respectivos hablantes no esperaban (211).

del indígena quien está consciente de qué responder en los momentos apropiados.

Cuando se trata de leyendas o cuentos religiosos Concolorcorvo y el Visitador no vacilan en reírse de ellas y desmitificarlas. En el capítulo XXI, el Visitador introduce la leyenda del "árbol milagroso" en la provincia de Andaguailas y su relación con la Virgen de Cocharcas. La anécdota va precedida por el señalamiento del narrador de que en aquellos lugares a los "cañaverales llaman *engañaverales* y a los trapiches *trampiches*" ya que los dueños de las haciendas dicen que éstas no se costean (358). El comentario del Visitador es una advertencia y un anticipo del carácter engañoso que rodea a la leyenda. Éste le indica a Concolorcorvo que el "memorable templo" de la Virgen de Cocharcas que se encontraba en el tope de la montaña, tenía su origen en que un "devoto peregrino" pasando por allí con la imagen de la Virgen ("efigie") comenzó a sentir que ésta de repente pesaba más que antes.[19] El indígena pensaba que el "intolerable peso" que lo "agobiaba" era parte de un mensaje que la Virgen le quería transmitir.[20] El indígena decidió contárselo a los eclesiásticos y hacendados del lugar quienes inmediatamente y sin pensarlo dos veces declararon "por milagroso el excesivo peso, como que daba a entender el Sagrado Bulto que quería hacer allí su mansión" (XXI 359). El acontecimiento causó una gran impresión a los habitantes del lugar quienes se hicieron partícipes del culto.

Los religiosos y los hacendados sin ni siquiera averiguar si la sensación del hombre se debía al cansancio en vez de a la transformación de la Virgen, lo utilizan como excusa para construir una iglesia que en opinión del Visitador "fuera impropia en un desierto para una simple devoción" (XXI 359). La ignorancia del pueblo según él, los lleva al extremo de pensar que el "bulto" decide adquirir vida propia y escoger un lugar de estadía. Éstos no escatiman en su gran costo y deciden construir tiendas a su alrededor y celebrar fiestas, donde vienen "guamanguinos, indios, cuzqueños" y otros residentes de las provincias vecinas. El Visitador cree más ridículo el cuento

---

[19] El pueblo de San Pedro de Cocharcas está situado en la provincia de Andahuailas, Departamento de Apurímac, Perú.

[20] Hay que aclarar que sabemos con certeza que el "devoto peregrino" es un indígena por la historia original de la fundación del santuario de Cocharcas ya que el Visitador no lo menciona. Por otra parte, el único comentario con relación a su procedencia es el que añade Concolorcorvo cuando se refiere al peregrino como "paysano" suyo (XXI 358).

que cuando se celebran allí las fiestas del octavario "se ve claramente el prodigio de que el árbol de la Virgen se viste de hojas, quando
los demás de las laderas están desnudos" (XXI 360-61). El Visitador desmitifica el sentido milagroso del árbol indicando que es lógico que siempre esté lleno de hojas ya que se nutre diariamente de la
pila de agua al que está pegado y "que en todo el año riega, las cha-
caritas que tienen los indios en las lomas circunvecinas" (XXI 361).
Según él, sólo el populacho ("la gente plebeya") es incapaz de notar
tal efecto y de "reflexionar" ante algo tan evidente: el que el agua
de la fuente lo riegue y que coincida con la llegada de la primavera.
La ironía se acentúa cuando el Visitador señala que "toda esta
buena gente concurre a celebrar el octavario" para presenciar de
día y de noche las "grandes iluminaciones de fuegos naturales y artificiales" (XXI 359). La fe ciega que observan los devotos y el interés de los hacendados y los eclesiásticos en tener una excusa para
gastar dinero en construcciones y mantener a la gente sujeta a creencias que se basan en el engaño, es lo que posibilita la aceptación e
incorporación de estas "leyendas". El milagro también les sirve para
lograr una buena remuneración ya que todos los concurrentes de-
positaban su dinero en la pila. A los hacendados y eclesiásticos no
les interesa descifrar o cuestionar el suceso y toman ventaja de la seriedad que guardan los indios para convertirla en un negocio que
genera ganancias. Esto le sirve de excusa al narrador y al autor, para
subrayar su posición de que la religión en las zonas periféricas es
una farsa y que para los jesuitas todo es un negocio.

El narrador prosigue su comentario añadiendo que mientras los
regulares de la Compañía de Jesús predican en la iglesia, los comerciantes "tantos seculares como eclesiásticos de la circunferencia"
llevan a cabo transacciones con otros mestizos y españoles (XXI
359). Ellos se aprovechan de los mestizos y españoles que llegan allí
debido a que los indios no tienen habilidad en asuntos de comercio:
"sus cortas negociaciones. . . se quedan entre sus paysanos" (359).
El que el Visitador describa los intercambios económicos de los indígenas como irracionales le permite como portavoz del aparato colonizador el negar las transacciones del colonizado como un "sistema legítimo" (McClintock 129). La negación de la capacidad del indígena para desenvolverse en asuntos económicos funciona como
un arma discursiva para controlar la identidad de ellos y su posición
en la sociedad al describirlos como seres incapaces que necesitan de
la presencia de europeos ("seres racionales") los que según el Visi-

tador poseen la capacidad para enseñar.[21] En este pasaje el Visitador niega el hecho que los indígenas hayan utilizado la economía para buscar un éxito económico y respeto social. Steve Stern nos recuerda que muchos indígenas aprendieron destrezas artesanales y desarrollaron conexiones con las autoridades españolas que les permitieron gozar de cierta ganancia económica ("The Tragedy of Success" 113). Este "hispanismo cultural" como lo denomina Stern, era parte de la orientación socioeconómica que desarrolló el indígena en donde la adquisición de propiedad privada, el interés de generar ganancias económicas y relaciones sociales, los llevaban a asimilarse más a la clase de los empresarios españoles; asimilación motivada por la necesidad de sobrevivencia.

El susodicho pasaje reitera también que para los eclesiásticos y hacendados, el alimentar la creencia del milagro funcionaba para garantizar una remuneración económica. El árbol milagroso les servía a los comerciantes seculares y religiosos como una imagen y prueba visible que cada año generaría la misma devoción y por ende, una ganancia económica. De la devoción de los indígenas y mestizos se hacía dinero. La aceptación de este milagro por las autoridades eclesiásticas subraya la flexibilidad que en determinadas ocasiones dominaba las relaciones en las zonas de contacto. Lo que le permitía al poder colonial mantener su estatus dominante era su política flexible de "utilizar efectivamente las voces del otro" manteniendo así una economía de continuas variaciones (Behdad 17).

El Visitador sugiere que la versión del indio, la interpretación de los eclesiásticos, el peso de la Virgen, su celebración y el árbol milagroso, todos son productos del engaño y la ignorancia que mantienen adoctrinado a un pueblo. Su actitud responde a la postura de antagonización y cuestionamiento contra la religión y las instituciones religiosas que caracterizó al siglo XVIII. Gruzinski

---

[21] Brooke Larson ha indicado que en la zona andina los indígenas se desenvolvieron en el comercio agrícola, en la artesanía, vendieron y compraron territorios e invirtieron su dinero en comodidades europeas (19). Enrique Tandeter por otro lado indica que los indios y mestizos no solamente buscaron ocupar espacios en el mercado sino que también llegaron a apelar al sistema judicial para defender sus derechos en el comercio (199). Este rol activo del indígena obliga a cuestionar la creencia que durante la Conquista los indígenas constituían una "categoría homogénea de tributarios" especialmente cuando se tiene conocimiento que esta tendencia fue resistida por caciques y otros grupos indígenas quienes se negaban a perder su distinción social o preferían acomodarse o manipular el sistema para así evitar el pago de tributos (Saignes 183).

menciona que en la segunda mitad del siglo XVIII, "la religiosidad indígena de manera general, la popular, se vuelve así blanco constante de ataques: las fiestas y las capillas son consideradas demasiado numerosas, dispendiosas las procesiones, proliferantes las cofradías. Ya no sólo se denuncian las prácticas indígenas: se ridiculiza. . . la superficialidad" (*La guerra de las imágenes* 201). Como otros pensadores de la Ilustración, desde la perspectiva del Visitador, todo lo que sucede tiene una explicación ya que el hombre posee la capacidad para entender y crear su propia historia. Su incredulidad sobre la aparición puede estar motivada por la similitud que guardaba con otras apariciones. Estas apariciones influenciadas por las de la Edad Media seguían más o menos la siguiente estructura: la imagen santa se encontraba escondida en una montaña, luego seguía la aparición cuyo testigo era alguien de origen humilde (un pastor). La aparición surgía en tiempos de necesidad que sólo podrían resolverse por la gracia sobrenatural. La denuncia y deconstrucción del mito de la Virgen de Cocharcas se hace más evidente cuando al final de la anécdota el Visitador añade que "la gente racional, en lugar de este aparente milagro s<o>bstituye otro para tratar, a los *guamanguinos cholos, de quatreros*, diciendo que la Virgen sólo hace un milagro con ellos, y es que yendo a pie a su santuario, vuelben a su casa montados" (XX 360). El Visitador considerándose uno de estos seres racionales señala que la celebración del milagro es una excusa que permite que gente como los cholos se conviertan en ladrones de ganados y llegando al monte sin nada, regresen "milagrosamente" con las manos llenas de ganado, y en vez de regresar a pie como llegaron ahora se van cargados. Mientras eso suceda, los cholos y otros indígenas seguirán asistiendo a la celebración de estos "milagros" donde lo que se celebra es el engaño, la ignorancia y la trampa. No es por casualidad que en aquella región se les llama a los cañaverales *engañaverales* y a los trapiches *trampiches*. Si el milagro al principio del proceso de evangelización fue visualizado como parte de la empresa cristiana para legitimar la fe de su religión (Gruzinski, *La colonización de lo imaginario* 190), ahora el Visitador sostiene que sólo representa pura manipulación de los habitantes y hasta cierto punto, un peligro.

Lo que el Visitador elige no mencionar es la versión original del culto a la Virgen de Cocharcas la cual no tiene nada que ver con el hecho del peso de la imagen. En su versión, el Visitador decide ignorar una tradición oral que está estrechamente relacionada con la identidad racial y la concepción del espacio indígena. El narrador lleva a cabo varias omisiones importantes. Primero, él no menciona directamente que el santuario y la selección del lugar no se debió a un simple "devoto peregrino" sino a un indio de origen humilde llamado Sebastián Quirichi, natural de Cocharcas (Vargas Ugarte 128). Segundo, no indica que el santuario de la Virgen de Cocharcas era uno de los más célebres en la América del Sur y uno de los más antiguos. Por último, el Visitador no señala que el templo constituyó una réplica del de la Virgen de Copacabana y que ambas vírgenes tenían la piel oscura. [22] Un resumen de la historia original sobre el origen del santuario de Cocharcas facilitará entender la posible razón que guarda el Visitador para ofrecer su versión personal e ignorar la popular.

Según la historia, el indio Sebastián durante una celebración del patrón de su pueblo sufrió un accidente que le dejó una mano lisiada. [23] Afligido por su condición, Sebastián se marchó al Cuzco para integrarse al coro de la Compañía de Jesús. Allí se enteró por una india palla de los innumerables milagros que Nuestra Señora de Copacabana obraba con los que visitaban su santuario. Sebastián decidió partir a Copacabana y ofrecer su devoción a la Virgen. La primera vez que se quedó dormido sintió un alivio en el brazo. La segunda vez mientras dormía sintió que le apretaban el brazo y se dio cuenta que su mano estaba sana. En su agradecimiento al milagro, Sebastián decidió tomar una copia de la Virgen de Copacabana para llevarla a su pueblo y promover su culto. Pidiendo limosnas consiguió el dinero para comprar la efigie. Pero las autoridades de Copacabana lo detuvieron y lo acusaron arguyendo que el dinero que había obtenido pertenecía a la jurisdicción de Copacabana porque lo había recogido allí. Sebastián se quejó ante el Obispo y éste le exigió a los frailes que le dejaran libre. Sebastián les pidió que aunque fuera por una noche pusieran a ambas efigies juntas antes de llevar su copia a Cocharcas a lo que los frailes accedieron y al otro día cuando alzaron los velos observaron que no se podía distinguir entre la copia y la imagen original de la Virgen. Su parecido

---

[22] Vargas Ugarte añade que el título que se le dio a la imagen en Cocharcas es el mismo que la de Copacabana: la Purificación o la Candelaria (*Historia del culto de María* 136).

[23] Toda esta versión es recogida por Fernando de Montesinos en los *Anales del Perú* (1642), pp. 138-44.

era tal que lo único que las diferenciaban eran los vestidos llegando a tildar el suceso de milagroso. Las autoridades decidieron ofrecerle indios a Sebastián para que lo ayudaran a cargar la imagen a su pueblo natal.

En su peregrinación a Cocharcas por donde quiera que pasaba aparecían flores, evento que despertó gran revuelo entre las comunidades indígenas quienes admiraban cada vez más a Sebastián y a la Virgen. La algarabía causó preocupación a las autoridades del Cuzco quienes se molestaron por el hecho que un simple indio causara tanto revuelo, como consecuencia lo detuvieron pero al darse cuenta de que el culto de Sebastián era sincero lo dejaron libre. Su detenimiento generó más interés entre los indígenas por lo que las autoridades le dieron el permiso para que estableciera un templo en Cocharcas. El establecimiento del santuario fue celebrado con todo tipo de fiestas. La lluvia que cayó mientras el cielo estaba claro constituyó para los habitantes una prueba milagrosa de que el santuario representaba algo especial. Debido a la pobreza de la capilla, Sebastián optó por ir a Charcas para obtener más dinero y llenar la iglesia de los lujos que necesitaba. Les ofreció a las autoridades esclesiásticas una lista de los milagros que habían ocurrido en el santuario de Cocharcas hasta ese momento y finalmente de regreso a su pueblo le sorprendió la muerte en Cochabamba. Se dice que Sebastián murió como gran cristiano y considerado por los suyos como un santo (Montesinos 142). Una vez muerto, el Vicario de la Provincia decidió romper unos papeles pertenecientes a Sebastián donde éste había anotado todos los milagros que habían ocurrido en el santuario de Cocharcas, no obstante, los rompió porque según su opinión no le parecían auténticos. El Obispo de Ayacucho convirtió el santuario en parroquia en 1623 gastando muchísimo dinero en adornarla y ataviar a la Virgen con joyas preciosas. Es interesante notar que éste es el único aspecto que decide recordar el Visitador cuando critica que la "magnífica iglesia fuera impropia en un desierto, para una simple devoción" (XXI 359).

La versión ofrecida por el Visitador minimiza la figura del indígena como iniciador del culto, administrador y organizador de los bienes de la capilla. Él decide omitir la importancia de Sebastián como un individuo capaz de mover las masas indígenas en su comunidad y pueblos adyacentes, para unirlos en la devoción de un culto que amenazaba el control que las autoridades indígenas poseían sobre estas comunidades. Para un viajero cuyo interés consistía en controlar el lugar que recorre, éste era un dato que es preferible ig-norar; negar la capacidad del indígena para crear un espacio de devoción en el que éste se sintiera identificado constituía un aspecto problemático. La unión que comenzaba como una excusa religiosa podía adquirir visos políticos, por eso el prelado del Cuzco refiere a Sebastián al Obispo y solamente lo dejan en libertad cuando comprueban que el culto a la Virgen es puramente religioso aunque luego de su muerte cuando comienza a ser visto por sus paisanos como un santo, el Vicario decidió romper los papeles en que Sebastián atestiguaba la veracidad de los milagros. Jacques Lafaye señala que la incredulidad de los españoles ante tales apariciones sólo logró "reforzar la unidad de los devotos americanos y borrar las diferencias de castas que los separaban, para unirlos en un mismo fervor religioso y nacional frente a los agentes de dominación peninsular" (325). La abundancia de santuarios de la Virgen en Perú, Ecuador, Colombia y otros países respondió a tales preocupaciones. La adopción del culto mariano podía convertirse en un aspecto peligroso porque servía como instrumento para gestar y expresar una solidaridad. [24] La imagen simboliza la presencia tangible y capaz de apoyar una solidaridad local (Gruzinski, *La colonización de lo imaginario* 243). Una solidaridad que para el Visitador español es preferible erradicar.

El propósito del Visitador en omitir el éxito de Sebastián en fundar una cofradía cumple la función de justificar su comentario sobre la supuesta incapacidad de los indígenas como negociantes: "cortas negociaciones" (XXI 359). Sebastián demuestra pura devoción y también es capaz de obtener el permiso de las autoridades eclesiásticas para fundarla. Su capacidad de bregar con la burocracia le facilita recaudar todo el dinero que necesita para hacer de su capilla una de las más distinguidas lo que logra a expensas de una movilidad.

La movilidad es otro aspecto que causa gran ansiedad en el proyecto del control del espacio y el grupo indígena que intentan llevar a cabo las autoridades coloniales y el Visitador como representante

---

[24] Es interesante notar que la imagen de la Virgen María para los españoles les sirvió durante la Conquista como un arma de legitimación y protección. La actitud inicial de los religiosos en subrayar sus apariciones sirvió como una forma de legitimar a María como una fuerza religiosa poderosa por lo que la función tradicional de las apariciones era una política: defender a la Iglesia de los enemigos que dudaban de su importancia (Hamington 100).

de ellos. Serge Gruzinski nos recuerda que las cofradías además de constituir un gran incentivo económico (se financiaban misas, sermones, luminarias, fiestas, banquetes y fuegos artificiales para reconstruir o restaurar un santuario) les ofrecía a los indígenas la oportunidad de rebasar los confines del espacio del pueblo y atraer a masas más distantes (*La colonización de lo imaginario* 243). [25] A pesar que los indígenas debían pedir una licencia a las autoridades y someterse a los curas y jueces eclesiásticos de los lugares que recogían, ellos muchas veces transgredían estas reglas. Por ejemplo, tenían libertad en sus itinerarios lo que dificultaba cualquier tipo de control que las autoridades quisieran imponer sobre ellos, además el dinero que recogían podían utilizarlo a su antojo y cubrir los gastos que reclamaban. En ciertos casos podían negociar con los curas acerca de la cantidad de dinero que debían pagar en el paso a través de sus comunidades y establecer redes de contacto con otros grupos indígenas. Gruzinski añade que "los recolectores encarna[ba]n de maravilla el dinamismo, la movilidad y la expansión del cristianismo indígena fuera de los límites acostumbrados del pueblo" (*La colonización de lo imaginario* 243). La inclusión del indígena en estas cofradías constituía una forma de reclamar una visibilidad dentro del espacio colonial.

La movilidad poco controlable, la capacidad de negociación, contacto y solidaridad que los indígenas cultivaban a través de estas cofradías, son aspectos que podían ocasionar situaciones de inestabilidad y conflicto. Constituyen elementos capaces de amenazar el sistema, producir miedo y generar además una identidad colectiva que atenta contra la fijeza de la identidad que busca presentar el escritor o colonizador. Como resultado, el Visitador en su versión decide tildar a los indígenas que ofrecen su culto a la Virgen y al árbol milagroso, como seres poco racionales y vulgares ("plebeyos") (XXI 360-61). Otorgar esta identidad estereotipada y homogénea constituye un incentivo para menoscabar el miedo. La burla sobre la ridiculez de la aparición del árbol milagroso y el peso de la efigie surge motivada por ese miedo, elemento que subyace en la articulación de la identidad cultural que construye el Visitador. Jacques

---

[25] Gruzinski indica cómo la intervención indígena en las cofradías se convierte en parte de una "dinámica de consumo. . . que permite, suscita y multiplica la intervención del grupo. . . rompiendo lo que de otro modo, podría no ser más que una pasividad estática" (*La guerra de las imágenes* 147).

Rancière sugiere que la identidad trata primero sobre el miedo, el miedo al otro y a la "nada" que pueda encontrarse en él (64). En el caso de *El lazarillo de ciegos caminantes,* el hablante español civiliza ese miedo, reduciendo el milagro y el culto a algo ridículo.

Otro aspecto que ignora la versión del Visitador es la compenetración que existe entre el indígena y el espacio que ocupa el santuario. Se conoce que el cristianismo transformó la ocupación del espacio indígena y como consecuencia éstos se vieron obligados a adoptar y transformar ritos cristianos que satisficieran sus necesidades religiosas. Iglesias y cementerios se convirtieron en lugares donde los indígenas practicaban sus ritos. Los espacios topográficos como los montes constituyeron lugares importantes en donde los indígenas transformaban el cristianismo haciéndolos depositarios de la producción de una identidad cultural. Sebastián al hacer de la efigie (la Virgen) "su efigie" (Virgen de Cocharcas) y del santuario "su santuario", provocó que la imagen adquiriera un sentido de identificación y distinción para el pueblo. La imagen y el santuario unieron a los habitantes de Cocharcas a la vez que los diferenciaron de otras apariciones y santuarios. Si la Iglesia católica en la antigüedad fomentaba esta unión entre los santos y la comunidad para fortalecer la fe de los creyentes e ilustrar el éxito de su empresa, en el siglo XVIII hispanoamericano esta devoción comenzaba a adquirir visos peligrosos; la imagen en el siglo XVIII es visualizada por las autoridades como un signo de resistencia.

Por otro lado, la elección de la Virgen no parece ser inocente. El color oscuro de la Virgen de Copacabana despierta una identificación más estrecha con el indio; es más parecida a él convirtiéndose en su Virgen, en su protectora. La mano curada de Sebastián legitima el poder del lugar, lo mismo que el árbol milagroso cerca de la pila. Su santuario pasa a ser el receptáculo de fiestas, creencias y un instrumento para resolver sus problemas y enfermedades. La imagen se convierte también en un motivo de orgullo. Hay que ataviarla y distinguirla con adornos lujosos para que sea reconocida y adquiera fama. El reconocimiento y la fama ahondan el sentido de pertenencia e identidad del lugar; el lugar es el testigo del milagro y no todos los lugares son capaces de participar de este gran evento.[26]

[26] Para un estudio minucioso sobre la relevancia de la geografía como lugar sagrado y generador de discursos correspondientes a cambios hegemónicos de poder en el culto de la Virgen de Copacabana, véase Verónica Salles-Reese, *From Viracocha to the Virgin of Copacabana. Representations of the Sacred at Lake Titicaca* (Austin: U of Texas P, 1997) 159-171.

El Visitador parece estar consciente que la identidad de un lugar (su estructura social, carácter político y cultura local) surge como producto de interacciones. La complejidad de la "geografía de las relaciones sociales" son capaces de producir miedo y ansiedad, especialmente si la identidad generada allí es conceptualizada como una solidificada (Massey 172). Estas interacciones pueden ser peligrosas para el control de las colonias porque pueden desestabilizar los mecanismos de control.

La importancia que cobra el control dentro del proyecto colonialista del autor se ve ejemplificado en el capítulo XVIII cuando el Visitador habla sobre los repartimientos y la manera en que es tratado el indígena. El narrador comenta que los repartimientos *"mantienen a los indios en sus tierras y hogares"*, aspecto positivo debido al "genio desidioso e inclinado solamente a la embriaguez" que caracteriza a los indígenas (XVIII 315, cursiva mía). Para controlar este comportamiento el único remedio posible es circunscribirlos dentro de un espacio en donde la vigilancia sea fácilmente ejercida; una vez controlados se generarán grandes ganancias: "[En los repartimientos] todos están en movimiento y así se percive la abundancia" (XVIII 316).

En el plano religioso el sentido de colectividad y comunidad que el viajero visualiza en el indígena también produce miedo e incertidumbre por lo que es necesario para el proyecto reformador del Visitador, visualizar la creencia de estos milagros y apariciones como supersticiones, y a los habitantes de Cocharcas como gente común y baja ("plebeyos"). La conceptualización del indígena como supersticioso e ignorante facilita discursivamente la creencia de que un control (borradura de la memoria indígena) todavía puede ser posible. La simplificación del milagro del indio Sebastián o "el devoto peregrino" (XXI 358) y el consecuente establecimiento del santuario, es lo que le permite al Visitador ofrecer una imagen limitada o fija de la identidad del indígena simplificando a su vez el suceso y la persona del indio Sebastián y lo que el santuario representa para el resto de la colectividad. El cristianismo practicado por los indígenas funciona como un signo de hibridez donde se deforman y desplazan las prácticas de dominación colonial y en donde la aculturación y transculturación surgen como elementos de resistencia y sobrevivencia.

En suma, la naturaleza del cristianismo en las "zonas de contacto" según la recogen los narradores en *El lazarillo de ciegos cami-*

nantes, adquiere un carácter multiforme en la que las "relaciones asimétricas de poder" se complican (Pratt 7). En el cristianismo indígena se observa la manipulación de la lengua para conservar ritos y amenazar a los españoles, la utilización de bailes y atuendos incaicos como instrumentos de preservación de la memoria, la manipulación de la imagen de la cruz como arma de sobrevivencia, y el culto a la Virgen de Cocharcas como identificación del espacio, receptáculo de relaciones sociales y emblema de la colectividad. Estas prácticas apuntan a la necesidad de resistir el control del "otro" y a la articulación de una identidad cultural. La aculturación religiosa no representó un proceso unilateral y ante este tipo de cristianismo indígena, los narradores de *El lazarillo* se ven obligados a modificar constantemente su discurso de poder colonial para tratar de garantizar así la visión del "otro" como lo estable. La "polivocalidad" del discurso colonial apunta a los diferentes proyectos de los narradores (Adorno, "Nuevas perspectivas" 14); razón por la que tildan al indígena como hábil pero falto de juicio, conocedor pero también ignorante de la lengua, manipulador de ella por los efectos de la embriaguez pero no por su sagacidad, y como devoto pero también falto de "pasto espiritual". Las oposiciones binarias no les son suficientes a los narradores debido a que por medio de ellas se deja escapar la diferencia proliferante; los signos de hibridez. Lo que se destaca es la naturaleza cambiante de las prácticas religiosas indígenas donde lo aparentemente familiar se torna en lo diferente por lo que el discurso de los viajeros se deshace, forma y transforma.

Sin embargo, para los narradores la diferencia y lo cambiante no representan factores determinantes para detener su esfuerzo en articular la identidad del indígena por lo que sus discursos van adaptándose a las circunstancias. En su intento de reformar económicamente el sistema, ambos deciden comodificar y controlar el espacio indígena por medio de la construcción de la imagen del "otro". Aunque la naturaleza del cristianismo guarda visos políticos, el Visitador y Concolorcorvo insisten en que los indígenas en sus prácticas religiosas son ignorantes, tramposos, vulgares y ridículos, aunque las anécdotas ofrecidas opugnan estas aseveraciones. Según los narradores, varios factores posibilitarán la eliminación del carácter conflictivo de este tipo de cristianismo; el primero consiste en el sometimiento al sistema por medio de la universalización de la lengua castellana. El aprendizaje de la lengua erradicará la memoria del pasado y las redes de contacto indígenas haciendo desaparecer los vestigios del sincretismo y el carácter que distingue al cristianismo indígena. La repercusión del cristianismo en la memoria del pasado indígena representa un elemento peligroso en el proyecto colonial de *El lazarillo*; peligroso porque ofrece un modo alterno para solidificar su identidad ya sea por la manipulación o la movilidad y ambas dificultan el control total sobre la población indígena. Este peligro es el que impulsa a los narradores a tratar de crear una imagen homogénea del nativo por medio de estereotipos. Sin embargo, en *El lazarillo de ciegos caminantes* se deja ver cómo el movimiento y la multiplicidad frustran todo deseo de reducir el todo a lo mismo (Chambers 27). Esta movilidad y fragmentación del cristianismo indígena es percibida con miedo; un miedo que genera más deseo en controlar/civilizar al "otro". No obstante, este impulso de controlar deja ver a su vez lo incontrolable de éste; en *El lazarillo,* el cristianismo indígena desestabiliza el discurso de poder colonial mientras alimenta la articulación de una identidad cultural.

LA SODOMÍA COMO DISCURSO DE DISCIPLINA, ORDEN SOCIAL Y MANEJO DEL CUERPO COLONIAL

> Por eso todas *aquellas maldades que son contra la naturaleza,* en todas partes y en todos tiempos son abominables y dignas de castigo, como lo fueron la de los habitantes de Sodoma. Y aunque todas las gentes del mundo se conformaran en cometer aquellas maldades, no por eso dejarían de ser reos del mismo delito y pena, atendiendo a la justicia y ley divina, por cuanto Dios no formó a los hombres para que usasen de sí tan torpemente los unos de los otros. Y así *se deshace y se rompe aquella íntima unión y sociedad* que debemos tener entre nosotros y Dios, cuando se marcha con el uso perverso de la concupiscencia carnal aquella misma naturaleza que le tiene y reconoce por su Autor.
>
> Pero aquellos delitos y maldades que solamente son contra las costumbres de los hombres en pueblos diferentes se deben evitar siguiendo la diferencia de costumbres de cada pueblo, para que lo *que tengan entre sí ordenado y establecido por costumbre o por ley* de la ciudad o de la nación no se quebrante por vicioso antojo de ningún ciudadano o extranjero. *Porque verdaderamente es torpe y fea cualquiera parte de un cuerpo que no se conforma y conviene con su todo.*
>
> (San Agustín, *Confesiones*)

El pasaje tomado de San Agustín alude a las consecuencias negativas que trae consigo la práctica de la sodomía; pecado que según él, se debe "detestar siempre" (San Agustín 64). De acuerdo con San Agustín, la sodomía es visualizada como negativa, una maldad contra la naturaleza porque su práctica va en contra de las normas tradicionales del comportamiento humano. Irrumpe además el orden establecido en la sociedad, particularmente entre el ser humano y Dios: "se deshace y se rompe". San Agustín subraya en el pasaje la idea que la elisión de este mal es necesaria para poder establecer un orden; un orden que debe ser internalizado en las costumbres de una nación o impuesto por el sistema legal. Ambas maneras exigen que el ser humano se adhiera a un tipo de control que subsidie el temor de un posible caos. San Agustín indica que la sodomía debe erradicarse como práctica del individuo debido a que viola la función "normal" del cuerpo humano con relación a las prácticas sexuales, o sea, las relaciones heterosexuales. El homosexualismo es percibido como un mal ("torpe y fea"), el pene es concebido como agente penetrador y la vagina como objeto de penetración. Cualquier práctica que se derive de esta forma tradicional va en contra de esa "naturaleza humana" o comportamiento que San Agustín defiende.

Mi interés en comenzar esta sección con el pasaje de San Agustín se debe a que el anterior hace referencia a varios aspectos que han sido parte integral del discurso de la sodomía en el plano legal, religioso y literario. La sodomía siempre ha aludido a un comportamiento negativo y a una desestabilización del orden social y moral. Ha sido percibida en la mayoría de los casos como un peligro. En Hispanoamérica durante la época colonial los conquistadores y cronistas europeos la utilizan como una excusa para justificar su derecho a someter a los nativos (Trexler 84). Pero ¿cuáles son las razones que han obligado a percibirla de esta manera? ¿por qué causa tanta inquietud? Quizás sea necesario dejar claro la definición de sodomía que domina hasta el siglo XVIII la cual se refiere a las relaciones sexuales que se llevan a cabo entre dos personas de un mismo sexo o entre un ser humano y un animal. Indica también a una serie de actos sexuales no procreativos como el sexo anal, sexo oral, *dildo* y masturbación. Tanto en los códigos canónicos y civiles antiguos la sodomía es considerada como una serie de "actos prohibitivos" (Foucault, *The History of Sexuality* 43). En el siglo XVIII, el *Diccionario de Autoridades* la describe como el "concúbito entre personas de un mismo sexo, o en vaso indebido" (134).

Aunque muchas personas conciben la sodomía como sinónimo de homosexualismo es importante dejar claro la diferencia que existe entre ambos. Primeramente, como nos recuerda Alan Bray, la sodomía incluye en la época una serie más variada de actos sexuales de tipo heterosexual (41). Las relaciones sexuales entre dos personas del mismo sexo viene a constituir sólo una parte de esta conducta. Además, como observa Donald Mager, antes del siglo XIX hubiera sido difícil asociar únicamente la sodomía con la homosexualidad ya que en los primeros siglos no llega a existir una oposición categórica entre la homosexualidad y la heterosexualidad (155).[27] La única oposición categórica que se concibe radica entre la sexualidad procreativa y la no-procreativa, es por eso que Mager define la sodomía como una serie de "deseos no-maritales, no procreativos o comportamientos que expresan esos deseos" (155).

De las características de la sodomía quizás la que les preocupaba más a las autoridades era su función no procreadora. He aquí una explicación del por qué se visualizaba esta práctica como una peligrosa. Si se tiene en consideración, como observa Foucault, que hasta el siglo XVIII los tres tipos de leyes que gobernaban las prácticas sexuales (la canónica, la cristiana y la civil) estaban centradas en la preocupación de las autoridades por el matrimonio, la fecundidad y la reproducción (*The History of Sexuality* 37), se puede comprender el por qué la sodomía era visualizada con tanto horror. Era concebida como una enfermedad contagiosa cuyo peor problema consistía en no cumplir con la función sexual tradicional del cuerpo humano: engendrar para reproducir. Sólo era capaz de generar un placer sexual que atentaba contra las normas de la sociedad transgrediendo los roles tradicionales del hombre y la mujer respecto a su sexualidad. Atentaba contra la noción de la familia como agencia de control debido a que el individuo no era capaz de realizar un acto que generara procreación.

---

[27] David M. Halperin arguye que la distinción entre homosexualidad y heterosexualidad puede ser entendida como un cambio conceptual que ocurrió en ciertos sectores del norte y noroeste de Europa durante los siglos XVIII y XIX con respecto al pensamiento acerca del sexo y la desviación sexual (43). Esta nueva conceptualización, añade Halperin, coincide con la emergencia de un nuevo tipo sexual (el homosexual o el heterosexual) definido como aquellos quienes poseían distintos tipos de "subjetividad" interiormente orientada hacia una dirección específica y que por ello, debían pertenecer a una especie humana separada (43).

La Iglesia católica consideró la sodomía como una herejía que atentaba contra la ley de Dios por lo que la imposición del castigo ofrecía una oportunidad para reafirmar la verdad religiosa y reiterar las relaciones materiales humanas que esa verdad trataba de organizar. La sodomía era relacionada con la cuestión del desorden por lo que en el siglo XVIII pasó de ofensa religiosa a un requerimiento legal en el que el control del cuerpo de los sujetos pasó a ser vigilado también por el Estado (Cohen 186). [28]

Si nos trasladamos al caso de Hispanoamérica durante la época colonial, la sodomía estaba intrínsicamente ligada al aspecto religioso y moral. Escritores como Ginés de Sepúlveda, Pedro Cieza de León, Bernal Díaz, Hernán Cortés y Fernández de Oviedo, entre otros, comentaron sobre la práctica "aberrante y bestial" perpetuada por los indígenas y que los hacía moralmente inferior a los europeos. Durante la conquista, la sodomía se convirtió en parte de un discurso que perseguía cumplir con el ritual de control y defensa del acto colonizador. Como resultado, el cuerpo del sodomita se articulaba como uno que debía ser disciplinado y borrado, de esta manera podía hacer cabida dentro de la agenda colonialista del conquistador. Francisco Guerra nos recuerda que una de las razones que Ginés de Sepúlveda ofreció para justificar la guerra contra los indígenas fue su alusión a la "sexualidad nefanda" de éstos (*The Pre-Columbian Mind* 80). [29] El énfasis en el comportamiento negativo de los nativos facilitaba justificar los mecanismos de control por parte del colonizador. [30] Los conquistadores y religiosos estaban

---

[28] La sodomía comenzaba a asociarse cada vez más con la violación de los ideales de hombría (Cohen 197). Mary Elizabeth Perry refiriéndose al caso de España arguye que hasta cierto punto las autoridades no estaban tan preocupadas por la sodomía como acto no procreativo sino con la idea que el hombre jugara un "rol pasivo" en las relaciones sexuales violando la integridad del cuerpo masculino al convertirlo en recipiente, lugar que le era asignado a la mujer (125). Aunque coincido con Perry, creo que ambas preocupaciones están estrechamente ligadas debido que al hombre convertirse en receptáculo provocaba que no se consolidara la relación procreativa por lo que afectaba no sólo la imagen del hombre sino el proceso mismo de reproducción de la sociedad.

[29] Este libro a pesar de ser uno de los primeros y pocos textos que trata el tema de la sodomía en la Hispanoamérica colonial, sufre el defecto de sostener que la sodomía era exclusivamente "un mal indígena" y bastante ajeno a los conquistadores españoles.

[30] En algunas sociedades indígenas andinas la sodomía era percibida como un arma de dominio. Figuras de barro de la época colonial ilustran cómo el dominio consistía en el control del conquistado (ser pasivo) por parte del vencedor (en su rol activo) (Trexler 111).

muy conscientes que la sodomía era considerada en la ley española como una de las ofensas más serias, precedida sólo por los crímenes de la herejía y en contra de la persona del rey (Guerra, *The Pre-Columbian Mind* 221). El castigo que implicaba su práctica explica la constante manipulación de este discurso por muchos de los cronistas españoles y religiosos para justificar su proyecto militar, político y religioso.

La obsesión por parte de las autoridades con relación a esta práctica sexual se evidenciaba en las distintas leyes que Fernando el Católico e Isabel de Castilla redactaron para ponerse en vigor en las colonias y que luego fueron enmendadas por Carlos V y Felipe II. [31] El castigo aplicado a los que cometían tal crimen subrayaba el peligro que la sodomía representaba para las autoridades seculares y eclesiásticas. [32] En algunos casos, el sodomita era castrado, en otros se proponía que la castradura se hiciera públicamente y en *Las Partidas* se llegó a proscribir la pena capital con la excepción del forzado y el joven menor de catorce años.

Tomando en consideración la concepción histórica sobre la práctica de la sodomía discutida anteriormente, me interesa examinar cómo en *El lazarillo de ciegos caminantes* la sodomía se convierte en parte de un discurso cuya preocupación principal es la inclusión del indígena como parte de un sistema colonial que busca establecer un orden social. Al convertir la sodomía en emblema de desorden social, los narradores de la obra aprovechan la oportunidad para manipular la identidad del indígena y amoldarla a sus fines políticos y económicos. La sodomía se convierte en parte de un discurso sobre la sexualidad que trata, como sugiere Richard Trexler, sobre "la jerarquía, el dominio y la subordinación" (2). Deseo ilustrar además cómo el discurso sobre la sodomía articulado en *El lazarillo* intenta disciplinar al nativo de manera que encaje dentro de los planes económicos colonialistas. En la obra, la sodomía constituye más una preocupación económica que una religiosa conci-

---

[31] Francisco Guerra comenta que los archivos coloniales del Santo Oficio no produjeron registros o datos significantes acerca de casos de sodomía perpetrados en América (Guerra, *The Pre-Columbian Mind* 224). Guerra menciona el caso de un fraile dominico en Lima quien en 1572 confesó haber cometido el "pecado nefando" con dos frailes de la misma orden (*The Pre-Columbian Mind* 224).

[32] Mary Elizabeth Perry sostiene que la homosexualidad masculina parecía tan peligrosa en España que al que la cometía lo alienaban del resto de la sociedad por temor a que fuera contagiosa (123).

biéndose al indígena como un cuerpo que debe ser manejado eficazmente. El cuerpo del colonizado se convierte en un cuerpo que necesita ser reformado debido a que se percibe como un "espacio in-
deleble de desorganización" (Goldberg 51). Es por eso que la sodomía está intrínsecamente relacionada con el discurso de poder y de
dominación; el indígena deber ser vigilado y disciplinado para que
este poder se pueda ejercer. El lenguaje de la sodomía en *El lazarillo* busca definir lo no aceptable y esa definición intenta controlar
una multiplicidad étnica que cada vez se hacía menos manejable.
Como se discutirá a continuación la constitución del sujeto colonial
queda contenida dentro de los parámetros de una economía de
poder.

En *El lazarillo de ciegos caminantes* se encuentran tres pasajes en
los que el problema de la sodomía juega un rol significativo. El primero de ellos guarda estrechas conexiones con la cuestión del peligro, la justificación del carácter malvado de los indígenas y la reproducción sexual. En el segundo capítulo Concolorcorvo decide in-
tercalar un tipo de advertencia o "noticia importante" a los viajeros
que no están familiarizados con las zonas entre Mendoza y Jujuy (II
94). El narrador alude a los problemas que confrontan los viajeros
por estas áreas y les previene sobre la "irrupción" que pueden causar "los indios pampas" (II 95). Concolorcorvo comenta que estos
indígenas espían a los viajeros que pasan por aquellas zonas envian-
do un tipo de indio explorador o espía quienes "a pie y desarma-
dos" investigan las pertenencias que llevan los viajeros por lo que el
narrador les advierte "no hay que fiarse de éstos" (II 96).

La advertencia le sirve a Concolorcorvo para introducir la razón
por la cual él describe a los indígenas de estas zonas de una manera
despectiva. Procede a añadir que "estos indios pampas son sumamente inclinados al *execrable pecado nefando*" (II 96, cursiva mía).[33]
Concolorcorvo considera el pecado como "abominable, detestable
y digno de maldición" ("execrable") (*Diccionario de Autoridades*
677). El uso de este adjetivo le facilita subrayar la naturaleza repul-

---

[33] En textos coloniales de la época la sodomía era llamada de distintas maneras
"pecado contra natura", "vicio nefando" y "pecado abominable" entre otros (Guerra, *The Pre-Columbian Mind* 43). Por pecado nefando se entendía "el de Sodoma,
por su torpeza y obscenidad" (*Diccionario de Autoridades* 658). También se infería
algo que era "indigno, torpe, de que no se puede hablar sin empacho" (658).
Ambas definiciones aluden al supuesto carácter indecoroso o deshonesto de la sodomía.

siva de éstos. Su diatriba no se detiene allí y añade que ellos "siempre cargan a las ancas del caballo, quando no van de pelea, a su
concubina o *barragán, que es lo más común en ellos, y por esta razón
no se aumentan mucho*" (II 96, cursiva mía). La inclusión del "mozo
soltéro, de buena disposición y alentado" ("barragán") como acompañante sexual del indígena destaca el carácter homosexual de éste
y al cual Concolorcorvo había aludido antes con tanta renuencia
(*Diccionario de Autoridades* 563). Su interés en destacar lo que él
percibe como un vicio se hace más evidente si se toma en cuenta
que en la edición *princeps* de *El lazarillo de ciegos caminantes* (1775-
76) las palabras "concubina" y "barragán" aparecen en letras mayúsculas, subrayando así su importancia. El narrador a pesar que
menciona que los indios pampas también se pasean con sus concubinas, al añadir que en estos grupos el nivel de procreación es muy
bajo sugiere que el problema se debe a las prácticas homosexuales
que ellos llevan a cabo, debido a que con una concubina el acto de
procreación es todavía viable. Los indios no se aumentan debido al
sostenimiento de relaciones sexuales con los de su mismo sexo. El
interés de Concolorcorvo en subrayar el pecado nefando ("indigno
y torpe") que se practica en aquellos lugares representa una manera
de justificar el carácter negativo de los indígenas. Tal actitud se hace
más evidente cuando Concolorcorvo concluye su descripción recalcando que los indios pampas "son traidores, y aunque diestrísimos
a caballo y en el manejo de la lanza y volas, no tienen las correspondientes fuerzas para mantener un dilatado combate" (II 96). Concolorcorvo cierra su pasaje aludiendo a otro defecto que los caracteriza: su debilidad.

En el pasaje anterior se ilustra cómo el discurso de la sodomía le
facilita al narrador el articular una identidad del indígena que se
destaca por la sucesiva condenación del nativo como un ser susceptible a faltas de tipo moral. El autor al poner estas palabras en boca
de Concolorcorvo intenta otorgar más autenticidad a la descripción. Los indígenas están siendo juzgados por otro indígena capaz
de establecer diferencias entre la perversidad y lo cabal. Las faltas
morales se desplazan al terreno de lo económico debido a que sus
prácticas sexuales provocan otro tipo de problemas: la falta de reproducción poblacional. Junto a ese problema, la temeridad que los
indígenas generan en estas zonas representa la causa de una ausencia de población europea debido a que son víctimas de ataques, lo
que facilita el que los indígenas controlen esas zonas. Al hacer men-

ción del "pecado nefando" que se comete allí, el autor por medio
de la voz indígena, busca advertir a los oficiales de gobierno que
una presencia de la autoridad colonial es imprescindible en las
zonas periféricas de Mendoza a Jujuy. La intención de Concolorcorvo no radica exclusivamente en advertir a los viajeros que transitan
por aquellas zonas sino también a las autoridades coloniales, para
que de ese modo impongan un supuesto orden moral que eventualmente brindará remuneraciones económicas. Estos territorios representan un espacio en donde la explotación puede ser posible si
se borraran las amenazas que representan las prácticas sexuales de
los indígenas. La alusión a la debilidad de los indios pampas con
que finaliza el pasaje sugiere que el establecimiento del orden colonial puede ser posible si tan sólo la presencia numerosa de españoles hiciera su aparición allí; el indígena es un ser fácil de conquistar.
A esto se refiere Concolorcorvo cuando enfatiza que si los indios
pampas vencen a los españoles en estos territorios es porque "están
en mayoría" pero no por su fuerza (II 96). En el pasaje la sodomía
es capaz de visualizarse no sólo como un "crimen sexual" y moral
sino también parte de un defecto económico y hasta cierto punto
"político" (Bray 41). Constituye una excusa para reiterar los problemas que representa para la autoridad colonial el que los territorios
sean controlados por grupos subalternos capaces de generar miedo
y desorden. Es por eso que la presencia de la autoridad u orden colonial en estas zonas se hace imperiosa.[34]

La forma en que el narrador visualiza el territorio americano
cambia drásticamente cuando la presencia del orden colonial hace
su aparición en la zona andina; en tales casos todo llega a ser percibido como positivo. Una descripción que contrasta con el pasaje
anterior es la descripción del pueblo de San Bartolomé en donde
Concolorcorvo menciona que en este pueblo se es testigo de un
puente de cantería "fuerte y hermoso" y como desde allí hasta llegar a Potosí "no hay riesgo de precipicio" (XIII 252). Los indios
que habitan la zona han construido "una casa grande con bastante
oficinas, patios, traspatios y corrales" para alojar a los curas, tenien-
tes o viajeros que transitan por aquellos lugares (XIII 252). Para enfatizar cuán admirable es el orden que se destaca allí, Concolorcor-

---

[34] A diferencia de Carrió de la Vandera que asocia los casos de sodomía con las
zonas interiores, los cronistas anteriores (Bernal Díaz, Cieza de León, entre otros) la
concebían como un mal característico de las costas (Trexler 122).

vo finaliza su descripción subrayando que "los indios de este pueblo son laboriosos y *bastante racionales*" (XIII 252-3, cursiva mía).
El retrato del pueblo de San Bartolomé funciona como un modo de
resaltar las diferencias que existen cuando un orden racional es establecido en las zonas periféricas; de repente todo es fuerte y hermoso, los habitantes son racionales y laboriosos, y más importante
aún el terreno no presenta ningún peligro. La hermosura y fortaleza
son epítomes del orden y lo racional, elementos esenciales para la
organización social y moral que busca la autoridad colonial. No
obstante en el contexto de *El lazarillo*, el énfasis en lo social y lo
moral siempre va unido a una preocupación económica. Cuando se
alude a la hermosura del territorio se sugiere que el lugar es con-
ductible a la explotación y a la colonización; su hermosura implica
la posibilidad de ganancia.

El segundo pasaje donde vuelve a surgir el tema de la sodomía
forma parte de un diálogo que establecen los dos narradores respecto a la conquista del Perú. Concolorcorvo comienza la discusión
indicando cómo se llevó a cabo la conquista de más de siete millones de indios. Él resalta la valentía de los españoles quienes con
unos pocos lograron derrotar a un grupo tan numeroso. Concolorcorvo insiste que los españoles "no usaron de artificios para vencer
a mis paysanos" y que si no hubiera sido por las luchas internas
entre los mismos españoles, éstos hubieran conquistado todo el
Reino de Perú (XVI 297). El narrador indígena señala que los españoles se hubieran salvado de la mala fama que tienen ahora si ellos
hubieran dejado "a los Incas, caziques y señores, pueblos en su libertad y excediendo abominables pecados" (XVI 298). Concolorcorvo parece defender la posición que la coexistencia de dos culturas con dos rumbos diferentes hubiera sido posible por lo que no
parece encontrar ningún problema en que una de ellas hubiera se-
guido viviendo en el supuesto caos que los "abominables pecados"
acarreaban. Él visualiza en la situación un aspecto positivo: el hecho
que hubiera salvado a los españoles de su mala reputación. Las conjeturas de Concolorcorvo incitan la pronta intervención del Visitador quien no está de acuerdo en lo absoluto con su acompañante y
para explicar su postura introduce el tema de la homosexualidad
indígena.

El Visitador justifica que la intervención española fue necesaria
debido a que sacó a los indígenas "de muchos errores y abominaciones que repugnan a la naturaleza" (XVI 298). No solamente de-

nuncia los actos de canibalismo y "horribles" sacrificios que ellos cometían sino que enfatiza que debido a que los Incas, caciques y señores nobles tomaban a todas las mujeres para ellos, los indios de las clases bajas ("el común") *no tenían el suficiente para propagarse y menos para el carnal deleyte,* por lo que era muy común el *pecado nefando y bestial,* que hallaron muy propagados los españoles" (XVI 298, cursiva mía). La alusión a la sodomía ("pecado nefando y bestial") nuevamente toma visos de homosexualismo cuando el Visitador indica de manera clara que los indígenas de las estratas bajas tuvieron que recurrir a sostener relaciones sexuales con los de su mismo sexo debido a que las mujeres habían pasado a manos de los de las clases altas. La falta de mujeres ya sea para propósitos de reproducción o satisfacción sexual suscitó el que se recurriera a tal pecado. El Visitador presupone indirectamente que las mujeres junto con los hombres principales eran los causantes del problema.[35] La objetificación de la mujer como un receptáculo de pasiones y penetraciones sexuales le sirve al narrador para resaltar cómo antes y durante la conquista los roles sexuales concebidos como la norma por la tradición occidental estaban siendo transgredidos en estas zonas especialmente en las clases bajas de la sociedad, caos que era necesario remediar. El Visitador concluye su posición dejando claro que estos abominables pecados "casi se e<s>tinguieron con *el buen orden y establecimiento de los casamientos* a tiempo oportuno, *imponiendo graves penas a los delinquentes y castigándolos* con proporción a corto talento y fragilidad" (XVI 299, cursiva mía). Desde la perspectiva del Visitador los españoles trajeron consigo ese orden tan necesario en aquellas zonas; un orden basado en el restablecimiento de la heterosexualidad, por eso la presencia europea allí era esencial.

En el pasaje anterior la sodomía es asociada con varios aspectos fundamentales que ocupan un papel importante en la agenda colonialista del autor como lo son: la falta de procreación y por ende la falta de población, la naturaleza moral del hombre indígena de clase baja, la noción del matrimonio como un instrumento regularizador y la presencia española como instauradora de un orden. El Visitador visualiza el acto procreativo como uno de los elementos

---

[35] En el capítulo dedicado a la imagen de la mujer elaborada en *El lazarillo* se examinará el papel que juega la sexualidad femenina en el proyecto colonialista que sostiene el autor a lo largo de su obra.

esenciales para que la sociedad se desarrolle; sin procreación no puede existir un aumento de población que sea capaz de generar un desarrollo en la sociedad de tipo económico y político. La mano de obra representa un aspecto crucial para establecer un sistema de trabajo que genere ganancias, especialmente, cuando el europeo necesita de un gran número de personas a quienes utilizar. El hecho de que las clases bajas sean partícipes de esa situación problematiza más la agenda del colonizador ya que los grupos subalternos constituían el blanco de sus proyectos económicos. Como sabemos, las clases altas indígenas fueron más respetadas por los europeos, al punto que se le concedieron distintos privilegios. A los españoles se les hacía más fácil controlar a los grupos que siempre habían ocupado posiciones marginales.

La naturaleza moral del hombre indígena ocupa un lugar importante en la discusión del Visitador. Desde su perspectiva el rol tradicional del hombre como agente activo de reproducción estaba siendo violado en aquellas regiones lo que atentaba contra el orden tradicional en donde la mujer se convertía en el receptáculo o ente pasivo lista para satisfacer las deseos sexuales y procreativos del hombre. Lo que se percibe en su comentario es como apunta Mary Elizabeth Perry, ese miedo por parte de las autoridades de que el hombre ocupara un rol pasivo asociado tradicionalmente con lo femenino y que violaba la integridad del hombre al convertirlo en recipiente y violando así su espacio físico interior (125). La inversión de los papeles sexuales convencionales acarreaba un caos en el sentido que estos hombres podían encontrar satisfacción entre los de su mismo sexo haciendo que la noción tradicional de relaciones heterosexuales se hicieran menos válidas.

El matrimonio constituye otro aspecto que cobra gran relevancia en la discusión sobre las sociedades indígenas peruanas. Esta institución se convierte en el instrumento estabilizador que busca generar un orden ya que el matrimonio promueve una estabilidad social. Como sostenía Fray Luis de León en *La perfecta casada*, el matrimonio no representaba únicamente una necesidad biológica sino también una necesidad social debido a que provee los medios para preservar la raza humana (citado de Perry 53, 65). En *El lazarillo* el matrimonio cumple casi un tipo de rol medicinal ya que según el Visitador es capaz de curar el desorden que permea en aquellas sociedades. El matrimonio es epítome de la organización y el "buen orden" (XVI 299). Gracias a él los españoles han logrado casi "e<s>tinguir" el "pecado nefando y bestial" aunque no lo han borrado por completo lo cual significa que la presencia española allí todavía es vital debido a que está generando buenos resultados. En este sentido el que todavía se aluda a la existencia actual de la sodomía justifica la presencia del colonizador que eventualmente será capaz de obliterar por completo el pecado nefando, demostrando la relación intrínseca que existe entre la sodomía, el poder y la dominación.

Por último, el pasaje ilustra cuán importante es la institución del orden para la realización de la agenda colonialista del autor. El narrador hace mención a que el "buen orden" ha sido introducido gracias a los españoles y lo que ha servido como un antídoto para solucionar casi por completo el caos existente y lo más importante es la manera en que el orden ha sido establecido. El Visitador alude a que se ha llevado a cabo por medio de la disciplina y la creación de castigos. Se ha recurrido a la imposición del miedo que pueden causar las "graves penas" para intimidar al indígena y hacerlo obedecer y someterse a las leyes españolas. El cuerpo del colonizado es manejado y disciplinado al punto de conformarlo a las necesidades del colonizador. Hasta cierto punto el caos que produce la sodomía es necesario en el discurso colonialista del autor debido a que justifica la presencia e imposición de un orden colonial. Como señala Gregory Bredbeck refiriéndose a algunos textos renacentistas, en algunos casos la sodomía no crea desorden sino que el desorden exige el discurso de la sodomía (77). Es por eso que se puede sugerir que en El lazarillo la acusación de la sodomía se convierte en un recurso necesario para validar la imposición del sistema colonial en los grupos subalternos.

El último pasaje donde se hace alusión al problema de la sodomía se relaciona nuevamente con el tema de la conquista y la implantación de la lengua española. En el capítulo XIX el Visitador afirma que el establecimiento de la lengua castellana sobre la indígena sería capaz de facilitar el proceso de control sobre los indios. Culpando a los jesuitas por no haber cumplido con esta labor, que según el Visitador por estar más cercanos a los indígenas muy bien los religiosos habrían podido lograr, el narrador procede a invalidar la razón que éstos ofrecían para justificar el por qué no lo habían hecho. De acuerdo con los jesuitas ellos se habían negado a hacerlo porque el aprendizaje de la lengua castellana provocaría el que los nativos aprendieran las maldades que practicaban los españoles. El

Visitador cuestiona tal premisa porque según las historias escritas sobre la conquista ya existían "muchas abominaciones" entre los indígenas (XIX 330). Entre las abominaciones él menciona el canibalismo, los sacrificios hechos a los dioses, la adoración de "monstruos, troncos y sabandijas", la pluralidad de mujeres, el incesto, la violación del sexto, el séptimo y octavo mandamiento y por supuesto, la sodomía (XIX 330).[36] El Visitador llega a señalar que la poligamia, el incesto y *"el pecado bestial y nefando* que hallaron muy introducido entre los indios, *como se ve actualmente entre los que no están conquistados"* no estaban "en uso entre los españoles" (XIX 330, cursiva mía). Luego de establecer que este mal es todavía persistente entre los indígenas, el Visitador procede a subrayar que los españoles no trajeron pecado al Nuevo Mundo de que los indígenas "no estuvieran doblemente surtidos" (XIX 330).

En la discusión realizada por el Visitador la sodomía vuelve a relacionarse con el problema del desorden y la falta de control. El narrador resalta la falta de disciplina moral que existía entre los indígenas para justificar su posición de por qué la presencia española junto con la imposición de la lengua del colonizador era vital en aquellos lugares. La maldad se presenta como una característica inherente de la naturaleza indígena hasta el punto de negar que los españoles jamás fueron partícipes de la práctica de la sodomía mientras que ésta sí estaba muy "introducida" entre los indígenas. El argüir que la sodomía era un problema indígena y totalmente ajeno al español, funcionaba como una manera para destacar que el europeo simbolizaba orden por excelencia debido a su integridad moral.[37] Nuevamente, el Visitador procede a enfatizar que la sodomía todavía constituye un problema vigente por lo que aboga de forma indirecta por la continua presencia del colonizador como agente productor del orden. El tema de la sodomía le sirve también al Visitador de excusa para condenar la posición de los jesuitas res-

---

[36] Los mandamientos a los que se refiere el Visitador son los siguientes:

6to   No cometerás adulterio
7mo   No hurtarás
8vo   No hablarás contra tu prójimo falso testimonio
(*Éxodo* 20)

[37] Perry indica que entre 1567-1616, en Sevilla 71 hombres fueron castigados por practicar la sodomía (124). También se decía que en Sevilla existía una cuadrilla de sodomitas dirigidas por un tal Diego Maldonado quien fue castigado en 1585 (Perry 126).

pecto a las razones que éstos ofrecen de por qué no enseñar la lengua castellana a los nativos. Esta negación es visualizada como un atraso por parte del Visitador ya que imposibilita la integración del indígena al sistema colonial manteniéndolo enajenado y permitiéndole preservar su cultura fuera del control de los administradores y representantes del poder, específicamente, según sugiere el Visitador, los que todavía no habían sido conquistados. La única manera por la cual se puede sacar total provecho de estos grupos es integrándolos al proyecto político y económico del colonizador. El aprendizaje de la lengua funciona en este plan como un mecanismo de control y la sodomía como una excusa para consolidar y justificar la imposición de un orden colonial de tipo económico y moral.

En conclusión, en *El lazarillo de ciegos caminantes* el discurso de la sodomía fluctúa entre una variedad de discursos que se desplazan en el terreno de lo moral, lo social, lo político y lo económico. Representa sobre todo un discurso que intenta articular un orden cultural por medio de la construcción de la identidad del sujeto indígena; identidad que se articula a expensas de una objetificación. En tal proceso el indio es asociado con lo marginal y lo negativo por lo que su falta de moral junto con su comportamiento deshonesto, impúdico, lascivo (torpe) y bestial, le sirven de excusa a la autoridad colonial para manejar discursivamente la imagen de su cuerpo de manera que encaje dentro del proyecto reformista que propone al autor.[38] En el contexto de *El lazarillo* el cuerpo del indígena debe ser disciplinado para así crear un orden que garantice el máximo provecho de éstos desde un plano económico.[39] La sodomía sirve de excusa para definir lo inaceptable.

---

[38] Gregory Bredbeck discute que en el Renacimiento la sodomía también se relacionaba con todo lo marginal incluyendo el estatus de minoría, lo extranjero, la herejía, la insurgencia política, brujería y hechicería (xii). Alan Bray, por otro lado, menciona que el sodomita era visto como un traidor, mentiroso, ateo y blasfemo (41-2). En España, por ejemplo, la sodomía se asociaba con lo extranjero. Casi todos los que se ejecutaban eran italianos (Trexler 58).

[39] La asociación entre la sodomía y la disciplina tiene sus antecedentes en los eventos ocurridos en la ciudad de Sodoma. Alfonso el Sabio en *Las Partidas* define la práctica de la sodomía tomando en cuenta el ejemplo de Sodoma y Gomorra:

> Sodoma et Gomorra fueron dos cibdades antiguas que fueron pobladas de muy mala gente: et tanta fue la maldat de los homes que vivien en ellas, que porque usaban aquel pecado que es contra natura, los aborreció nuestro señor Dios de guisa que sumió amas las cibdades con toda la gente que hi moraba, que non estorció ende sinon solamente lot et su compaña que non habien en sí esta maldat. Et de aquella villa Sodoma

Rolena Adorno nos recuerda que el feminizar las razas primitivas le facilitaba al colonizador establecer un tipo de "relación jerárquica binaria" donde se exaltaba la corrupción moral de los indios y su necesidad de guía y control para corregir tal problema ("El sujeto colonial" 62). En *El lazarillo de ciegos caminantes*, de los tres pasajes donde se trata la sodomía dos de ellos se refieren a la práctica de tipo homosexual y en el último pasaje, no se deja claro si se refiere a la realización de actos no procreativos o relaciones homosexuales entre los hombres. En los primeros casos, al asociar las prácticas sexuales de los hombres con el rol que debe cumplir la mujer se sugiere que en las sociedades indígenas el hombre de clase baja está asumiendo el rol pasivo lo cual viola las reglas de la tradición occidental donde el hombre debía representar un rol activo: el de depositador. Tal asociación apunta a un interés por parte del autor de sugerir la falta de guía que persiste entre las sociedades indígenas y cómo la presencia del español en aquellas zonas podría subsanar el problema. A la vez insinúa que el control de los nativos puede ser bastante factible debido a su debilidad y el rol como entes pasivos que asumen en sus prácticas sexuales. La presencia de una autoridad masculina y racional será capaz de obliterar el pecado nefando que infecta a la sociedad y que por ende posibilitará el establecimiento de un orden moral. El orden que radica en la subyugación del "otro" a los deseos colonialistas del español los cuales consisten en incorporar al indígena a un sistema económico en que la mano de obra sea fácilmente manejable.

Homi Bhabha nos recuerda que el ejercicio de autoridad colonial "requiere de la producción de diferenciaciones, individuaciones y efectos de la identidad" por medio de los cuales "las prácticas discriminatorias" intentan proyectar la imagen de una población sujeta al poder (111). Los modos de discriminación ya sean culturales, raciales o administrativos, intentan destacar la inestabilidad de la colectividad para así justificar la interferencia e imposición de poder por parte de la autoridad colonial. En *El lazarillo de ciegos caminan-*

---

en que Dios mostró esta maravilla, tomó nombre este pecado, a que dicen sodomítico. (*Las Partidas* Partida VII, título XXI, Ley I 271)

Michael Warner arguye que debido a que Sodoma representó el ejemplo más conocido para pasar juicio sobre los habitantes, pronto pasó a utilizarse como símbolo por excelencia del establecimiento de "la constitución política y la disciplina" (331). La caída de Sodoma se visualizó como la imagen de una sociedad entera abierta a la disciplina y en necesidad de salvarse (Warner 331).

tes las prácticas sexuales indígenas son visualizadas por los narradores como ese elemento desestabilizador del que habla Bhabha ya que se ven en yuxtaposición al matrimonio, institución que epitomiza el orden social por excelencia. La sodomía desestabiliza porque depende de actos no-procreativos que impiden el desarrollo poblacional de la sociedad lo que para las autoridades coloniales puede representar un problema. La mano de obra en grandes cantidades es necesaria para la explotación de los recursos del país y una escasez de ella puede resultar en grandes pérdidas. En este sentido la sodomía siempre se asocia con cuestiones de poder ya que al hacerla epítome de desorden social se garantiza la inclusión de un agente capaz de incorporar el orden, lo que asegura la imposición exitosa del poder colonial a través del miedo, el castigo, la violencia y la ley para cumplir su objetivo. El peligro que representan las prácticas sexuales indígenas es combatido con la imposición del miedo por la vía física y la legal. El rompimiento de "aquella íntima unión y sociedad" que debía existir entre el ser humano y Dios y que según San Agustín la sodomía violaba, es sustituida en *El lazarillo de ciegos caminantes* por la búsqueda de una íntima unión entre el indígena y el sistema colonial. En esta unión los primeros deben ceder al poder de una autoridad dotada de una moralidad y racionalidad capaz de lograr que el cuerpo indígena se conforme a las exigencias de un plan de expansión colonialista tanto en lo social como en lo económico. La sodomía en *El lazarillo de ciegos caminantes* forma parte de un discurso sobre la sexualidad que se destaca por la apropiación del cuerpo humano para de esa manera definirlo y disciplinarlo haciéndolo parte intrínseca de un discurso de producción cultural.

MOVILIZACIÓN RACIAL Y ÉTNICA: CONCOLORCORVO COMO SÍMBOLO DE HIBRIDEZ. CONSIDERACIONES FINALES

Me gustaría concluir este capítulo indagando hasta qué punto el indígena como elemento desestabilizador del sistema colonial está intrínsecamente conectado a una movilización racial y social que se visualiza como elemento amenazante. A mi entender esta movilización en *El lazarillo* está centrada en la figura del narrador indígena: Concolorcorvo. El siguiente análisis se basa en la metamorfosis racial que él sufre a lo largo de la obra y la animalización de su figura que ocurre a través de los cambios de su nombre. Se examina cómo la articulación de la identidad de Concolorcorvo pasa a formar parte del discurso de poder del autor en donde éste intenta advertir los problemas que causan la manipulación y transgresión del sistema colonial por parte del indígena y el peligro que ello connota. La ambigüedad que destaca a la figura de Concolorcorvo hace que el personaje se perciba como elemento desestabilizador del orden y discurso colonial, y a la vez como portador de la ideología del colonizador (especialmente sus comentarios sobre la sodomía y la religión indígena). Concolorcorvo es representado como epítome del sujeto colonial que es capaz de adoptar diferentes posiciones e identidades étnicas debido a su sutil manipulación del sistema. Concolorcorvo encarna esas fuerzas y fijaciones cambiantes que producen un "espacio ambivalente" (hibridez) en el discurso que reta la autoridad colonial (Bhabha 112).

Se ha señalado en el capítulo anterior que el proceso de colonización implica una relación estructural de dominación y supresión de lo heterogéneo. La tarea de dominar al nativo es más factible si el subalterno es articulado como un sujeto homogéneo el cual no representa una amenaza al aparato colonizador que concibe lo heterogéneo como un elemento peligroso que debe ser erradicado para de esa manera facilitar un proyecto de dominación. En esta red de poder la raza se percibe como un elemento inestable e inquietante, específicamente cuando se habla de la zona andina que recorren los narradores de *El lazarillo de ciegos caminantes*. Lo que domina esta zona es la heterogeneidad étnica y racial. ¿Cómo es posible para el representante de la autoridad colonial, Carrió de la Vandera, integrar esta multiplicidad dentro de su empresa? ¿Hasta qué punto esa diversidad representa una amenaza al orden colonial? ¿Cómo se intenta controlar esa movilidad racial y social que va adjunta a la multiplicidad poblacional? Varias son las maneras en que el autor de *El lazarillo* realiza esta empresa. En las páginas anteriores hemos observado como la religión, la lengua y la sodomía se utilizan como mecanismos de control. En capítulos subsiguientes se verá la forma en que los gauderios, la población negra y la mujer, están sujetos a otros tipos de manipulaciones discursivas. Empero, ahora quisiera concentrarme en cómo la figura de Concolorcorvo entra en juego en este intento del autor en abogar por un tipo de control que facilite la obtención de un orden colonial.

En el contexto de *El lazarillo de ciegos caminantes* Concolorcorvo simboliza contradictoriamente estabilidad, diversidad e inestabilidad. Estabilidad en las ocasiones en que su voz es manipulada por el autor para de ese modo juzgar a los grupos subalternos y crear consciencia que éstos no encajan dentro de los parámetros del orden colonial. Su postura sobre el Inca Garcilaso, los indios serranos y la práctica de la sodomía, entre otros, ilustran claramente este aspecto. Sin embargo, en términos étnicos y raciales el narrador indígena sufre una transformación que se desprende desde la página titular y culmina en los capítulos finales de la obra. En la página titular se presenta como "Inca, natural del Cuzco", luego alude a sí mismo como "cholo", pasa a llamarse "indio neto" e inmediatamente "mestizo". Su acompañante luego lo asocia con un "moro", lo llama "pigmeo" y al final alude a sus "manos de carbonero". La progresión que se percibe va de un color de piel más claro a uno más oscuro lo que subraya la manera en que va descendiendo en escala social. Esta transformación genera duda en el lector quien se ve forzado/a a preguntarse ¿quién es Concolorcorvo? ¿A qué apunta esta metamorfosis de tipo racial y étnica?

Desde el comienzo de la obra la figura de Concolorcorvo comienza a empañar las marcadas divisiones raciales que caracterizaban a la sociedad dieciochesca. El interés en destacar la arbitrariedad de las denominaciones raciales se hace clara en la primera página de la obra cuando Concolorcorvo anuncia que él es un "pege entre dos aguas" (41). La preposición "entre" introduce la ambigüedad que rodea su figura. Según él, ni es lo uno ni lo otro, se encuentra en ese intersticio que obstaculiza la definición clara y absoluta de su persona. La frase parece aclararse cuando en párrafos posteriores Concolorcorvo se autoproclama como cholo: "que los cholos respetamos a los españoles, como a hijos de el Sol" (42). El "entre" ahora se puede referir al hecho que él es un producto de la mezcla entre un blanco y una india (cholo). No obstante, la noción de un ser mezclado se pone en duda cuando en párrafos subsiguientes arguye que es un indio neto: "Yo soy indio neto, salvo las trampas de mi madre, que no salgo por fiador" (60). En ningún momento Concolorcorvo se detiene a explicar por qué se autodenomina de distintas maneras sino que prosigue su discurso sin ofrecer ninguna explicación. El cambio de etnicidad, sin embargo, le brinda la oportunidad al narrador de reclamar autoridad tanto en los asuntos pertinentes al cholo como al indígena. Su procedencia étnica todavía le permite salvarse de ser incluido en las estratas más bajas de la sociedad ya que al incluir en su nombre la palabra Inca,

intenta reclamar un estado de nobleza que en la época lo eximía de
llevar a cabo los peores trabajos. Este estado de nobleza es recalca-
do por Concolorcorvo cuando hablando sobre la conquista del
Perú alude a los incas de la siguiente manera: "Mis parientes (¡O de
mis parientes!)" (XVI 294). Como bien señala Karen Stolley, Concolorcorvo "logra manipular la ascendencia indígena mediante su
narrativa para sacarle ventaja" (2). Habría que añadir también que
quien en realidad se aprovecha de ello es el autor.

El pasaje adquiere otras dimensiones si se tiene en cuenta la otra
connotación de la palabra cholo en la época, la cual se refería a un
indígena que se vestía como español y había aprendido su lengua, o
como lo consideraban en la época, un indio civilizado. Concolorcorvo se erige como un ser más valorado que el indio común y más
propenso a movilizarse dentro del sistema colonial. Cuando se autodenomina indio neto, apela nuevamente a su ascendencia incaica
especialmente cuando hace alusión a sus primas collas que habitan
en un Convento del Cuzco "donde las mantiene el rey nuestro
señor" (60). Concolorcorvo considera al Inca su rey reclamando
cierta nobleza que lo salva de ser asociado con el indio común. [40]
Tal autoridad constituye uno de los medios a través de los cuales
Concolorcorvo intenta separarse de los indios comunes para establecer así cierta distinción.

En el capítulo XVI Concolorcorvo inclusive llega a autodenomi-
narse "criollo natural" (283). Esta nueva alusión étnica confunde
más la ascendencia racial de Concolorcorvo ya que se puede estar
refiriendo a un blanco o negro nacido en América sea de padres españoles o negros, o a un mestizo (*Pequeño Larousse Ilustrado* 286).
El asunto se complica más si se tiene en mente que en el siglo XVIII
la palabra "mestizo" era utilizada para denominar al indígena que
se cambiaba de vestimenta y adoptaba la española para evitar los
trabajos forzosos (Barragán 61). Difícil es conjeturar en cuál de
estos tres grupos él se está ubicando porque Concolorcorvo no explica, sólo procede a comentar que los criollos naturales pronun-
cian Cozco en vez de Cuzco: "ignoro si la corruptela será nuestra o

---

[40] Karen Stolley sugiere que el hecho que Concolorcorvo reclame su ascendencia indígena (sea neta o mestiza), lo "ubica dentro de la tradición de los autores indígenas o mestizos que escribieron sobre la conquista" entre ellos el Inca Garcilaso
y Guaman Poma, identificándose con esta ilustre tradición "le presta al narrador
autoridad innegable" (105).

de los españoles" (XVI 283). La etnicidad cambiante que reclama Concolorcorvo apunta a la manera en que ésta es manipulada por el sujeto colonial para demandar cierto tipo de autoridad o escapar de posiciones de subyugación. Concolorcorvo en ningún momento se asocia con el indio común por lo que está consciente de cómo la clase, la raza y la etnicidad juegan un rol importante en la recepción del subalterno en la sociedad colonial. Se convierten en elementos con los cuales se articula una resistencia, afectando la forma en que el sujeto colonial decide enfrentarse a la institución colonial. La articulación racial de la identidad depende de las situaciones inesperadas que surgen en las zonas de contacto. En *El lazarillo,* sin embargo, la aparente mesticidad de Concolorcorvo se pone en tela de juicio cuando su acompañante el Visitador procede a identificarlo de otra manera.

En el capítulo XVIII Concolorcorvo le pide al Visitador que compare al indígena con otras naciones del mundo. El Visitador responde que todos los indígenas son prácticamente iguales: "El que vio a un indio se puede hacer juycio que los vio todos" (XVIII 319). Él añade que si se toman en cuenta las pinturas de los antepasados incaicos, la de Concolorcorvo mismo "y otros que dicen descender de Casa Real" lo único que se nota es su *"deformidad"* (XVIII 319, cursiva mía). Sus rostros, narices y bocas se asemejan a la de los *"moros",* con la diferencia de que el color de Concolorcorvo es *"de ala de cuervo"* (XVIII 319, cursiva mía). De repente, Concolorcorvo pasa a ser asociado con el moro y con el negro, dos de los grupos más marginados y blanco de prejuicios desde la España medieval. La metamorfosis racial que va sufriendo se refleja en el color de su piel lo que se acentúa con la alusión a los estereotipos tradicionales de la relación entre la piel oscura y la deformidad. Karen Stolley indica que la alusión al cuervo y su color ya queda establecida con el apodo de "Concolorcorvo" elegido por el Visitador para su acompañante (3). Stolley sugiere que el apodo ("Con-el-color-de-cuervo") está relacionado con el cuento del cuervo que aparece en el libro II de la *Metamorfosis* de Ovidio (3). El cuervo de Ovidio sufre una metamorfosis de color impuesta por el dios Apolo al enterarse por medio del ave que su amante le había sido infiel, noticia que motivó que el dios la matara a ella y a su hijo, luego de arrepentirse como venganza Apolo excluye al cuervo "de la compañía de las aves blancas" (Stolley 4). Lo que me interesa destacar de la discusión de Stolley son los tres puntos que ella ve

como aspectos que relacionan la anécdota del cuervo con el personaje de Concolorcorvo: "1) se menosprecia el valor de un fiel mensajero que no dice sino la verdad; 2) la locuacidad es castigada repetidas veces; 3) ese castigo es efectuado a través de una mudanza de
color de blanco a negro" (5). De lo anterior se puede deducir que la
metamorfosis racial que sufre Concolorcorvo en la obra es parte de
un castigo propiciado por la amenaza que representa Concolorcorvo como supuesto autor de la obra y manipulador del discurso. Su
castigo no se basa únicamente en el cambio de color sino en las
continuas censuras que el Visitador ejerce sobre el manuscrito de
Concolorcorvo. Como bien arguye Stolley, el castigo revela que "el
hablar" (yo añadiría también el escribir) "es una actividad que
siempre supone un riesgo considerable" (5); riesgo que causa inquietud y miedo a los representantes de la autoridad colonial.
Cuando el Visitador asocia a Concolorcorvo con lo negro lo conde-
na a las esferas más bajas y más víctimas de prejuicios en la sociedad
colonial. [41]

La negritud de Concolorcorvo se subraya cuando a principios
del capítulo XXVI el Visitador llama a Concolorcorvo "pigmeo" y
le recuerda lo imposible que sería para él debido a su físico y su piel
hacer una descripción de la ciudad de Lima "lo que sería cosa irrisi-
ble" (396). La asociación con el pigmeo ("individuo de raza pequeña
que habita en la Africa central y meridional") enfatiza la negritud
de Concolorcorvo y el hecho que su piel y su físico lo hacen incapaz de realizar las tareas que el europeo blanco lleva a cabo exitosamente (*Pequeño Larousse Ilustrado* 803). Los estereotipos utilizados
por el Visitador funcionan como un instrumento para normalizar
la multiplicidad que caracteriza al "otro". La analogía entre Concolorcorvo y el negro queda subrayada al final de la obra cuando
el primero le comenta al español de cuánto le gustaría tocar los encajes y puntas de los cuales están hechos las cunas de los recién nacidos en el palacio de Lima. El Visitador le contesta que esto sería
imposible debido al color de su piel y otros aspectos negativos que
eso conlleva: "No será dificultoso el que VM. vea, pero no le permitirán palpar *con esas manos de carbonero,* de recelo de una mancha

---

[41] Karen Stolley visualiza la "oposición jerarquizada" entre blanco y negro
como equivalente a una oposición "entre el español y el indígena" (5). Yo la conci-
bo más bien como una oposición entre el grupo más privilegiado (el blanco) versus
el menos privilegiado (el negro).

o que dexe algún olor a chuño" (XXVI 419, cursiva mía). Las características adjudicadas a Concolorcorvo quedan más marcadas en la edición *princeps* cuando las palabras que se utilizan para referirse a su color de piel negro (carbonero y chuño) y su físico (chuño), van escritas en letras mayúsculas. [42] El estereotipo del negro como lo sucio, lo que posee mal olor y lo feo, es utilizado por el Visitador para sugerir las marcadas diferencias sociales que las clases aristocráticas perciben entre dos razas opuestas. [43] En la sociedad colonial cada raza debe circunscribirse a un espacio distinto. Desde la perspectiva del Visitador, Concolorcorvo debido a su ascendencia racial, debe quedar relegado a la marginalidad. Como se puede notar, Concolorcorvo a lo largo del itinerario ha ido descendiendo en la escala social hasta llegar a la estrata más baja y marginada según los parámetros coloniales: la raza negra.

Es importante notar el que sea Concolorcorvo quien trate de presentarse y defender su ascendencia indígena o mestiza, mientras que el español es quien decide tildarlo de negro. Elizabeth Anne Kuznesof nos recuerda que en la época colonial los mestizos eran reconocidos como "gente de razón" mientras que las castas que tuvieran una gota de sangre negroide eran percibidos como irracionales (167). Las castas eran consideradas como personas inferiores al punto que una serie de leyes fueron creadas por la Corona para limitar su movilidad política y económica y basada supuestamente en el "carácter pobre" de estos individuos (Kuznesof 168). La asociación entre la raza y el carácter de los habitantes servía para crear una identidad estereotípica del "otro" que aminoraría la inquietud que la mezcla de razas estaba causando en la sociedad colonial. Este miedo a la movilización social por grupos marginados se ilustra cuando el Visitador comenta que algunos indios cuando se limpian bien y aprenden "mejor trato" pasan por "mestizos finos y mucho número por españoles" (XX 344). La dificultad de distinguir visualmente entre un grupo racial y otro es lo que impulsa al Visitador a articular una imagen de Concolorcorvo que pone en duda la supuesta ascendencia indígena y noble que Concolorcorvo reclama. Es

---

[42] Antonio de Ulloa en sus *Noticias americanas* (1772) comenta que la palabra "chúño" significa "cosa arrugada y curtida con el frío" y además "un color renegrido, que permanece, sin que el lavarse de continuo lo quite" (87).

[43] Este pasaje se volverá a discutir en la sección dedicada a la higiene en el capítulo sobre la mujer.

como si el Visitador quisiera advertir que detrás de las apariencias, del dominio de la lengua y la escritura y del reclamo de una etnicidad (como es el caso de Concolorcorvo), se esconde un trasfondo racial que cuestiona la ascendencia que se reclama. La preocupación del Visitador coincide con la realidad de la época donde distintos grupos étnicos habían aprendido a manipular el sistema colonial para librarse de los trabajos forzados y tributos de los cuales eran víctimas.

Rossana Barragán observa que el "mestizaje" en la época colonial "debe ser visto no solamente como resultado de la unión consanguínea, sino también en su dinámica de movilidad social" (61). Barragán añade que el mestizaje representó "el crisol de interacciones continuas. . . y de estrategias desplegadas para escapar a las obligaciones impositivas y de formación de estratos urbanos en base a la movilidad social" (61). Se podría argüir que es en esta manera como lo percibe el Visitador, especialmente si se tiene en cuenta la manera en que el indígena por medio de la religión, el lenguaje y otras prácticas culturales ha sido capaz de manipular el sistema. El Visitador parece advertir sobre las consecuencias negativas que esto conlleva para la imposición exitosa del sistema colonial donde la movilización social, racial y étnica atenta contra el orden que se quiere establecer. La transformación racial que sufre Concolorcorvo desde la pluma del verdadero autor y las palabras del Visitador surge motivada por el miedo que el ser ("peje") que se encuentra entre dos aguas puede ocasionar al sistema. Cuando sea conveniente y necesario se reclamará cierta etnicidad o ascendencia racial y dependiendo de la situación se hará uso de otra. Es también la dificultad de controlar el carácter de Concolorcorvo mismo lo que motiva al Visitador a transformar su identidad racial. Este aspecto se ve mejor reflejado en la animalización de la figura de Concolorcorvo que se lleva a cabo en la obra.

En *El lazarillo de ciegos caminantes* el acto de nombrar es blanco de un ataque paródico. [44] En un mundo en que todo está nombrado este acto parece carecer de sentido. La parodia se da a través

---

[44] En *El lazarillo de ciegos caminantes* lo paródico abarca varios aspectos, entre ellos: el acto de comunicación, los múltiples significados que posee la palabra, el acto de lectura, el acto de nombrar y el poder de la autoridad. Para una discusión más detallada ver mi tesis doctoral: "*El lazarillo de ciegos caminantes*: y la metáfora del *viage* como vehículo de transgresión historiográfica, literaria y cultural".

del empequeñecimiento de su figura y de las imágenes de animales que se utilizan para referirse al indio. De la forma respetuosa de "Vuestra Merced" se pasa a la de "Señor Concolorcorvo", "Señor Inca", "Seor Concolorcorvo" y al final de la obra se convierte en "Seor Cangrejo". Karen Stolley afirma que "al deformar el nombre del otro contrincante en la batalla verbal que constituye *El lazarillo*, el Visitador primero se apropia de la función adánica y luego abusa de ella" (163). "La burla a costa del nombre" añade Stolley, "le permite al Visitador apoderarse –por el momento– de la autoridad textual" (163). Esta apoderación momentánea es utilizada como una manera de disipar el miedo que causa el contrincante. Pero además de esto, se percibe también la violencia del lenguaje al deshumanizar a la persona y por otra parte, el deseo de controlar la identidad del "otro" por medio de esa violencia. El lenguaje, al convertirse en un espacio de relaciones de poder, adquiere un carácter violento al quedar atrapado entre las relaciones corporales del hablante y el de las instituciones sociales. [45] La violencia se debe también, a la manera en que la estructura de comunicación envuelve a dos participantes reproduciendo una estructura de intercambio entre las más tensas relaciones sociales. Las palabras se convierten en armas y campos de batalla. El lenguaje se convierte no sólo en la representación del mundo pero en una intervención con él.

En *El lazarillo de ciegos caminantes* la acción de nombrar constituye una forma de manipular a aquellos quienes representan una amenaza. Es a partir del capítulo XX y cuando el diálogo se hace más explícito que estas referencias se hacen más constantes. Su apariencia física pasa a ser víctima de la deformación, al ser descrito como un cuervo, un gavilán y un cangrejo. Las asociaciones entre estos animales y Concolorcorvo no se reduce a una simple apariencia física sino que esconde un significado más profundo.

En el capítulo XVIII el Visitador explica por qué le puso el "renombre" de Concolorcorvo al Inca. Primero en su rostro se acerca al de los moros "en narices y boca" (319) y por su color de cuervo. Concolorcorvo promete perpetuar su nombre y con alegría señala "¡Concolorcorvo! es un término retumbante y capaz de atronar a un exército numeroso y competir con el de Manco-Cápac, que

---

[45] Para una discusión más amplia sobre los reflejos de la violencia en el lenguaje véase Jean-Jacques Lecercle, *The Violence of Language* (New York: Routledge, 1990) 237.

siempre me chocó tanto como el de Miramolín de Marruecos"
(320). Sus atributos animalísticos son los que lo dotan de importancia, especialmente si se tiene en cuenta las cualidades que estos animales poseen. El "cuervo" según el Bestiario de Brunetto Latini, se
caracteriza por demostrar duda y desconfianza, su vehículo principal es el "ojo" (27). Al Visitador asociar al Inca Calixto con un
"cuervo negro", Concolorcorvo se convierte en el guía que con su
"ojo" observa, duda y desconfía de todo lo que ve y lee. Esta actividad se refuerza en el capítulo V cuando menciona tres actividades
importantes de todo viajero "comer, leer y escribir" (130) y como el
viaje se hace posible "leyendo u observando la calidad del camino y
demás que se presenta a la vista" (131). Concolorcorvo se convierte
en el narrador que controla –por medio del ojo y la palabra– la información que le llega al lector. Aunque la mayoría de las veces este
control no se salva de las censuras del autor llevadas a cabo por el
personaje ficticio del Visitador. Sin embargo, en determinadas ocasiones el personaje de Concolorcorvo logra escapar de la censura
del Visitador como cuando Concolorcorvo insiste en ampliar el discurso sobre las mulas aclarando que "no me pareció del caso borrar
lo escrito o posponerlo, y así sigo el asunto por modo retrógrado"
(VI 152). O cuando el Visitador después de revisar el diario de
Concolorcorvo en Potosí le ordena a Concolorcorvo qué poner y
qué quitar, a lo que éste admite que así como lo ejecutó puntual-
mente, "omití muchas advertencias" (X 229). Estos ejemplos ilustran cómo el mensajero no es tan fiel y cómo es capaz de escaparse
en determinados momentos del acto de censura. Concolorcorvo es
un amanuense que escribe lo que le dictan pero otras veces escribe
para sí mismo afirmando lo que quiere.

El dominio que Concolorcorvo ejerce sobre la escritura es un
factor importante en la obra. Refleja las maneras sutiles en que el
subalterno puede confrontar o transgredir el sistema colonial. Ángel
Rama observa que en los virreinatos, la letra constituía el medio que
garantizaba la existencia del ciudadano (25). La escritura en las sociedades virreinales constituía un instrumento para mantener el
orden y establecer el poder a través de las leyes, reglamentos, procla-
mas y cédulas. El autor de *El lazarillo* está muy consciente de esta situación y en la obra la escritura sirve para advertir los peligros que
se generan cuando ésta se encuentra en manos de los marginados. El
acto de escribir acarrea una amenaza y funciona en determinadas
instancias como un instrumento para desafiar el sistema.

El Visitador no es el único que caricaturiza a Concolorcorvo, el autor pone en boca de Concolorcorvo mismo el elemento paródico, caricaturizándose a sí mismo. [46] En el capítulo XX Concolorcorvo ofrece un retrato de sí, tomando como excusa la descripción de un administrador de correos. Él describe al Corregidor erigiéndose como modelo a sí mismo y enfatizando nuevamente la semejanza con las figuras de animales. Concolorcorvo comenta que el señor don Ignacio Fernández de la Ceval es tan alto como él y de cabello tan fino pero menos abundante (XX 352). Sin embargo, él añade que en el color son "opuestos, por que el mío es de cuervo, y el suyo es de cisne. Sus ojos algo dormidos son algo diferentes de los míos, que se parecen a los del gavilán, y sólo convenimos en el tamaño y particular gracia que tenemos en el rostro para detestar a los niños" (XX 352). Concolorcorvo añade que la boca del Corregidor es rasgada de oreja a oreja mientras que la suya "aunque no es tan dilatada, *se adorna en ambos lavios de una geta tan buena, que puede competir con la del rey Monicongo*" (XX 352, cursiva mía).

El pasaje anterior ilustra la manera en que Concolorcorvo esconde el ataque y burla de la fealdad del Corregidor a través de la burla de su propio físico. Concolorcorvo establece que aunque éste tenga más dinero, un mejor puesto y talento y que racialmente pertenezca a un grupo considerado como superior, eso no le quita lo feo que es; la única semejanza entre ambos es la fealdad. Concolorcorvo utiliza los elementos autobiográficos para mofarse del que representa la autoridad a través de la inversión o contraposición de imágenes. A su vez, transgrede las líneas sociales divisorias al sugerir que el color no determina una superioridad física ya que desde ciertos parámetros las razas distintas coinciden en ciertas similitudes o igualdades. Concolorcorvo además cuestiona indirectamente el hecho de asociar lo negro con lo feo y establece que el blanco también emana aspectos negativos. El Corregidor se reproduce en el espejo deformador del físico y la pluma de Concolorcorvo ilustrando la capacidad del indígena o el negro ("con alas de cuervo") de manipular la escritura y el lenguaje para cuestionar el sistema. La

---

[46] Julie Greer Johnson sugiere que la descripción humorística que Concolorcorvo ofrece de sí mismo constituye parte de la falta de identidad cultural que lo distingue y que Carrió de la Vandera explota para ilustrar los estereotipos existentes en la época hacia las personas de raza mixta (*Satire in Colonial Spanish America* 114-5).

intercalación de este pasaje por parte del autor funciona como un arma de doble filo ya que si la intención principal era denigrar al indígena, en un segundo nivel deja escapar el poder momentáneo que alcanza la persona del amerindio en la obra. Esta elaboración consciente o inconsciente devela la dificultad que se presenta en todo intento de controlar y hacer homogénea la imagen del "otro". La voz del personaje de color hace su incursión para desestabilizar el poder de la autoridad colonial por medio del mismo instrumento que éste ha utilizado para deformar y controlar la imagen del colonizado: la escritura.

El elemento paródico se acentúa cuando Concolorcorvo alude a sus ojos de gavilán, que de acuerdo con él lo distinguen del Corregidor. El gavilán según el *Bestiario*, es un animal que emana gran bondad, fuerza y alegría pero que no se deja atacar fácilmente (19-20). Concolorcorvo pretende describir con bondad al Corregidor al exaltarlo pero esto no es más que un juego para esconder su ataque. En forma alegre y risible da su visión sobre la "concisa pintura de su persona y constancia" (XXI 352). Concolorcorvo ha sabido pasar por alto las advertencias del Visitador cuando le señala que la pintura de un representante de la autoridad le puede costar "un lampreado de palos" (XXI 352). El Visitador al final del capítulo elogia la habilidad de Concolorcorvo de saber aplicar la lanza: "estas últimas expresiones... libran a Vm. del lampreado, por que procedió Vm. al contrario de los cirujanos, que limpian y suavi[z]an el casco o piel antes de aplicar la lanzeta o tijera" (XXI 353). Concolorcorvo corrobora lo consciente que estaba de su intención y le comenta "todos pensamos" (XXI 353). Lo que parece ser una degradación de su persona (al mofarse de su propio físico) se convierte en una burla de la figura que económica y políticamente es superior a él, trastocando el sentido de superioridad. Concolorcorvo manipula a su vez la imagen del "otro" (en este caso el Corregidor) por medio de la escritura transgrediendo así el poder de la autoridad colonial; la palabra es la que lo coloca en una posición de más autoridad. Concolorcorvo primero ataca y luego cura, invirtiendo también la acción del cirujano y "operando" el discurso a su propia manera. Esta habilidad de Concolorcorvo se puede convertir en un arma de doble filo dependiendo de cómo se utilice. La burla de la autoridad colonial a manos del marginado puede ocasionar problemas. Es esta habilidad la que el Visitador visualiza en personas como Concolorcorvo como amenazante y a la cual quiere restar mérito por medio de la burla de su físico. Este pasaje funciona a la inversa porque en vez de provocar pura risa, despierta meditación y cuestionamiento en el lector. Por medio de la risa se puede invertir los sistemas deconstruyendo y distorsionando la voz de la autoridad (Bakhtin 127).

Finalmente, el último animal con el cual se compara a Concolorcorvo es con el cangrejo. Teniendo en cuenta el sentido figurativo del animal, según el *Bestiario* de Latini, se nota una vez más cómo la caracterización animalesca alude a un significado más profundo. El indio, como el cangrejo, es capaz de comerse al marisco más estimado y más difícil: la ostra (Latini 7). Concolorcorvo sabe cómo devorar al contrincante valiéndose del mismo proceso con que el cangrejo se come a su víctima: "el cangrejo toma una piedra pequeña & sigue a la ost[r]ia fasta que abre su casco; & el cangrejo metele aquella piedra que trae... [& saca aquello que esta adentro & comelo] & asi se govierna" (Latini 7). Esto es prácticamente lo que Concolorcorvo ha hecho a través de la descripción del Corregidor. Él ha demostrado cómo saber gobernar por medio del discurso y cómo atacar a quien ocupa una posición más privilegiada en la esfera colonial. Por otra parte, la burla que encierra la comparación del Inca con este animal, cuando el Visitador lo llama "Seor Cangrejo", alude a la complejidad que caracteriza a la figura de Concolorcorvo. Éste es un "pege" que se mueve "entre dos aguas": ni es lo uno ni lo otro (41), a veces es indio neto, en otras es mestizo o negro. Su versatilidad le ofrece la oportunidad de transgredir las líneas divisorias que se les han otorgado a los de su raza. Su voz es capaz de escaparse de los confines que le ha otorgado el colonizador para desplazarse en el terreno de lo prohibido y junto a ello manipular el sistema. El aspecto risible conduce a un cuestionamiento de la perspicacia de Concolorcorvo. La parodia sirve para advertir la sutileza con la cual el marginado puede violar las reglas de los sistemas hegemónicos de la autoridad colonial por medio de la movilización social.

Los pasajes anteriores ilustran la manera en que Concolorcorvo critica la autoridad colonial a expensas de su físico. El hecho que el Visitador seleccione figuras animales específicas para referirse a su acompañante subraya su reconocimiento de la habilidad del indígena en manipular el sistema colonial por medio del discurso. Por un lado, el Visitador sugiere que debido a la movilidad social, étnica y racial el nativo posee la capacidad de escapar del poder colonial para ejercer su crítica al sistema. En segundo lugar, se observa ese momento de hibridez donde el "otro" es capaz de desarticular el discurso de poder colonial a pesar del control total que desea imponer el europeo.

Las figuras animales le sirven al autor como vehículos para destacar los aspectos peligrosos que encierra la perspicacia del indígena. La manipulación de la identidad de Concolorcorvo funciona para transmitir esta preocupación. Este proceso representa un arma de doble filo debido a que hasta cierto punto el colonizador para advertir la amenaza que representa el indígena o el mestizo recurre consciente o inconscientemente a la exaltación de su figura. Esto causa el rompimiento de la articulación monolítica de la identidad indígena dejando ver las múltiples facetas que adquiere la figura del colonizado dependiendo de la situación en que se encuentra. Su identidad radica en la multiplicidad que le brinda el ser subordinado en una posición pero dominante en otras. En *El lazarillo* Concolorcorvo se convierte en una figura desestabilizante cuya posición fluctúa entre una serie de posiciones articulatorias que repetidamente niegan la posibilidad de crear una imagen monolítica del "otro"; Concolorcorvo encarna la hibridez misma. Como sujeto colonial se constituye a través de una "identidad cambiante y fluida" que como sugiere Cornejo Polar, es capaz de fragmentar las redes del discurso haciéndolo "disímil" (20-1).

En *El lazarillo de ciegos caminantes* la regulación y producción del sujeto colonial se ve alterada por la diversidad que éste encierra; la multiplicidad racial genera peligro y confusión. El contacto con el colonizador le ha ofrecido al subalterno los instrumentos para manipular ese mismo sistema que intenta contenerlo. Concolorcorvo epitomiza todas estas variantes del sujeto colonial cuya transformación racial y étnica lo convierten en un elemento peligroso debido a que no se puede categorizar de manera unívoca. El narrador indígena cruza las líneas raciales divisorias al confundir la articulación de la identidad basada en la visibilidad. El intento del Visitador de construir la figura del Inca Concolorcorvo subraya que la raza es el tropo de diferencia por excelencia debido a que es tan arbitraria en su aplicación (Gates 5).

La metamorfosis racial que sufre Concolorcorvo (de indio neto a negro) es un ejemplo perfecto de la arbitrariedad que destaca toda categorización racial. La voz del narrador indígena sirve para cuestionar las nociones en que esa arbitrariedad se ha alimentado.

Como ilustra la crítica de Concolorcorvo al Corregidor, la diferencia de color no determina la superioridad de un sujeto sobre otro. El color, al ser utilizado como elemento categorizante genera problemas debido a que las características externas jamás coinciden con la naturaleza interna del individuo. Las prácticas religiosas, culturales y sexuales del indígena subrayan este hecho. El nativo amenaza el orden colonial basado en la arbitrariedad y dificulta todo intento por parte del colonizador de contenerlo dentro del marco homogéneo que sustenta el poder colonial. El comportamiento del indígena (y Concolorcorvo como uno de ellos) no siempre coincide con las expectativas del europeo debido a su habilidad en poner a prueba el sistema colonial. En *El lazarillo de ciegos caminantes* el autor parece advertir a las autoridades coloniales a quienes se dirige su texto sobre los peligros que acarrea la desestabilización del sistema por parte del indígena y el mestizo. Es una advertencia generada por el miedo y alimentada por el deseo de poder controlar a un grupo marginado que representa parte esencial de la empresa y proyecto colonialista que el europeo intenta implementar.

CAPÍTULO III

LA ESPACIALIDAD COMO FUERZA PRODUCTORA DE LA IDENTIDAD DEL GAUCHO: DE LA MARGINALIDAD A LA PERJUDICIAL ABUNDANCIA

> No es recorriendo las costas como se puede reconocer la dirección de las cadenas de las montañas y su constitución geológica, el clima peculiar de cada zona y su influencia en las formas y hábitos de los seres organizados. Mientras más amplitud tienen los continentes, y mientras más desarrollada se encuentra en la superficie del suelo, la riqueza de las producciones animales y vegetales, más alejado está de las playas del océano el núcleo central de los montes, y más se observa en el seno de la tierra esa variedad de capas pétreas cuya sucesión regular nos revela la historia de nuestro planeta.
>
> (Alexander von Humboldt, *Viaje a las regiones equinocciales del Nuevo Continente* 1799-1804)

La estructura de *El lazarillo de ciegos caminantes* está determinada por el viaje que se realiza y las rutas que se escogen. La América del Sur se convierte en un texto que se escribe y se recorre a través de la palabra y los pensamientos de los narradores con el fin de que se interpreten. El viajar es sinónimo de escribir, y el texto un gesto representativo de la América meridional donde los límites se abren, transforman y transgreden. [1]

En *El lazarillo de ciegos caminantes* los límites del viaje están marcados por la ruta entre Buenos Aires y Lima. Esta ruta, aunque invertida, era el camino principal que se seguía para transportar productos siendo Lima el punto de partida. Concolorcorvo y el Vi-

---

[1] Patrick J. O'Connor propone que Carrió de la Vandera "ha escrito un texto vagabundo que censura el movimiento constante de los habitantes de América y que también intenta poner en movimiento a los lectores" (347).

sitador se refieren a la ruta como el "Camino Real" la cual com-
prende el recorrido de las ciudades más conocidas: Montevideo,
Buenos Aires, Córdoba, Santiago del Estero, San Miguel de Tucumán, Salta, Jujuy, Potosí, La Plata, Oruro, La Paz, el Cuzco, Guan-
cavélica y Lima. [2] A pesar de ser la ruta común en la época colonial,
el viaje de Carrió difiere en que decide iniciar la narración con la salida de Buenos Aires y no de Lima siendo lógico que inicie el viaje
en Lima por ser el punto de partida oficial y porque su viaje "real"
parte de allí. La pregunta eminente es por qué decide Carrió comenzar la escritura de su viaje en Buenos Aires y no Lima. Pienso
que la selección narrativa de esta ruta representa un intento por
parte del autor de señalar los fracasos del sistema político-económi-
co de la Corona, que, como él va a demostrar a lo largo del viaje, no
ha sabido sacar provecho de sus territorios. Carrió comienza resaltando cómo la abundancia de recursos se desperdicia; prosigue cri-
ticando la falta de un personal capacitado para bregar con la situación y resalta cómo mientras más se avanza en el viaje, el derroche,
la ociosidad y la barbarie aumentan. En Lima, el caos llega a su máxima expresión, manifestándose desde el lujo de los templos hasta
los vestidos de la nobleza por lo que la trayectoria apunta a los legados de la presencia colonial en aquellos lugares y a lo mucho que
hay que cambiar. El autor, al poner estas sugerencias en boca del
narrador indígena (Concolorcorvo), enfatiza cuán obvia es esta situación ya que hasta los nativos y a quienes los españoles no respe-
tan como seres altamente racionales no vacilan en darse cuenta.

Otro propósito que guía a Carrió a iniciar su discusión refiriéndose a la zona de Buenos Aires y la provincia de Tucumán, radica
en el interés que comienza a surgir por parte de ingleses y franceses
en adentrarse en la periferia. Aunque esta actitud cobró más auge
en el siglo XIX, ya en el siglo XVIII los europeos (no españoles) por
medio del contrabando ilegal dejaban muy claro su atracción por
aquellos territorios los cuales se concebían como fuentes de ganancia económica al desperdicio de los habitantes naturales. Los viajeros franceses e ingleses no dejaban de criticar el fracaso de los españoles en racionalizar, especializar e incrementar la producción del
interior americano. Estos viajeros, al igual que el autor de *El lazarillo de ciegos caminantes*, estaban muy conscientes de que el interior

---

[2] El viaje histórico de Carrió recorre ambas Américas, ya que habla de la conquista mexicana y la peruana.

(como observa Humboldt en el epígrafe) poseía un cúmulo de riquezas escondidas y junto con ellas unos hábitos de vida que debido a la lejanía, permanecían desconocidos para aquéllos que sólo se detenían en el ámbito urbano o en los lugares más accesibles. El autor al tener en cuenta esta situación, deja establecido en el recorrido de su trayecto por el interior de la América del Sur, la susceptibilidad a la que estaban expuestos estos lugares debido a la posible penetración de fuerzas extranjeras y al mal uso que hacían de él sus habitantes en su mayor parte: los gauchos, a quienes los narradores llaman gauderios. [3] Estos últimos, junto con el espacio que habitaban se convierten en el foco central de la discusión en *El lazarillo*. Ambos son concebidos en su plano material como resultado, la imagen cultural que se presenta de ellos va guiada por una preocupación económica por controlar ese lugar.

El propósito del presente capítulo es estudiar la conexión que existe entre la distribución, control y comodificación del espacio y la articulación del sujeto que lo habita (el gaucho). La identidad del gaucho es articulada en relación al espacio que ocupa y según lo perciben los narradores. Mi análisis se enfoca en la manera en que el recorrido por el interior de la América del Sur sirve como preludio y excusa para examinar las prácticas culturales de los gauderios y su falta de manejo y de utilización del lugar por lo que la representación de la pampa es articulada de manera que sugiere una colonización espacial y cultural del gaucho. En *El lazarillo*, como sugiere James Duncan, el lugar se convierte en un espacio de deseo y poder (43); un deseo que radica en someter al "otro" para así establecer mecanismos de control. Buenos Aires y el Tucumán se perciben como territorios de desorden y barbarie mientras que el representante de la autoridad colonial se presenta como el posible restaurador del orden colonial. En la obra, el lugar no se percibe como un ente estático sino como generador de relaciones sociales y es esa movilidad la que lo dota de poder y simbolismo. Mi postura consiste en demostrar la manera en que en *El lazarillo de ciegos caminantes* el colonialismo representa "una máquina de territorialización" que persigue ofrecer alternativas de cómo lograr un control eficaz del territorio a través del manejo del espacio y la producción cultural y económica de sus habitantes (Young, *Colonial Desire* 172).

---

[3] A lo largo del capítulo se utilizan las palabras gauderio y gaucho como sinónimos.

EL CAMINO COMO INSTRUMENTO DE AVANCE: LA GEOGRAFÍA
GAUCHESCA Y LA DIATRIBA CONTRA EL DESPILFARRO

El camino como vía de comunicación y como el medio que conduce a un fin, son dos aspectos importantes en *El lazarillo*. El camino escogido para desplazarse en el extenso virreinato se presenta
como un reto al que hay que enfrentarse para comprender la forma
en que el viajero debe tomar control de su trayectoria. Julie Greer
Johnson sostiene que en *El lazarillo* el camino (y el viaje) no representan un medio para progresar, sino un atraso debido a que el peligro impide el avance (*Satire in Colonial Spanish America* 111). Si se
piensa en un sentido menos literal, se ve claramente que para Carrió el dominio del camino es la única vía posible para avanzar y lograr un cambio debido a que el camino le permite alcanzar su fin: la
crítica. Sin el camino, el viaje no se puede realizar por lo que funciona como el lugar desde el cual emergen estrategias discursivas;
controlar el camino es dominar la escritura.

En la obra se denuncia la mala condición en que se encuentran
los caminos, su repercusión en las vías de comunicación, y la necesidad de arreglarlos. Concolorcorvo, enojado, señala: "pero quisiera
preguntar yo a estos caminantes visoños en el camino de la sierra,
qué arbitrio toman quando se hallan en una puna rígida o en una
cordillera en que las mulas, huyendo del frío, van a buscar distantes quebradas. . . se verán precisados a aguantar por el día los fuertes
soles baxo de un toldo, que es lo mismo que un horno, y las noches
con poco abrigo" (50). El camino es peligroso para los "caminantes
visoños", pero para el que lo conoce y lo ha recorrido una y otra
vez (como es el caso de los narradores de la obra), no lo es. El viajero familiarizado con la ruta domina el camino: "caminándose por la
posta no faltan disgustos" (50), "en ninguna parte del mundo es
más útil que en ésta, caminar por las postas" (48). El narrador
asume una posición diferente a la de los viajeros que le precedieron
y sus contemporáneos, quienes se presentan como víctimas del camino, prestando más atención al sufrimiento personal en vez de
buscar una solución al problema. En *El lazarillo* no hay figuras he-
roicas, la importancia de la narración radica en el viaje, el camino,
el espacio y los habitantes que lo ocupan. [4]

---

[4] Por ejemplo, en los libros de viaje de Fray Ocaña (1605), La Condamine

Los narradores subrayan la experiencia que tienen recorriendo el interior de América, demostrando de esa manera la capacidad y autoridad que poseen al hablar de los territorios visitados. Por ejemplo Concolorcorvo comenta refiriéndose a la pampa que "si se acomete la Pampa, principalmente de parte de noche, se exponen los caminantes a pasear en ella hasta el día del Juicio Final. El resto del camino no tiene más riesgo que el que ocasiona el ardor y la precipitación de los caminantes . . . sin embargo, se puede pasar decentemente con alguna precaución y gastos, como nos sucedió a nosotros, por la práctica y providencia del visitador" (XIV 261). Concolorcorvo insinúa que la culpa no es del camino, sino de la incapacidad del viajero que no sabe cómo manipular el lugar por no estar familiarizado con él por lo que la tenacidad y la experiencia son dos elementos imprescindibles para realizar con éxito el viaje. La paciencia, la cuidadosa observación, son las claves para adentrarse en el espacio americano, para apropiarse de ese espacio hay que eliminar el miedo a lo peligroso o lo desconocido. Si nunca se han internado en la pampa o los montes, es necesario que sigan los consejos de los viajeros sabios o sea un guía como el Visitador quien conoce el territorio y lo domina como resultado de su discernimiento. [5] El autor presupone que para resolver los problemas con los que se enfrenta América hay que saber recorrer su historia (los territorios) y

---

(1745) y Jorge Juan y Antonio de Ulloa (1748-1772), el camino funciona para convertir a los viajeros en héroes que sobreviven a sus peligros. En palabras de La Condamine, el camino es sinónimo de miedo. Después de describir la fragilidad de los puentes y la sensación espeluznante que les producía el cruzarlos, menciona que "sin embargo, los indios, intrépidos por naturaleza, pasan por ellos corriendo... y se ríen al ver el sobresalto del viajero, que pronto siente vergüenza de mostrar menos resolución que ellos" (23). Jorge Juan y Antonio de Ulloa en su *Relación histórica*. . . reiteran las contrariedades del camino: "arriesgado, y penoso es todo aquel camino por los Agujeros, ò *Camellones*, . . . que hay en él . . . pero aun mayor es el peligro en los tránsitos. . . porque siendo las Cuestas sumamente escapadas y resvalosas. . . [la] inmediación de los precipicios, y la vista de los despeñaderos, nos sobresaltan el ánimo, y llegasen con la incomodidad hasta el espíritu" (I, libro V, i, 287-88). Finalmente, Fray Ocaña se queja de cómo el viaje es sinónimo de sufrimiento debido a lo dificultuoso de los caminos: "son tan largos y tan malos, son excesivos los trabajos que se pasan en ellos" (XXXV 270).

    [5] Roger Zapata apunta que en *El lazarillo de ciegos caminantes* el conocimiento está basado en "la experiencia, el cálculo y la estadística" los cuales cumplen la función de sugerir reformas que faciliten la productividad americana y eviten su desperdicio para excluir a los grupos marginados "a la propiedad y fuerza de producción" (60-1, 66). Aunque coincido con Zapata en parte, creo que para Carrió sí es necesario integrar a estos grupos como fuerza de producción siempre y cuando ocupen una posición subordinada y controlada por las autoridades españolas.

escoger el camino correcto (soluciones y alternativas) que faciliten el avance y desarrollo del continente. La única manera de lograrlo es aceptar el reto que ofrece "el camino" y tomar la iniciativa de conocerlo para manipularlo. Como Concolorcorvo señala, es "leyendo u observando la calidad del camino y demás que se presenta a la vista" lo que determina el logro del viaje (V 131); un viaje que va acompañado de fines económicos y políticos.

En *El lazarillo*, el interés de resaltar la importancia del camino (subrayada en las variadas instancias donde los narradores sustituyen el verbo viajar por el de caminar) cumple con el propósito de ilustrar cómo la experiencia y el conocimiento del trayecto constituye un elemento crucial para adentrarse en el territorio y someterlo así a la posibilidad de examen y más tarde de dominio. El camino es la vía para asegurar el control del lugar y constituye el acceso que permite la comunicación con los habitantes. En *El lazarillo*, se inician los comentarios sobre los gauderios y su espacio geográfico con la observación acerca de la disposición del camino porque tal presunción deja entrever la posibilidad de acceso a ese lugar con el fin de ordenarlo y dominarlo.

Robert C. Young arguye que el territorio representa el "cuerpo" esencial del discurso colonialista ya que el colonialismo se presenta como una "escritura de la geografía" en donde el territorio al ser articulado y conquistado, puede ser modificado, destruido o restaurado (Young, *Colonial Desire* 169, 171). La territorialización del espacio intenta conseguir una apropiación física de la tierra que se basa muchas veces en términos del binarismo civilización versus primitivismo cuya articulación cumple el objetivo de controlar todo lo que lo habita, desde la naturaleza hasta los habitantes. En *El lazarillo de ciegos caminantes* la visión del territorio no es inocente, sino que va acompañada de vestigios de poder y control guiados por esa obsesión de definir y transformar al "otro" en un elemento de producción.

En la obra el lugar es inseparable de una actitud reformista por lo que le es imposible hacer caso omiso de las cosas que lo habitan. Cuando el autor sustituye el verbo viajar por el de caminar, implica que en su recorrido existe un mayor control del movimiento, permitiéndole observar detenida y rigurosamente. Como señala Alberto M. Salas, los viajeros en *El lazarillo* se han detenido "a examinar las cosas y a analizarlas siempre con un profundo conocimiento de los hechos americanos" (1716). Sin embargo, en *El lazarillo* el territorio pasa por un escrutinio donde lo positivo va acompañado de lo negativo, lo cual es vital para entender la asociación que establecen los narradores entre el carácter del lugar y el de sus habitantes. Por ejemplo, en la descripción del Tucumán (lugar donde habitan los gauderios) los árboles, según Concolorcorvo, son "elevados" y poseen "buenos pastos" aunque el árbol nombrado quebracho "dicho así para significar su dureza . . . por la superficie es blanco y suave el corte. . . dicen que es incorruptible, pero yo he visto algunas columnas carcomidas" (V 122-23). Concolorcorvo, interrumpe la descripción científica para insertar la crítica sugiriendo que muchas veces lo que se dice no coincide con la realidad; el quebracho puede usarse por su resistencia, pero hay que tener cuidado, porque puede dañarse ("carcomerse") fácilmente. El descubrimiento de los defectos de la naturaleza facilita el que se haga un mejor uso de ella por lo que es vital encontrar la manera en que este daño se evite. Karen Stolley sostiene que en *El lazarillo,* las observaciones se mueven entre la credibilidad y el escepticismo "con una expresión implícita de duda que mina la validez de las observaciones anteriores" (45). Sin embargo, yo diría que esa duda, más que invalidar lo establecido funciona como vehículo de advertencia ya que busca subrayar que lo abundante o lo fértil no es perecedero por lo que hay que ser muy eficiente en el uso que se hace de ello. Los narradores en su descripción de Tucumán desean acentuar los problemas que puede generar tanta abundancia si no se utiliza de manera eficaz.

La preocupación por la naturaleza por parte de los viajeros dieciochescos tiene como propósito dejar constancia de la necesidad económica (Gómez de la Serna 85). El realce de la abundancia y diversidad de frutos, fertilidad y verdura, persigue introducir el lugar como uno favorable para generar ganancia constituyendo el vehículo predilecto para recalcar lo mucho que queda por explotar.[6]

---

[6] Otros viajeros que recorrieron los mismos territorios que Carrió de la Vandera percibieron esta zona de la misma forma. Fray Ocaña señalaba que ante tanta grandeza por ver (descubrir), era necesario caminar "con el papel en la mano, marchando y pintando toda la tierra" (XIX 108). Hablando de Buenos Aires y Tucumán comentaba que todo era grande y fértil, abundante y verde: "mucho algodón", "mucho pescado", "tanta abundancia de miel", "mucha hierba azul", etc. La Condamine en el siglo XVIII la visualizaba de la misma manera: "llegado a Borja me encontré con un mundo nuevo, alejado de todo comercio humano, sobre un mar de agua dulce, en medio de un laberinto de lagos, de riachuelos y de canales . . . encontré plantas nuevas, animales nuevos, hombres nuevos . . . a este modo de cosas variadas que caracterizan las cultivadas campiñas de las cercanías de Quito sucedió el aspecto más uniforme: agua, verdor y nada más" (36-7).

La mejor forma de conocer la capacidad productiva de la naturaleza, es viendo cómo funciona en todas sus facetas eliminando las imágenes utópicas que sugieren que la abundancia es duradera y el éxito seguro. La cantidad de recursos y su explotación exitosa necesita de gente capacitada que los sepa aprovechar al máximo. Los narradores mencionan incesantemente los resultados negativos que tanta abundancia puede producir cuando no se administra de manera eficiente.

La cantidad de descripciones que enfatizan la abundancia de las zonas del interior incluyen aquellas zonas donde según ambos narradores habitan los gauderios. Por ejemplo, Concolorcorvo considera a Tucumán "en concepto . . . el mejor territorio de toda ella, por la multitud de aguas útiles que tiene para los riegos, extensión de ensenadas, para pastos y sembrados, y su temperamento más templado" (V 137). Más adelante añade que "en todo el mundo no habrá igual territorio unido más al propósito para producir con abundancia todo cuanto se sembrare" (198). La contradicción en la premisa que abundancia equivale a ganancia y éxito se observa en el hecho que en el mejor territorio que posee la América Meridional (Tucumán) la trampa y la falta de gente trabajadora es lo más frecuente. [7] Carrió de la Vandera sostiene por medio de sus dos narradores que lo que importa es la manera en que se utilizan las riquezas que se poseen y si quienes las controlan no tienen el conocimiento ni la honradez para administrarlas, el beneficio se convierte en fracaso y pérdida para el Estado. Un ejemplo perfecto que ofrecen los narradores es el Potosí que fue un cerro preñado de oro mientras en la actualidad es un cerro preñado de tormentas. En Potosí la avaricia y el enriquecimiento personal han producido un derroche de oportunidades económicas en donde los mineros se roban unos a otros. La crisis de las colonias arguyen los narradores se debe en parte a la forma en que se han administrado sus recursos y a la falta de una mano de obra capacitada para sacar su máximo provecho. Los narradores reconocen que la visión del espacio es fundamental en todo ejercicio de poder por lo que es vital que se estudie el carácter geográfico de los territorios y se pongan en vigor las reformas convenientes.

La abundancia sin la administración apropiada se convierte de acuerdo con los narradores en un elemento perjudicial, que ha con-

---

[7] El tema de la trampa ha sido excelentemente discutido por Stolley, 82-6.

ducido al despilfarro. Carrió, por medio de la voz de Concolorcorvo, invierte la posición de los viajeros y gobernantes de su época y siglos anteriores, que pensaban que la abundancia se podía considerar siempre como algo positivo y análogo al éxito. En el caso de Tucumán, el narrador percibe la abundancia como negativa porque ha creado holgazanes y despilfarro: "en un país tan abundante, en que se da gratuitamente a los ociosos pan, carne y pescado con abundancia por lo que creo que los productos de la estancia no tendrán otro destino que el del templo y algunos extraordinarios que no se dan de limosna" (I 74). La abundancia no produce ciudadanos que se integren a la producción y al trabajo porque no poseen las destrezas que son necesarias para entender los recursos que se poseen.

La culpa de tal situación radica tanto en los oficiales de gobierno como la Corona; los primeros, porque no se han preocupado por establecer un plan de reformas que cumpla con las capacidades de producción que se poseen, y los segundos, porque no reconocen el valor material de lo que tienen. El Estado ha fallado en integrar a los no europeos (los tucumanes) dentro del sistema económico porque no les ha enseñado que el trabajo es un incentivo para mejorar socialmente y también ha fracasado en traer administradores capacitados a sus colonias. Carrió de la Vandera usa el tópico de la abundancia no para fomentar esperanza sino para advertir a sus lectores (los españoles) de que es hora de hacer algo. El énfasis en el despilfarro funciona como motivación para un cambio y una especie de ultimátum. La actitud de Carrió persigue tres motivos: el de corregir las fallas del gobierno, el de disminuir el entusiasmo de los viajeros extranjeros de venir a la América del Sur y el de controlar a los habitantes que lo ocupan invalidando la generalización de que la abundancia es garantía de un éxito económico. En este sentido, como establece María Luisa Bastos, el viaje de Carrió es "atípico" destacándose lo que las maravillas no tienen de admirables, y donde se presenta "un terreno desprovisto de lugares ideales, inocencia y de un divagar utópico" (56).

El autor de *El lazarillo de ciegos caminantes* no fue el primero en comentar cómo los "dilatados" territorios se caracterizaban por una abundancia de frutos y una escasez de habitantes. Una vez se alejaba el viajero de Lima y el Cuzco, y se internaba en los montes y la pampa, la abundancia en contraste con la escasez, era lo que llamaba la atención. Algunos viajeros anteriores a Carrió (y que recorrie-

ron la misma ruta) lo notaron y así lo plasmaron en sus obras. Acarette du Biscay (1698) hablaba de caminos deshabitados (25), Antonio de Ulloa (1772) observaba cómo la extensión del continente
contrastaba con la aparición de un terreno salvaje y vacío. Lo que
diferencia a estos viajeros de Carrió es la insistencia con que el último señala el problema y la sugerencia de que si se poblaran los territorios el comercio obtendría mayores beneficios, tal presunción
fue sostenida en el siglo XIX con escritores como Sarmiento. El
lugar vacío, o lo que llama Mary Louise Pratt el "trope of disponi-
bilité" que Sarmiento describía como un mal, constituye una de las
mayores preocupaciones para el autor de *El lazarillo de ciegos caminantes* (186). Según Carrió, la falta de habitantes en aquellas zonas
constituye un mal que explica el fracaso del sistema colonial y el
atraso de un proyecto de expansión económica. El "dilatado
Reyno" de Buenos Aires "no tiene más havitantes que multitud de
avestruces" (III 102); cuando se entra "en la provincia de más extensión que acaso tiene el mundo, que es la del Tucumán" la falta
de población se hace más evidente y peligrosa debido a la existencia
de "tantos caudales" (IV 110). El Tucumán, a pesar de ocupar "el
mejor sitio de la provincia: alto, despejado y rodeado de fértiles
campañas... no está poblada a correspondencia" (V 125-26), contrastando con la cantidad de bueyes, mulas y maderas que se encuentra allí.

El Tucumán es un lugar ideal para comenzar una nueva fase
económica antes de que los extranjeros se sigan introduciendo ilegalmente en aquellos territorios. Es por eso que Carrió inicia la narración de su viaje en Buenos Aires, lugar menos explotado, con
grandes capacidades de desarrollo y que a los ingleses y franceses
les interesaba tanto. Decide dejar para lo último a Perú, un reino
fuertemente vigilado por el gobierno español y más habitado. Carrió desea llamar la atención sobre las posibilidades que ofrece este
territorio, que lo tiene todo excepto gente: "el pays es delicioso por
su temperamento, y así la tierra produce quantos frutos lo siembran
a costa de poco trabajo. Es tan abundante de madera para fabricar
viviendas cómodas, que pudieron al<h>ojarse en ellas los dos mayores Reynos de la Europa, con tierras útiles para su subsistencia"
(VIII 205). Todo en aquel lugar invita al aumento de la población, a
la construcción de casas y a la producción de frutos. De manera indirecta se advierte el peligro que existe de que otros grupos europeos vengan a ocupar esos territorios, los cuales pueden ser de gran

provecho para quienes los quieran explotar. Se advierte en este pasaje cómo lo positivo se puede transformar en negativo si se deja que los dos mayores reinos de Europa lleguen allí.

Concolorcorvo inmediatamente pasa a enumerar las mayores fallas que ofrece el lugar: "solamente les falta piedra para fuertes edificios, mares y puertos para su comercio, en distancias proporcionadas, para costear la conduc[c]ión de sus efectos; *pero la falta mayor es la de colonos,* por que una provincia tan dilatada y fértil apenas tiene mil havitantes" (VIII 205, cursiva mía). El narrador una vez más pronostica la enfermedad y prescribe la cura; al Tucumán le hace falta adelantos, civilización y mano de obra. Se deja claro que, aunque haya recursos, si no hay mano de obra, nada tiene sentido. La cantidad de habitantes no está en proporción a la extensión del terreno, lo que sugiere que hay que encontrar una solución eficaz: "cien mil havitantes en tierras fértiles componen veinte mil vecinos de a cinco personas, de que se podían formar 200 pueblos numerosos de a cien vecinos, con 500 almas cada uno, y en pocos días se podían formar una multitud de pueblos cercanos a los caudalosos ríos que hay desde el Carcanán hasta Jujuy" (VIII 205). Concolorcorvo sugiere cómo se puede ir poblando estos territorios para obtener prontos resultados.

Lo que destaca la descripción del lugar en *El lazarillo de ciegos caminantes* es esa "imaginación material" de la que habla Edward Said, en donde el territorio es visualizado en su carácter material y en relación a su disponibilidad (169). Al hablar del territorio donde habitan los gauderios, Concolorcorvo utiliza una serie de sustantivos cuantitativos enfatizando el interés del narrador en concebir el territorio en su forma material y ganancial. El narrador indica lo propicio que es el Tucumán para el establecimiento de comunidades y comercio: "en las travesías no falta agua, y aunque suele sumirse, se podían hacer norias con gran facilidad, por que con la *abundancia* de madera podían afianzar las excavaciones para los grandes pozos. La *multitud* de cueros que se desperdician les darían sogas y cubos en *abundancia*; y la *infinidad* de ganados *de todas* especies trabajarían en la saca de las aguas" (VIII 206, cursiva mía). La constante utilización de la palabra "abundancia" funciona como una manera de despertar interés en las autoridades coloniales quienes deben actuar prontamente para que el poder colonial haga su huella allí. Las autoridades deben crear los mecanismos necesarios para sacar provecho de la abundancia, multitud e infinitud que permea en ese lugar para así evitar el desperdicio.

Concolorcorvo procede a ofrecer ciertas alternativas que pueden facilitar una eficiente utilización y, por ende, el control de los territorios de la periferia. Él señala que si la Corona invitara a venir a los "míseros labradores" que se encuentran en España se daría fin al desperdicio de la abundancia, una vez se le costearan el viaje y los instrumentos de labor del campo y proveyéndoles de cierto dinero "para comprar cada familia dos yuntas de bueyes, un par de vacas y dos jumentos. . . unos límites estrechos y proporcionados a su familia, para que se trabajasen bien, y no como actualmente sucede" (VIII 206). La alternativa que ofrece el narrador para resolver el problema de extensión y escasez de población radica en impulsar la inmigración de extranjeros que sustituyan a los gauderios. Concolorcorvo no menciona a intelectuales u hombres poderosos como posibles inmigrantes, sino a los "míseros labradores" cuya preocupación en la vida consiste en trabajar. El narrador aboga por una especie de minifundios, donde la producción esté en manos de muchos y el gobierno pueda controlarlos más fácilmente. Más importante aún, él sugiere indirectamente la disminución y sustitución de la población nativa (gauderios e indígenas) por la europea. Si la sugerencia de traer pobladores europeos no le es factible al rey, Concolorcorvo le recomienda que "se multipliquen nuestros pobladores por medio de casamientos, sugetando a los vagantes a territorios estrechos y sólo capaces de mantenerlos con abundancia, con los correspondientes ganados, obligando a los hacendados de dilatado territorio a que admitan colonos perpetuos hasta cierto número" (VIII 209-10). A estos colonos se les debe otorgar "cierta pensión los primeros diez años", exigiéndoseles luego que paguen con los frutos que cultivan en sus tierras (VIII 210). Este tipo de sistema permitiría al gobierno alentar a los colonos a producir lo máximo, para así recibir mayores beneficios. Lo mejor sería pagarle al gobierno con la producción, encargándose éste de vender los cuantiosos productos que se recibieran de los colonos. Lo principal es que unos pocos hacendados no lo controlen todo y que con el máximo número de gente se obtenga más producción, de esta manera la extensión y la abundancia se convertirían en elementos positivos, explotables y gananciales. No existiría tampoco tanto comerciante extranjero tratando de llegar allí, y la Corona mantendría mejor control de los territorios, la producción y la población. El plan que propone el narrador trata de convertir a los gauderios en una minoría para así manipularlos y controlarlos más fácilmente.

Pero ¿qué mecanismos utilizan los narradores para articular discursivamente una identidad del gaucho que justifique su programa colonialista y que radique en un control del espacio que habitan? ¿Cuáles son las fuerzas que organizan, administran y producen la identidad étnica y racial de los gauderios? ¿En qué consiste esa política de la identidad según la cual la identidad del sujeto colonial está intrínsecamente ligada a intereses políticos, económicos y sociales? Como se observará a continuación, los narradores de *El lazarillo de ciegos caminantes* visualizarán al gauderio en términos del lugar que éstos ocupan. La espacialidad va unida a la política de la identidad y ambas constituyen factores concomitantes a la agenda colonialista que elabora el autor a lo largo de su obra. Según los narradores, el pesimismo es el único instrumento capaz de cambiar la visión de la Corona hacia América rescatándola de la crisis política y económica en que se encuentra. Este pesimismo sirve a la vez de excusa para contrarrestar la habilidad de los gauderios de sacar provecho de sus territorios. El modo de resaltar la incapacidad de los gauderios sugiere la manera en que el viaje al interior de la América del Sur constituye un viaje hacia adelante en el espacio a la vez que atrás en el tiempo; adelante por las posibles ganancias que se pueden generar, atrás por el supuesto barbarismo que distingue a sus habitantes. El viaje funciona además como una forma de justificar la intervención de las autoridades coloniales insistiendo en el atraso de sus habitantes. La transición del espacio físico al humano intenta establecer las conexiones existentes entre la abundancia y la falta de manejo de ésta permitiéndole a los narradores articular la identidad del gauderio de manera que encaje dentro de su proyecto reformista. En la representación de los gauderios, el "espacio geográfico" da paso a un "espacio social" donde, como sugiere Doreen Massey, la articulación de las relaciones sociales adquieren una forma espacial (120). La falta de utilización de la abundancia del lugar por parte de los gauderios constituye el elemento esencial para articular su identidad. En *El lazarillo*, el lugar no puede visualizarse como algo estático, ya que allí ocurren relaciones sociales que hacen que el lugar se dote de poder y simbolismo. El espacio, como añade Massey, se conceptualiza como una creación desprendida de complejas relaciones sociales constituidas por la dominación y la subordinación (265).

REPERCUSIONES DE LA ABUNDANCIA EN EL CARÁCTER DEL GAUCHO:
PRIMITIVISMO Y DESORDEN

En *El lazarillo de ciegos caminantes* la representación geográfica
se convierte en una metáfora del mundo visual, político, económico, físico y cultural que caracteriza a los gauderios. Esta representación debe ser vista como parte de las prácticas de significación y
producción cultural y no como una reproducción real del territorio
(Barnes y Duncan 5). El territorio y quienes lo habitan no deben
considerarse únicamente como un espacio fijo sino que en él se encarnan prácticas culturales que pueden ser intertextuales, comuni-
cativas y productoras de significados. El cuadro final de los gauderios en *El lazarillo de ciegos caminantes* radica en las lecturas del espacio geográfico de Buenos Aires, Montevideo y Tucumán que
efectúan Concolorcorvo y el Visitador a partir de sus preocupaciones económicas.

Desde el 1746 al gauderio se le ha asociado con lo marginal y lo
negativo. Ciertos oficiales del gobierno durante esta época se refieren a ellos como individuos que ilegalmente matan ganado para
sacar cueros y ensebarlos (Slatta 9). Es también en el siglo XVIII
cuando comienza a utilizarse la palabra "gauderio" como sinónimo
del "gaucho" para aludir a la población campesina pobre o a crimi-
nales que roban ganado. Con frecuencia, era ubicado en las fronteras de la pampa aunque los viajeros Jorge Juan y Antonio de Ulloa
los sitúan también en las montañas de Chile. No se sabe con certeza
cómo y dónde surge este grupo, no obstante, se cree que partieron
de Asunción (Paraguay), alrededor de los siglos XVI y XVII y se ex-
tendieron a lo largo de la ribera del Río de la Plata impulsados por
su oficio de la caza de ganado salvaje. Los antecedentes étnicos y
culturales del gaucho se remontan, según la crítica, a dos trasfondos
diferentes: el hispanista y el americanista. La versión hispanista sugiere que las raíces del gaucho provienen del ámbito andaluz y
árabe donde los trajes, costumbres, música y poesías de la pampa
árabe son trasladados a América (Slatta 7). Sin embargo, la configuración del gaucho como símbolo de identidad nacional argentina
nos lleva a trasladarnos al otro supuesto trasfondo del gaucho: el
americanista. Desde esta perspectiva el gaucho simboliza un ente
autóctono siendo producto de un ambiente único como lo representa el mundo de la frontera (Slatta 7). Se le asocia también con

los guerreros nomádicos guaraníes quienes al igual que los gauchos habían hecho uso de las boleadoras indígenas y consumían mate al igual que el gaucho. En algunos casos se relaciona al gaucho con lo mestizo producto del indígena y del español. [8]

La definición del gaucho en *El lazarillo* se asemeja más a la concepción americanista. Los narradores se refieren a ellos como "holgazanes criollos" (74) nacidos "en Montevideo y zonas vecinas" (77), incluyendo la provincia de Tucumán. Con "criollos" ellos se refieren a cualquier habitante nacido en las Américas. [9] Concolorcorvo y el Visitador, no se preocupan por discutir su trasfondo cultural sino que deciden destacar el origen americano del gauderio y el modo que la naturaleza que habitan forma una parte esencial de su carácter. [10] *El lazarillo* constituye uno de los primeros textos donde se ofrece una descripción detallada de las prácticas culturales y modo de vida de los gauchos, al menos más extensa que la que ofrecen Jorge Juan y Antonio de Ulloa en sus *Noticias secretas* (1743). El cuadro que recogen de los gauderios se destaca por el énfasis en la abundancia, la ociosidad, el desperdicio, lo grotesco, la barbarie y el desorden. En *El lazarillo de ciegos caminantes*, la inferioridad de los gauderios se subraya notablemente siendo el narrador indígena el que lleva a cabo la mayor parte de la crítica. Aun desde los parámetros indígenas (quienes en *El lazarillo* ocupan una posición inferior), el gauderio carece de todo tipo de civilización. La voz de Concolorcorvo (un subalterno) se utiliza para subrayar el grado de ineptitud e inferioridad que los caracteriza.

La descripción del gaucho va precedida por varios comentarios llenos de resonancias de tipo material. Concolorcorvo alude a la abundancia del país, el desperdicio y la ociosidad que reina en

---

[8] Para una discusión más detallada de las tesis sobre el supuesto origen del gaucho véase Richard Slatta, *Gauchos & the Vanishing Frontier* (Lincoln: U of Nebraska P, 1992).

[9] En el contexto de la obra hasta a los negros nacidos en América se les llama criollos.

[10] Richard Slatta comenta que el espacio geográfico que habitaban los gauderios impactó su forma de vida. Según él, en la pampa existía una abundancia de animales salvajes (ñandús, leopardos, vizcachas) que modificaban la manera en que los gauchos se enfrentaban a la naturaleza o trataban de sobrevivir, muchas veces acudiendo a la violencia (23). Por otro lado, las ricas praderas facilitaron que el poco ganado vacuno que se les escapaba a los españoles pudiera subsistir allí y multiplicarse en grandes cantidades sin ningún problema (Slatta 23). Esta proliferación de caballos y ganados provocó gran admiración en los viajeros que recorrieron esas zonas.

Montevideo. Él comenta que es un país tan "abundante, en que se da gratuitamente a los ociosos, pan, carne y pescado con abundancia" (I 75). La insistencia en destacar la abundancia prosigue cuando Concolorcorvo añade que allí se pierde la carne de 200,000 bueyes y vacas "que sólo sirve para pasto de animales e insectos", sin contar "las grandes porciones que salen para Portugal y la multitud que se gasta en el país" (I 75). El énfasis en la cantidad (abundancia, grandes porciones y multitud) sirve como preámbulo para destacar la riqueza del país y la ganancia potencial que se puede generar si se hace buen uso de ella. La "abundancia", aspecto que debería connotar optimismo, no encierra el mismo sentido en la zona de Montevideo donde según Concolorcorvo, "[e]sta increíble *abundancia* es perjudicialísima porque se crían tanta *multitud* de ratones que tienen las casas *minadas* y amenazando ruyna" (I 76, cursiva mía). Los comentarios acentúan la manera en que el narrador visualiza el espacio, la naturaleza y sus habitantes; su visión está guiada por una perspectiva económica destacando la falta de manejo de los recursos debido a la ignorancia e incapacidad de sus habitantes.

El desperdicio y el tema de la abundancia sirven de excusa al narrador para iniciar su descripción de los gauderios los cuales, según él, se ven afectados por el ambiente que les rodea: "De esta propia abundancia, como dixe arriva, resulta la *multitud de holgazanes,* a quien[es] con tanta propiedad llaman gauderios" (I 77, cursiva mía). La correlación entre la cantidad de recursos y el número de habitantes ("multitud de holgazanes") no produce ningún aspecto positivo ya que los gauderios no saben apreciar la riqueza material que les rodea. Concolorcorvo en su señalamiento que el nombre de "gauderios" se aplica muy bien a los habitantes de Montevideo, parece establecer una analogía entre la palabra "gauderio" y el verbo "gaudere" del latín, que significa "alegría" o "estar alegre". También se relaciona con la palabra "gaudete", voz latina que significa "fiesta, regocijo, comida y bebida abundante" (*Diccionario de Autoridades* 34). Efectivamente, los gauderios de los que habla el autor (como se verá por extenso) pasan su vida fiestando, comiendo y bebiendo. En la obra, el gauderio se convierte en sinónimo de holgazanería lo que irónicamente coincide con la definición de la palabra "gauderio" en los diccionarios modernos donde se define como sinónimo del gaucho y también como holgazán (*Pequeño Larousse Ilustrado* 498). El impacto que va a tener la descripción de la abundancia de Montevideo en la configuración de la imagen del gaucho en *El lazarillo*, radica en el hecho de que anuncia cuán unido está el aspecto económico a la articulación de la identidad del sujeto la cual está impregnada de fuertes intereses colonialistas. Los habitantes de Montevideo, por su marginalidad, pasan a formar parte de una agenda colonialista que tiene como objetivo la implantación de un orden en las zonas periféricas del interior de la América del Sur. Es sumamente importante el que este control se imponga debido a que, como apunta Mary Douglas, todos los márgenes suelen ser peligrosos debido a que allí la sociedad se hace más vulnerable (121). Esa "marginalidad peligrosa" produce un discurso colonialista en donde el tema de la segregación, reintegración y obliteración del "otro" adquieren mayor relevancia (McClintock 25).

Concolorcorvo comienza sus observaciones ofreciendo una definición de la palabra "gauderio" señalando que "éstos son mozos nacidos en Montevideo y en los vecinos pagos" (I 77). La descripción que le sigue es digna de cita debido a las repercusiones que tiene en ciertos escritos decimonónicos. Concolorcorvo prosigue:

> Mala camisa y peor vestido, procuran encubrir con uno o dos ponchos, de que hacen cama con los sudaderos del caballo. . . Se hacen de una guitarrita, que aprenden a tocar muy mal y a cantar desentonadamente varias coplas, que estropean, y muchas que sacan de sus cabezas, que regularmente ruedan sobre amores. Se pasean a su a<d>vitrio por toda la campaña y con notable complaciencia de aquellos semi-bárbaros colonos, comen a su costa y pasan las semanas enteras tendidos sobre un cuero, cantando y tocando. . . también cargan otro [caballo] con dos volas en los extremos, del tamaño de las regulares con que se juega a los trucos . . . (77-78) . . . Muchas veces se juntan de éstos quatro o cinco. . . con pretexto de ir al campo a divertirse, no llevando más prevención para su mantenimiento que el lazo, bolas y un cuchillo . . . Pero lo más prodigioso es verlos matar una baca, sacarle el mondongo y todo el sebo, que juntan en el vientre, y con una sola brasa de fuego . . . prenden fuego a aquel sebo . . . (78-9)

El pasaje describe el ambiente, usos y costumbres del gaucho reflejando una vida campesina enmarcada en una naturaleza primitiva. La imagen que recopila Concolorcorvo alimentará los escritos de Domingo Faustino Sarmiento cuando en el siglo XIX recrea al gaucho como símbolo de barbarie. [11] En *El lazarillo de ciegos caminantes*, como arguye Karen Stolley, la figura del gauderio sirve para romper con la imagen del indígena como "encarnación americana inicial" del salvaje, añadiéndose "otro término a la serie metonímica" (52). El binarismo civilización (español) y barbarie (gauderio) es utilizado para controlar la población que se encuentra sin ningún tipo de restricción en los márgenes. [12] La vida del gauderio consiste en descansar, divertirse y matar el ganado, sin tener que preocuparse por ningún sentido de ley o responsabilidad. Su aspecto físico resalta la marginalidad en que se encuentran; a diferencia de los habitantes de los centros urbanos como el Potosí, México y Lima, los gauchos se caracterizan por andar mal vestidos. Sus únicos "adornos" resaltan el carácter violento que los domina: andan con lazos, bolas y cuchillos. No obstante, es la holgazanería lo que más los distingue: pasan sus vidas tendidos en el suelo, divirtiéndose, cantando y tocando. Las características del gaucho, según las articulan los narradores, ilustran la razón por la cual la abundancia en Montevideo es perjudicial: se encuentra en manos de unos seres que son incapaces de entender su valor material. En el contexto de los gauderios, la abundancia posee un valor asociado con lo cotidiano; les provee la oportunidad de subsistir sin tener que realizar mucho esfuerzo representando un simple instrumento de satisfacción de las necesidades básicas: el comer.

Los gauderios, al estar enajenados del resto de la sociedad crean su propio mundo en el que el comer es la preocupación primordial. No necesitan trabajar para subsistir porque la carne abunda en los lugares donde viven. El narrador se vale de imágenes grotescas para caricaturizar el "semi-barbarismo" de los gauderios quienes luego de extraer el mondongo y el sebo a la vaca, sacan el trozo que desean comer, sin acompañarlo con otro alimento, y después que "satisfacen su apetito abandonan el resto" (I 80). Concolorcorvo enfatiza que el desperdicio es tanto que 500 libras de carne se reparten únicamente para siete u ocho gauderios (I 80), por lo que la carne

---

[11] Josefina Ludmer sugiere que en el *Facundo* de Sarmiento "La construcción escrita de la voz del gaucho tiene un sentido múltiple: remite al cuerpo patriótico del soldado, al cuerpo sustraido del desertor y también al cuerpo del 'delincuente'" (20).

[12] Smadar Lavie y Ted Swedenburg señalan que Europa como centro, continuamente despliega los binarismos del centro versus los márgenes en un esfuerzo por contener los márgenes al afirmar su identidad en la forma del "otro" (5).

para ellos representa el "principio, medio y postre" (IX 207). Concolorcorvo hablando de los gauderios que ocupan la zona del Tucumán, no vacila en resaltar la forma inhumana en que matan a los animales para satisfacer su apetito:

> . . . traen una baca o novillo de los más gordos, que encierran en el corral y matan a cuchillo despúes de liados los pies. . . y medio muerto lo desuellan mal . . . De ellos corta cada individuo el trozo necesario para desayunarse, y queda el resto colgado y expuesto a la lluvia, caranchos y multitud de moscones. A las quatro de la tarde aquella buena familia encuentran aquella carne royda y con algunos gusanos, y les es preciso descarnarla bien para aprovecharse de la que está cerca de los huesos . . . al siguiente día se ejecuta la misma tragedia, que se representa de Enero a Enero. (IX 207-8)

Concolorcorvo resalta el carácter desmesurado de los gauderios a la hora de buscar su alimento y utiliza la hipérbole para acentuar el aspecto grotesco que manifiestan a la hora de comer y la atracción exagerada que sienten por la comida. Si en el viejo sistema de imágenes, según Bakhtin, la comida estaba relacionada con el trabajo de manera que constituía el premio que se merecían después de un arduo día de lucha (281), en *El lazarillo de ciegos caminantes* esta noción adquiere un sentido diferente. No es justo que los gauderios, después de pasar todo el día descansando y cantando tengan acceso tan fácilmente a una excesiva cantidad de comida. La comida para ellos es un "premio" que no se merecen debido a que en sus vidas no hay ningún indicio de lucha y trabajo, sino de desidia. Ni siquiera toman en cuenta las posibilidades que la abundancia de ganado les puede ofrecer en términos económicos y sólo se conforman con comer mañana, día y noche durante todo el año. El énfasis en la imagen de la carne cruda funciona como un instrumento para resaltar el estado de barbarie en que el autor ubica a los gauderios. Su desidia y barbarismo representan las razones por las cuales los gauderios no merecen ser dueños de la abundancia de carne que les rodea. La ignorancia de los gauderios respecto al valor comercial de la carne impulsa a Concolorcorvo a sugerir que en Montevideo y el Tucumán se necesita una presencia conocedora del establecimiento de un posible comercio de carnes. Esta presencia debe ser la de una autoridad colonial que organice el desorden y maneje la abundancia que reina en aquellos lugares. Sin embargo, ¿qué impulsa al autor a describir tan detalladamente la forma en que los gauderios consumen y desperdician la carne? ¿Qué rol ocupa esto dentro de su discurso colonialista?

La hipérbole es una de las imágenes que utilizan los narradores para llamar la atención a la multitud de carne que se pierde diariamente. En su paso por Buenos Aires, y antes de llegar a la jurisdicción de Tucumán, Concolorcorvo comenta que la carne está en "tanta abundancia" que la llevan en grandes cantidades en carretas "y si por accidente se resvala, como he visto yo, un quarto entero, no se vaja el carretero a recogerle, aunque se le advierta, y aunque por casualidad pase un mendigo, no le lleva a su casa porque no le cueste el trabajo de cargarlo" (III 91). La indiferencia y la holgazanería que Concolorcorvo les adjudica a los habitantes intenta subrayar la necesidad de ocupar aquellas zonas con gente competente y capaz de entender la abundancia en su forma material. De lo contrario, sólo se beneficiarán los perros, que están tan gordos "que apenas se pueden mover", y los ratones que andan "en destacamentos" hasta en las casas más pobres (III 91). La exaltación de la abundancia de Buenos Aires, como arguye Evaristo Penha, constituía una manera de sugerir cómo esta ciudad podía representar una fuente excelente de mercado y la "posibilidad de buen negocio" (94).

Los comentarios de Concolorcorvo con relación al desperdicio de carne cobran mayor relevancia si se tiene en cuenta la ausencia de un comercio oficial y legal de carnes y el hecho de que no es hasta finales del siglo XVIII cuando la carne comienza a tener un valor comercial.[13] Los gauderios sirven de excusa al narrador para sugerir la urgencia de tomar provecho de la abundancia de ganado del cual se podía generar la producción de diferentes productos como la carne, el queso, la mantequilla, lana y cueros. Carrió, a través de la voz de Concolorcorvo, denuncia el que la ganadería se limite al consumo familiar en vez de a una producción nacional o internacional de mercado. El autor trata de hacerle ver a la Corona cómo la ganadería puede generar grandes dividendos y servir de alternativa para mejorar la crisis económica. Carrió parece tener co-

---

[13] Slatta comenta que el comercio se inicia cuando los saladeros de aquellas zonas comienzan a exportar carne cecina a las plantaciones de esclavos en Cuba y en Brasil (23).

nocimiento de cómo los estancieros y hacendados se iban apropiando del ganado e integrándolo a la economía regional, independientemente de la aprobación de la Corona. Parece estar familiarizado también con la manera en que los extranjeros (franceses e ingleses) comenzaban a infiltrarse en aquellas zonas y a beneficiarse de esta economía regional. Poco a poco estos estancieros y hacendados iban controlando más tierras y expandiéndose en nuevos territorios, lo que contribuyó a la concepción del ganado como "un arma importante de penetración fronteriza". [14] El tamaño de las provincias aumentaba a medida que el número de ganados crecía, muchas veces sin conocimiento de la Corona. La pérdida a mano de individuos particulares (en el uso personal de los gauderios, de unos pocos hacendados o en provecho de los extranjeros) constituye una preocupación esencial en la obra. La falta de control del espacio y sus habitantes por parte de la Metrópoli causa miedo y ansiedad, específicamente el miedo a una desintegración del poder en manos de pocos individuos o a la pérdida de posibles ganancias debido a la indiferencia de otros (los gauderios). El interior debe abrirse, pero debe hacerlo para la Corona.

La descripción de los hábitos de vida del gauderio le brinda la oportunidad a Concolorcorvo para sugerir un comercio eficaz que sea capaz de minar el peligro de la pérdida del control del espacio. Concolorcorvo señala, con respecto al ganado vacuno, que es necesario que se establezca un comercio internacional en el que se compita a base de mejores precios y calidad. Tal mercado eliminaría el odio de los comerciantes locales hacia el monopolio que sostenía la Corona en el comercio, impidiéndoles que vendieran sus mercancías al exterior y eliminando las tensiones y discrepancias entre ambos. La carne se podía vender a Europa a un precio más bajo que el que existía, ofreciéndoles la oportunidad a los europeos para comparar sus carnes con las que se producían en América las cuales según Concolorcorvo, eran mejores que las del extranjero. Sin embargo, para que la carne llegara en buenas condiciones a Europa era imprescindible que se abrieran nuevos puertos y nuevas rutas que estuvieran más cercanas a los puertos europeos, y que facilita-

---

[14] Para un cuadro más completo del rol de la ganadería en la economía colonial americana ver Carlos D. Malamud Rikles, "La economía colonial americana en el siglo XVIII", *Historia de España: la época de la Ilustración, las Indias y la política exterior* (Madrid: Espasa-Calpe, 1988) 117-124.

ran la llegada de los productos con mayor eficiencia. Este comercio podía producir grandes remuneraciones si se controlaban los precios y si se enseñaba a los trabajadores a tratar a los animales con vías a alcanzar mayor productividad. El Estado se beneficiaría doblemente ya que los comerciantes no tratarían de evadirse de los pagos de arbitrio (debido a los ingresos que les daría un comercio más amplio) y la Corona, mantendría una vigilancia y control de esos territorios todavía inexplorados económicamente. En *El lazarillo*, la descripción del gaucho se proyecta en un discurso de tipo comercial basado en la ganadería que siente un particular interés por el manejo del espacio habitado por los gauderios. El deseo de controlar a estos habitantes influye en el resto del cuadro que se presenta de ellos por lo que la identidad del gaucho está centrada en el plano económico y alimentada por un fuerte deseo de poder.

IDENTIDAD, ESPACIALIDAD Y COMODIFICACIÓN DE LA PERIFERIA

La llegada de Concolorcorvo y el Visitador a la jurisdicción de Tucumán les ofrece la oportunidad de brindar un cuadro mucho más detallado de las prácticas culturales del gaucho. La configuración del gauderio se da nuevamente en términos del espacio que ocupa. Concolorcorvo comenta que de las 380 leguas que ocupan el Tucumán, 314 de ellas son "tierra fecunda" y 66 de ellas "país estéril" (IX 195). El comienzo de la descripción a partir de la feminización del lugar funciona como una manera de invitar a las autoridades coloniales a penetrar en aquellos territorios aún no controlados ("tierra fecunda"). La concepción del territorio como femenino invita al viajero o al representante de la autoridad colonial a tomar una posición activa, posesiva, sexual y de placer hacia la tierra como objeto (Rose 88). La presencia masculina se hace bien recibida y necesaria en cuanto evite la esterilidad. La potencialidad de la tierra como objeto productor se subraya cuando Concolorcorvo señala que "Acaso en todo el mundo no habrá igual territorio unido más al propósito *para producir con abundancia* todo cuanto se sembrase" (VIII 198, cursiva mía). El narrador llama la atención a la capacidad reproductiva del terreno de Tucumán asegurando a las autoridades las posibles y variadas ganancias que se pueden generar allí. Sólo hace falta quien las "penetre" correctamente, debido a que quienes las habitan hacen caso omiso de tanta fecundidad.

El narrador introduce un comentario sobre las abejas del Tucumán para acentuar la necesidad de domesticación, mayor utilización del espacio y para denunciar la indiferencia de los habitantes ante tanta riqueza. A pesar de que hay muchas (al menos doce especies) que producen miel de distinto gusto los colonos que habitan la zona no saben sacar provecho de estos "útiles animalitos" (VIII 198). Los gauderios no "usan de artificio alguno para conservar una especie tan útil" ni utilizan "prevención alguna *para hacerlas caseras y domesticarlas*" (VIII 198-99, cursiva mía). Concolorcorvo opina que la falta de un comercio de miel y otros productos que tan bien podrían establecerse en el Tucumán se debe "a la escasez de poblaciones grandes para consumir estas especies y otras infinitas, como la graña y añil, y la seda de gusano y araña" (VIII 199). No obstante, el problema mayor se centra en "que el corto número de colonos se contentan con vivir rústicamente, manteniéndose de un trozo de vaca y bebiendo sus al<o>jas, a la sombra de los coposos árboles que producen la algarroba" (VIII 199). Los colonos a los que se refiere Concolorcorvo son los gauderios destacando la vagancia e ignorancia que caracteriza a este grupo. El grado de holgazanería es tal que aunque las abejas son muy dóciles ("no defienden la miel y zera con el rigor que en la Europa"), los gauderios no hacen el esfuerzo de aprovecharse de lo que puede generar un buen comercio viviendo al margen de toda noción de transacción económica. La ignorancia concomitante de los gauderios justifica la presencia de un orden colonial que sea capaz de emplear correcta y eficientemente las riquezas innatas del lugar.[15] No obstante, la ignorancia y holgazanería que Concolorcorvo percibe en los gauderios no le basta para ilustrar la incapacidad de éstos y el poco merecimiento de ese espacio rodeado de abundancia donde habitan. El narrador procede a concebirlos como emblema de desorden en una zona donde la marginalidad se ha convertido en un elemento potencialmente peligroso.

La primera parte de la descripción de los gauderios se distingue por la ausencia de la voz del gauderio predominando lo escrito sobre lo oral. La segunda parte de la descripción va seguida de una escena en la que la voz del gauderio se deja oír aunque tal introduc-

---

[15] La ignorancia en el plano económico en el que viven los gauderios se ve acentuada en el episodio de los doblones que el narrador recoge en el capítulo IX y que ha sido brillantemente discutido por Karen Stolley, 40-3.

ción no significa que el sujeto subalterno pueda hablar por sí
mismo, ya que este supuesto rescate no hace más que construir un
"otro" homogéneo cuya consciencia es inaccesible e intraducible
(Spivak 288, 300). El escritor en su representación del subalterno
sólo deja ver sus propias preocupaciones ideológicas, en el caso de
El lazarilllo, la voz del gauderio constituye una lectura por parte de
los narradores que produce una articulación política de la subjetividad del gaucho marcada por fuertes intereses colonialistas.

Concolorcorvo ubica a los gauderios en un cuadro pastoril caracterizado por una descripción satírica e idealizada que guía en sus
últimas consecuencias a una crítica del gaucho y el gobierno por su
incapacidad para integrarse e integrarlos dentro del sistema socio-
económico. La escena funciona como complemento de la descripción teórica con que comienza la discusión en torno al grupo. En
este retrato la pampa se convierte en un paraíso perdido: abundancia de árboles, carnes, mozas rollizas meciéndose en columpios y
preparando mates o como lo llama el Visitador "zupia" (líquido de
mal color y gusto), los hombres calentando trozos de carne fresca y
entonando sus guitarrillas. El cuadro viene a representar una invita-
ción para reírse con los gauderios: "nos advirtió [el Visitador] que
nos riyéramos con ellos sin tomar partido, por las resultas de algunos
volazos" (IX 200), pero se convierte en una llamada a la reflexión. El
Visitador se vale del tópico pastoril para llevar a cabo su crítica.

El narrador parece estar consciente de la asociación entre lo
pastoril, la Edad de Oro y el carácter primitivista y rústico que se
asociaba con los pastores. [16] Él circunscribe a los gauderios en una
naturaleza bellamente estilizada y semejante a la prosa pastoril:
"montes espesos", "coposos árboles", "gruesos árboles", etc. (IX
201). El ambiente campestre en donde el narrador ubica al gauderio remite a la asociación tradicional del campo como símbolo de
atraso e ignorancia (Williams 1). La noción de atraso se subraya
cuando el Visitador asocia a los gauderios con los pastores. La analogía se hace más explícita cuando el Visitador les pide a los viajeros
y a Concolorcorvo que se sienten a escuchar con atención los versos
de los gauderios que "eran tan buenos como los que cantaron los
antiguos pastores de la Arcadia, a pesar de las ponderaciones de

---

[16] Harry Levin arguye que lo pastoril como *topos* está asociado con el mito de la
Edad Dorada, el lugar y la época ideal, y con el carácter primitivista y sentimental
que rodeaba al ambiente pastoril (6).

Garcilaso y Lope de Vega" (IX 203). El Visitador se burla de la forma en que ambos escritores cultivaron el tema pastoril al poner en boca de rústicos pastores un lenguaje artificioso que no coincidía con su vida diaria. La burla además, funciona como una manera de primitivizar al "otro". La primitivización del gauderio va unida a un interés económico cuya base se centra en la concepción del espacio.

El grupo de gauderios está reunido alrededor de Gorgonio, un viejo de 104 años de edad que dicta a las "dos mozas rollizas" que se columpian sobre dos lazos amarrados a "dos gruesos árboles" y a los mancebos lo que deben hacer (IX 201). La robustez y la redondez de las mozas ("rollizas") coincide con la abundancia del ambiente por lo que el cuerpo de las mujeres se utiliza como sinónimo de la abundancia del lugar. Ambos se distinguen por la gran cantidad de peso (las mujeres) y de recursos (la naturaleza). El grupo de gauderios es retratado en un ambiente rural y una naturaleza tranquila donde han desarrollado un tipo de vida que en los márgenes de la sociedad se destaca (según lo visualiza Concolorcorvo) por la presencia del desorden. Concolorcorvo enfatiza cómo en aquellos lugares los gauderios "tienen sus bacanales dándose cuenta unos gauderios a otros, como a sus campestres cortejos, que al son de la mal encordada y destemplada guitarrilla cantan y se echan unos a otros sus coplas, que más parecen pullas" (IX 199). A los habitantes del Tucumán los caracteriza la falta de orden sexual (sus orgías tumultuosas o bacanales), su rusticidad ("campestres cortejos"), su falta de talento musical ("destempladas guitarrillas") y cantos groseros ("pullas"). Concolorcorvo niega la posibilidad de un rastro de habilidad artística en el gaucho señalando que a pesar de llevar sus coplas "fabricadas y estudiadas", esto no impide que sus cantos sean "bárbaros y groseros" debido a que el que los "fabrica" es un "tunante chusco" (IX 199). La descripción del creador de las coplas como pillo ("tunante") que tiene gracia y picardía ("chusco") otorga a la identidad del gaucho una falta de originalidad; él no se inventa las coplas sino que las copia. La articulación de la identidad del gaucho vuelve a destacarse por el intento por parte del narrador de subrayar los defectos e incapacidad de aquél. Concolorcorvo en su configuración de la persona del gauderio persigue restarle toda validez a los hábitos culturales de éste para de esa manera justificar la presencia de un orden que sea capaz de controlar el espacio que los gauderios ocupan transformándolos primero en "seres racionales" (Penha 94).

La marginalidad en la que viven los gauderios se hace patente a través de sus nombres propios. En *El lazarillo,* lo primero que le llama la atención a Concolorcorvo y al Visitador son los nombres de ellos: Cenobia, Saturnina, Esperidión, Capracia, Clotilde, Pantaleón, Torcuato, Rudesinda y Nemesio. Concolorcorvo confiesa que él y el resto de los viajeros extrañaron "los e<s>trabagantes nombres de los hombres y mujeres" (VIII 204). La inclusión de los nombres por parte de los narradores funciona como un elemento que subraya la alienación en la que según ellos, viven los gauderios. Fuera del ambiente del Tucumán estos nombres sólo provocan burla, ya que no representan un elemento común a los que provienen de las ciudades y que son supuestamente más desarrollados. Según el anciano, habían sido tomados del *Kalendario* de Cosme Bueno y se consideraban como nombres de "santos nuevos" a quienes dirigían sus oraciones porque ya estaban cansados de pedir a Dios por su bienestar con lo que esperaban tener mejor suerte (VIII 204). Los gauderios en su propia alienación interpretan los nombres según sus necesidades considerando como santos los que en el resto de la sociedad no lo son. Los nombres (que en realidad son tomados de textos clásicos y pastoriles) parecen ridículos en la pampa remontándose a un pasado que aliena a las personas y que está íntimamente ligado al mito de la Edad Dorada, que para el Visitador no tiene cabida en la sociedad americana. El hecho de que toda marginalidad posea la potencialidad de representar peligro es lo que inclina al Visitador y a Concolorcorvo a considerar la utilización de las imágenes y los nombres de santos como una cosa extravagante: "de cuya e<s>travagancia nos reímos todos y no quisimos desengañarlos, por que el visitador hizo una cruz perfecta de su voca, atravesándola con el índice" (VIII 204). La risa cumple una doble función en este pasaje: por un lado sirve como vehículo de burla para destacar la supuesta ignorancia de los gauderios, mientras que por otro deja entrever la habilidad de ellos en cuestionar la validez de los santos europeos. Los santos cristianos no les proveen los milagros que necesitan, razón por la cual se han visto obligados a buscar e inventar sus propios santos ("santos nuevos") los cuales están más familiarizados con sus problemas y al tanto de su realidad social. Los narradores dejan ver esa marginalidad peligrosa que se hace tan presente en el ambiente colonial. Los gauderios desde la periferia buscan satisfacer sus necesidades inventando o recreando nuevas prácticas culturales; desde allí ellos crean sus propias reglas y creencias. Los nombres asociados con textos bucólicos han pasado a sustituir a los santos católicos quienes no tienen cabida en el ámbito de la periferia. En este sentido, los gauderios no parecen ser tan ignorantes; ellos desde su marginalidad han sabido cómo reemplazar lo que no tiene vigencia. Los nuevos significados que los gauderios otorgan a los santos representan un aspecto desconocido para los representantes de la autoridad colonial y es ese miedo a lo desconocido lo que impulsa al Visitador a considerar la práctica de los gauchos como ridícula subrayándolo con el uso de la burla. El gauderio es parte de un "proceso perturbador e inquietante" que dificulta la categorización clara que la autoridad colonial intenta imponer (Bhabha 113).

La manera en que los hombres se refieren a las mujeres es otro aspecto que llama la atención de Concolorcorvo. Él trae a colación que los mozos se refieren unos a otros y al resto de los pasajeros con el apelativo de "machos". El elemento que más le impresiona es la forma en que se dirigen a las mujeres "nos pareció mal que llamasen a las mozas machas" (VIII 204). La masculinización por la que pasan las gauderias refuerza la concepción que sostienen los narradores de que en el Tucumán todo anda al revés. Mujeres y hombres se conciben con características animales (macho: "animal del sexo masculino o viril") y ellos perciben al resto de las personas con quienes entran en contacto de la misma manera (*Diccionario de Autoridades* 446). No obstante, las mujeres pasan por un proceso de doble transformación que radica en su naturaleza (de humana pasa a animal) y en cuestiones de género sexual (son asociadas con las características tradicionales del sexo opuesto). La masculinidad de las mozas rompe con los parámetros de la imagen tradicional de la mujer de los géneros pastoriles. La imagen de una mujer poco tradicional representa otro elemento que causa ansiedad a las autoridades coloniales, ya que ella no coincide con la mujer femenina y delicada. En el Tucumán, la mujer (al igual que el hombre) se distingue por su rusticidad. Mientras más alejados estén los grupos de la imagen que los narradores esperan, más ansiedad causan debido a que no encajan dentro de sus parámetros y expectativas sobre la otra cultura. Conjuntamente con la connotación animal de la palabra macho, concurren otros dos aspectos negativos que se desprenden de ella. En la época, además de referirse a un hombre con "excesivas fuerzas y aguante", aludía también a alguien que era "necio y tonto" (*Diccionario de Autoridades* 446). De acuerdo con los narradores, los gauderios (tanto hombres como mujeres) son descritos como seres desmesurados, necios y tontos que al igual que el territorio que habitan, carecen de cualidades que los asocie con un supuesto grado de civilización.

Si a Concolorcorvo el neologismo refiriéndose a las mujeres no le parece apropiado, al Visitador, sin embargo, no le asombra en lo absoluto. Según él, los gauderios simplemente imitaban al "insigne Quevedo, que dixo con mucha propiedad y gracia *'pobres y pobras'*" (VIII 204). Dos aspectos se destacan de este irónico comentario; primero el uso del neologismo recalca la influencia del lenguaje popular en los gauderios. mientras que por otra parte se "eleva" a los gauderios al plano de Quevedo. El Visitador llama la atención hacia la capacidad de inventar que en el caso de los gauderios es casi una necesidad, al no encontrar un vocabulario que denote lo que quieren expresar. La alienación geográfica en que se encuentran con respecto al resto de la sociedad da lugar a una vida fuera de toda ley, ya sea lingüística, política o social. Lo más curioso de la discusión que realizan los narradores con relación al neologismo es la ausencia de una explicación por parte de los gauderios de cómo y por qué deciden utilizar la palabra "machas". Debido a la manipulación que efectúan los viajeros al recordar y transcribir algunas de las situaciones de las que son testigos, el lector tiene que conformarse con la recreación de la otredad que los viajeros prefieren informar.

La manipulación de la identidad del gauderio por parte del autor se complica aún más cuando el Visitador insiste a Concolorcorvo, y a los otros viajeros que lo acompañan, en que presten atención a las coplas de los gauderios y que cada uno tome "de *memoria* una copla que fuese más de [su] agrado" (VIII 202, cursiva mía). Los viajeros van a escuchar y premeditadamente van a elegir aquéllas que más impacto causen en sus memorias. Se le va a presentar al lector una selección de las coplas recitadas por los gauderios. Esta elección, según el Visitador, es de suma importancia debido a que representa el carácter de los gauderios, aspecto que se ejemplifica al final del pasaje cuando le pide a Concolorcorvo que no omita la copla de ellos "por que sería privar al público del conocimiento e idea del carácter de los gauderios" (X 227). La información que leemos es lo que una vez se captó en la memoria con un propósito determinado y que vuelve a recordarse y, finalmente, a legitimarse por medio de la escritura. Concolorcorvo es quien efectúa el acto de se-

lección y sugiere que sólo por medio de la escritura las coplas co-
brarán vigencia: "Las primeras que cantaron, en la realidad, no con-
tenían cosa que de contar fuese. Las quatro últimas me parece que
son dignas de imprimirse, por sus e<s>trabagantes, *y así las voy a
copiar, para perpetuar memoria*" (VIII 202, cursiva mía). Escribir
para Concolorcorvo equivale a perpetuar memoria. La escritura
nuevamente adquiere la "capacidad performativa" que según Martin Lienhard, busca tomar posesión de lo que se observa (26). Las
coplas de los gauderios cobran validez una vez que son plasmadas
al papel ya que la oralidad no es reconocida como un signo de vigencia. La selección de las coplas esconde una opinión personal que
nos remite a la percepción que los narradores tienen de los gauderios. Una vez intercaladas en el ámbito de la narración de Concolorcorvo, lo que se recuerda es alterado por la connotación que adquiere dentro de un nuevo contexto. La identidad de los gauderios
estará determinada por lo que se quiere recordar.

Las coplas que recoge Concolorcorvo tienen que ver con las relaciones humanas, especialmente en el terreno amoroso, al igual
que en las obras pastoriles. Sin embargo, este sentimiento se ve sos-
layado por un tono agresivo que dista mucho del sentimentalismo
de las primeras:

DAMA: Ya conozco tu ruin trato
         y tus muchas trafacías,
         comes las buenas sandías
         y nos das liebre por gato
GALÁN: Déjate de pataratas
         con ellas nadie me obliga
         porque tengo la varriga
         pelada de andar a gatas.
DAMA: Eres una grande porra,
         sólo la aloja te mueve,
         y al trago sesenta y nueve
         da principio la camorra.
GALÁN: Salga a plaza esa tropilla,
         salga también ese bravo,
         y salgan los que quisieren
         para que me limpie el r...

Los lamentos que vemos en las églogas de Garcilaso aquí se convierten en insultos. La dama y el galán se valen de un vocabulario

popular,[17] contrario al lenguaje cortesano de la prosa pastoril, y de frases insultantes para comunicarse.[18] A pesar de que a los gauderios no les queda más remedio que expresarse en la lengua del colonizador (en español y redondillas) ocurre a su vez una transformación o transculturalización, en donde el colonizado se apropia de ciertos elementos de la cultura colonizadora (género pastoril) para finalmente dotarla de un sentido diferente. El género pastoril en la provincia de Tucumán ha perdido su carácter original. La postura irónica que adoptan los viajeros ante las coplas de los gauderios se acentúa cuando el Visitador le comenta a Concolorcorvo "que los versos de su propio numen eran tan buenos como los que cantaron los antiguos pastores de la Arcadia, a pesar de las ponderaciones de Garcilaso y Lope de Vega" (VIII 203). La ironía funciona en el comentario para poner en duda que los versos de los gauderios sean buenos restándole validez a sus prácticas culturales. Sin embargo, los gauchos, a pesar de su supuesta enajenación no dejan de tener acceso a la cultura del europeo porque no sólo la han heredado sino también la han modificado. Los gauderios poseen la capacidad de

---

[17] Con lo popular me refiero a la cultura rural o como la define Josefina Ludmer "la cultura campesina, folclórica, de los sectores subalternos y marginales como el gaucho" (11). Este concepto de lo popular difiere al uso que se da en el siglo XX, cuando lo popular remite a la cultura de masas. Para una discusión sobre el concepto de cultura popular en los siglos XIX y XX ver William Rowe y Vivian Schelling, *Memory and Modernity. Popular Culture in Latin America* (London: Verso, 1991).

[18] Los versos ofrecen ciertas resonancias con la poesía payadoresca, poesía de tipo popular-oral en la que los campesinos cuentan sus penas. Eleuterio Tiscornia señala que "lo importante en esos pasajes del autor no es sólo el contenido amoroso de los cantares gauchescos, sino también un esbozo del primitivo ambiente de los payadores, que aquí apunta con gauderios en competencias de canto ante un auditorio rústico" (27). Tiscornia establece dos divisiones dentro de la poesía gauchesca. La primera se refiere a la payadoresca, que es considerada como poesía popular y en la cual el campesino-cantor cuenta sus triunfos en el amor, dolores, etc. Según el crítico, no existen materiales auténticos que permitan establecer con exactitud cuál fue el verdadero fondo popular de esta poesía. La segunda etapa es la gauchesca escrita en la que los poetas cultos se inspiran en el hombre del campo, su modo de ser, costumbres, problemas, y se valen de la lengua rústica para poetizar la filosofía vulgar. Teniendo en cuenta estas dos etapas se puede argüir que los versos citados en *El lazarillo* recogen en forma escrita la poesía oral y popular de los payadores. Utilizando la redondilla, forma popular de la poesía gauchesca, Carrió anticipa a poetas como Hidalgo, Ascasubi y del Campo. Estos versos son más parecidos a los de Ascasubi, quien poetiza la vida del gaucho en las praderas argentinas con un lenguaje popular y versos despiadados en donde la violencia es un rasgo principal. Su poesía habla de asesinatos, golpes de sable, fuego, humo y sangre. Los versos de *El lazarillo de ciegos caminantes,* en vez de destacarse por su emoción estética, remiten al carácter popular de la situación histórica de los gauchos.

transformar el contenido de los versos al ubicarlos en un contexto diferente. Es esta capacidad y potencialidad de transformar aspectos de la cultura dominante lo que puede representar una amenaza para el representante de la autoridad colonial y es por eso que la burla es utilizada como arma de ataque para así erradicar esa peligrosa potencialidad.

La caracterización de los personajes envueltos difiere también de la tradición pastoril. El galán es un borrachón que después de cierto número de tragos, pierde su compostura y adopta un carácter bélico. Lo más irónico de todo es que su discusión e intercambio de insultos se generan por motivo de la comida. [19] El galán engaña a los otros quedándose con lo mejor y haciendo pasar "liebre por gato". Así como el refrán representa una inversión irónica de la frase original "gato por liebre", el mundo de los gauderios, según los narradores, es una inversión de la sociedad que debería existir en aquellos lugares: aquélla guiada por el raciocinio, el trabajo y el contacto con el resto de la civilización. La inversión que ocurre en torno a los gauderios se acentúa en la transgresión que sufre el género pastoril cuando la vulgaridad reemplaza el refinamiento de la balada bucólica (Johnson, *Satire in Colonial Spanish America* 122). Este mundo que al parecer es guiado por la inocencia y la inacción es perjudicial para los gauderios porque los ha enajenado de las transformaciones de que ha sido testigo el resto de la sociedad (específicamente las zonas urbanas: Lima y el Potosí). Para el autor, la vida de los gauderios representa una utopía negativa porque genera una alienación

---

[19] Los versos incluidos por Carrió guardan más similitud con las églogas profanas de Juan del Encina (1469?-1529?) donde el autor recurre al carácter popular oral y el ambiente rústico de los pastores. En la "Egloga de Antruejo" el tema de la comida cobra gran relevancia:

Hoy comamos y bebamos
y cantemos y holguemos
que mañana ayunaremos.
   Por honra de San Antruejo
parémonos bién anchos;
embutamos estos panchos,
recalquemos el pellejo.
   Que costumbre es de concejo
que todos hoy nos artemos,
que mañana ayunaremos. . .
   (citado de García López 139).

Quisiera agradecer a Ana Gómez-Bravo (Purdue University) por sugerirme la similitud entre ambos autores.

socio-cultural y económica que impide que éstos puedan darse cuenta de la cantidad de recursos que les rodean y que no son explotados debido a la ignorancia. Sólo la presencia de seres capacitados para entender el perfil materialista del territorio podrá subsanar el desorden que caracteriza a ese mundo al revés. Las fuerzas colonialistas serán las únicas capaces de saber manejar el espacio que rodea a los gauderios por lo que la incorporación del orden es únicamente factible si se utilizan las medidas adecuadas.

Lo neoclásico presente en *El lazarillo de ciegos caminantes* (como otros textos de la época de la Ilustración) se vale de la tradición clásica española del Siglo de Oro para otorgar un carácter irónico a la idea de que todavía pueda existir un mundo alejado de la civilización y en el cual todo marche perfecta e inocentemente. Como observa Fernando R. de la Flor, "la égloga, la bucólica, el idilio, la poesía pastoril en suma, funciona en el siglo XVIII como marco formal susceptible de ser 'rellenado' de una materia diferente" (136). El Visitador con su parodización de un posible retorno a lo arcádico apunta a la ineficacia de ese tipo de sociedad; y como apunta De la Flor "lo que se recicla es el prestigio perdido de un *topoi*, de un lenguaje y de la ideología que lo subyace" (139).

La articulación de la identidad del gauderio a lo largo del pasaje le sirve al autor para sugerir las vías apropiadas que garanticen una máxima utilización del territorio que ocupa la "provincia de más extensión que acaso tiene el mundo" (II 91). Según Concolorcorvo, a los gauderios lo que les hace falta es el contacto con la civilización: "piedra para fuertes edificios, mares y puertos para su comercio, en distancias proporcionadas, para costear la conduc[c]ión de sus efectos; pero la falta mayor es la de los colonos, porque una provincia tan dilatada y fértil apenas tiene cien mil havitantes" (VIII 205). Los gauderios necesitan de seres capacitados que entiendan la dimensión económica del terreno que ocupan; ese país que "es delicioso por su temperamento" y su tierra que "produce quantos frutos la siembran" (VIII 205). El territorio debe estar en manos de habitantes que lo sepan valorar como los colonos europeos los cuales poseen la habilidad de explotar una "tierra tan abundante" que en manos de los gauderios sólo se limita al mate, el tabaco, el azúcar y el aguardiente (VIII 207). La supuesta primitividad y desorden en que viven los gauderios le ha servido de excusa al autor para justificar la necesidad de que se deterritorialice a los gauderios de sus espacios y se les integre a una sociedad en que ellos representen una minoría. Ya constituidos como parte de esa minoría se deben controlar por medio de contribuciones exigidas por el gobierno: "A esta gente que compone la mayor parte de los habitantes de la dilatada y fértil provincia de Tucumán, se debía sugetar por medio de la contribución", como hacían los emperadores del Perú con sus súbditos (VIII 211). Mientras la civilización por medio de colonos europeos no llegue a las pampas, los gauderios seguirán viviendo al margen de la civilización y, como concluye Concolorcorvo, permanecerán como las vacas de Faraón "que estaban flacas en pasto fértil" (VIII 212).

El pasaje de los gauderios rescatado por las memorias de Concolorcorvo y el Visitador refleja la manipulación que se lleva a cabo en la articulación de la identidad del gaucho. Aunque *El lazarillo de ciegos caminantes* no pertenece al género gauchesco (el pasaje representa una de las múltiples estrategias discursivas por las cuales los narradores recrean la alteridad) el cuadro de los gauderios guarda cierta semejanza con este género cuando se tiene en cuenta los aspectos de la oralidad y la escritura. Josefina Ludmer nos recuerda que en el género gauchesco "la oralidad construida y escrita, postulada como 'transcripción' o 'copia', representa así, además el deseo de reproducción . . . El autor es el que construye lo oral como oral para incluir en su interior la palabra escrita, política, *la suya*, que aparece citada y reproducida por la voz del gaucho. Traducida a la oralidad" (75-6). El pasaje de los gauderios en *El lazarillo de ciegos caminantes* demuestra cómo los narradores hacen uso de la oralidad para articular una identidad determinada del gaucho la cual es reconstruida con un propósito particular (i.e. político y económico). El interés de los narradores es criticar, reformar y controlar por medio del paralelismo establecido entre los gauderios y la barbarie. El intento de reformar/civilizar es lo que guía la intención de ambos viajeros (autor y amanuense) en recordar aquella famosa parada en el Tucumán. En *El lazarillo de ciegos caminantes* se busca imponer el orden en el desorden.

LA VIGILANCIA DE LOS MÁRGENES: OBSERVACIONES FINALES

Jonathan Smith sugiere que el "territorio" como tropo puede considerarse como un texto por lo que leer un territorio equivale a leer un texto repleto de metáforas (76, 80). *El lazarillo de ciegos ca-*

minantes, y particularmente el cuadro de los gauderios, es un ejemplo perfecto de lo que señala Smith. El territorio que habitan los gauderios junto con ellos se convierte en metáfora de barbarie, desidia y necedad. Uno de los elementos que ayuda a la lectura del pasaje de los gauderios como texto es la imagen de "fijeza" en que los narradores intercalan no sólo el territorio sino también a sus habitantes. Homi Bhabha considera el concepto de "fijeza" como recurrente en la construcción ideológica de la otredad (66). Equivale conjuntamente a un signo de diferencia racial, histórica y cultural del cual depende el narrador para elaborar su discurso colonial. Lo que se desprende de este discurso son las prácticas discursivas y políticas de jerarquización racial y cultural. Desde la perspectiva del observador (Concolorcorvo y en ciertas instancias el Visitador) los gauderios racial y culturalmente carecen de todo tipo de civilización. Es la fundación de un estereotipo que cobrará mayor auge en las representaciones decimonónicas en torno al gaucho.

Sin embargo, la construcción de la otredad y su producto (i.e. el estereotipo) no consisten en la simple representación del "otro" a través de dicotomías, sino que estriba en un acto mucho más complejo donde entra en juego la ambivalencia. El reconocimiento y la desautorización de la diferencia siempre es perturbada por la cuestión de su representación y construcción. Las contradicciones inherentes que tienen lugar en este proceso destacan la complejidad que lo envuelve. El proceso de representar esterotípicamente al gaucho deja entrever lo potencialmente peligrosos que ellos pueden ser. En su sociedad, el orden no ocupa un aspecto primordial del diario vivir y las leyes no representan un elemento de obediencia. Los gauderios viven en un mundo libre de ataduras sin ningún tipo de sistema, ya sea económico o político, que los contenga. Es su marginalidad la que los hace diferentes a la vez que amenazantes y es por eso que la vigilancia es sumamente vital para mantener orden y control lo que puede ser posible por la presencia visible de la autoridad colonial. La justificación de tal presencia es lo que obliga a los narradores a manipular la identidad de manera tal que los gauderios se presentan como faltos de civilización, de valores morales y de conocimiento económico.

La ambigüedad se acentúa cuando se tiene en cuenta que los gauderios sí se han familiarizado con ciertos aspectos de la cultura dominante; entre ellos, su lengua, el uso del ganado, los instrumentos musicales y los aspectos poéticos. No obstante, el problema radica en la manera en que ellos han modificado y transformado esos elementos. Algunos han sido trasladados a un presente en el que no tienen vigencia (lo bucólico) o lo han ignorado al punto del desperdicio (el ganado). En *El lazarillo,* se sugiere que tanto la enajenación de los gauderios como su falta de civilización se deben a la manera en que ellos integran lo civilizado a su diario vivir ya que después de todo, ellos se expresan en la misma lengua de aquéllos que los observan, aunque con algunas variantes. Es en el nuevo contexto donde estos elementos han sido integrados y transculturizados y en el que el original no coincide con la visión oficial del que observa. Según el autor, la importancia radica en entender esta situación para así sugerir nuevos cambios debido a que la falta de reformas/conocimiento adecuado los ha mantenido al margen de la civilización.

Uno de los aspectos más sugerentes del cuadro que se ofrece de los gauderios es la manera en que éste anticipa las ideas que circularon en el siglo XIX, donde el viaje propicia un discurso de sentido capitalista, y en donde el territorio se observa en términos de valor económico. Viajeros como Sarmiento no harán más que repetir los males que un siglo antes Carrió había revelado "clandestinamente". Algunas ideas de Sarmiento en *Facundo* parecen una recapitulación de la imagen que Carrió ofrece de la Argentina: "la inmensa extensión del país que está en sus extremos es enteramente despoblada, y ríos navegables posee que no ha surcado aún el frágil barquichuelo. El mal que aqueja a la república Argentina es la extensión: el desierto la rodea por todas partes . . . el despoblado sin una habitación humana" (27). Según Sarmiento, las inmensas llanuras, bosques y ríos, descansan en manos de la ociosidad de los gauchos "de este modo, el favor más grande que la Providencia depara a un pueblo, el gaucho argentino lo desdeña, viendo más bien en él un obstáculo" (29). Su llamada al paso de la inmigración europea también está presente en *Facundo*: "en vano le han pedido que les deje pasar un poco de civilización, de industria y de población europea" (30) o "el *nuevo gobierno* establecerá grandes asociaciones para introducir población y distribuirla en territorios feraces a orillas de los inmensos ríos" (272). Y para acabar con la barbarie y el atraso, Sarmiento vuelve a coincidir con Carrió de la Vandera cuando sugiere que la solución radica en mejorar las vías de comunicación: "restablecer los correos y asegurar los caminos que la naturaleza tiene abiertos por toda la extensión de la República" (272). Todavía en el siglo XIX,

Sarmiento describe la grandeza del Tucumán como el "edén de América", a pesar de no haber estado allí (Slatta 182). [20] Sarmiento sugiere las posibilidades que existían en el Tucumán para convertirse en foco de civilización y riqueza. Según él:

> Es Tucumán un país tropical en donde la naturaleza ha hecho ostentación de sus más pomposas galas . . . la ciudad está cercada por un bosque de muchas leguas, formado exclusivamente de naranjos dulces . . . los rayos de aquel sol tórrido no han podido mirar nunca las escenas que tienen lugar sobre la alfombra de verdura que cubre la tierra bajo aquel toldo inmenso. ¡Y qué escenas! (191-2).

Estos pasajes sugieren que Sarmiento, además de recorrer los lugares de los que habla Carrió, también parece estar familiarizado con el discurso de Carrió. [21] A pesar de que Sarmiento no cita directamente a *El lazarillo de ciegos caminantes* en *Facundo*, sí lo hace en sus *Viajes por Europa, Africa y América* y en *Conflicto y armonía de las razas en América*, donde lo utiliza para corroborar datos estadísticos sobre la población de Buenos Aires. No pretendo probar que las denuncias y reformas de Sarmiento son exactamente de la misma naturaleza que las de Carrió. El intelectual argentino se refiere a una época que difiere de la que nos presenta el autor de *El lazarillo*, ya habían ocurrido varias transformaciones sociales y políticas. Además, Sarmiento alude a otros tipos de problemas que Carrió no discute, por ejemplo, la organización de la educación pública, la extensión del beneficio de la prensa y la inclusión de intelectuales en el gobierno, entre otros.

---

[20] En una carta a Juan María Gutiérrez en mayo de 1847 Sarmiento confiesa que él nunca había atravesado la pampa y que las descripciones que había hecho en el *Facundo* las había obtenido de los muleteros que la cruzaron, de poetas como Echevarría y soldados de la guerra civil (citado de Slatta 182).

[21] Emilio Carilla en *El libro de los misterios* sugiere que el epígrafe que utiliza Sarmiento en el capítulo VIII de Malte Brun es sacado de *El lazarillo*. Malte Brun describe a los tucumanes de la siguiente manera: "Les habitants de Tucuman finissent leurs journées par des réunions champêtres, ou à l'ombre de beaux arbres improvisent, au son d'une guitarre rustique, des chants alternatifs dans le genre de ceux que Virgile et Théocrite ont embelis. Tout, jusqu'aux prènons grecs, rapelle au voyageur étonné l'antique Arcadie" (*Facundo* 189). La descripción en *El lazarillo* dice así: "Se hacen [los tucumanes] de una guitarrita, que aprenden a tocar muy mal y a cantar desentonadamente varias copias, que estropean, y muchas que sacan de su cabeza que regularmente ruedan sobre amores. Se pasean a su a<d>vitrio por toda la campaña y con notable complacencia de aquellos semibárbaros colonos, cantando y tocando" (I 77-78).

Las semejanzas entre Sarmiento y Carrió subrayan cómo *El lazarillo de ciegos caminantes* anuncia los problemas que en el siglo XIX dan origen a las guerras de independencia y a la caída total del Imperio español. [22] Carrió, por medio de las voces del narrador español y el indígena, pretende salvar esta caída y reformar a América con nuevas ideas, pero bajo el poder de la Corona española. El viaje se ofrece a la Corona como antídoto de salvación y aprendizaje y para su propio beneficio (Zapata 60). La identidad de los habitantes del interior va acompañada de un deseo por controlar esa espacialidad que está en manos de quienes, en palabras de los narradores, no la saben visualizar en términos económicos. Los gauderios son concebidos como epítomes de la barbarie y el desorden debido a que se han desarrollado en los márgenes de la sociedad colonial. Los narradores, al establecer la presencia del desorden, justifican su proyecto de expansión colonialista en el interior debido a que se erigen como representantes del orden. La vida en el interior es peligrosa por la potencialidad que representa la marginalidad de sus habitantes acostumbrados a la falta de reglas y leyes (ambos mecanismos de control). Es el miedo a la marginalidad lo que provoca un discurso colonialista dominado por la hipérbole, lo grotesco y el énfasis en la barbarie. Los viajeros del siglo XIX no descubrieron nada que Carrió no hubiera señalado anteriormente en su viaje. El aspecto en que difieren es en su proyecto político: en *El lazarillo* el recorrido es un esfuerzo para fortalecer los lazos entre la Metrópoli y las colonias y para enfrentarse a las naciones enemigas.

En *El lazarillo de ciegos caminantes* el viaje territorializa el espacio porque hace que se haga parte de un proyecto económico y político. Carrió se apropia del terreno a través de las ideas y del discurso que surge en la trayectoria del viaje. La geografía sirve como motivación de una empresa imperial que cuestiona la habilidad

---

[22] A finales del siglo XVIII (1778) España implantó varias reformas para tratar de mejorar la crisis política y económica, entre ellos extendió el libre comercio en el puerto de Buenos Aires y Chile y autorizó a otros puertos españoles a comerciar con las Indias. Esta acción dio lugar a protestas de los comerciantes en Lima, quienes vieron su monopolio comercial en peligro debido a la aparición de nuevos puertos. La Metrópoli sin embargo, continuó imponiendo restricciones comerciales e impuestos que afectaban el desarrollo de la agricultura y la industria. Para un cuadro más completo de la situación económica de América a finales del siglo XVIII, ver: Adrián C. Van Oss, "La América decimonónica", *Historia de la literatura hispanoamericana: del neoclacisismo al modernismo* (Madrid: Ediciones Cátedra, S.A., 1987) 11-53.

misma del Imperio para gobernar sus territorios. Según Carrió, un gobierno que no explota en su capacidad máxima el comercio, no puede ser capaz de sobrevivir económicamente. La economía es importante porque moldea las relaciones políticas, culturales y sociales de los habitantes. El que no hace buen uso de la abundancia, como señala Carrió de la Vandera en la "Reforma del Perú", está destinado al fracaso: "la abundancia de granos y cría de ganados es el origen del comercio, y este ejercicio ha comunicado las riquezas y variedad de frutos a todo el mundo, de modo que no se puede contar por algo la monarquía que no tiene comercio con propios y extraños" (274). España posee la "base" (el lugar, la abundancia de recursos) para competir con las naciones europeas más poderosas, pero tiene que abrir su comercio desde el interior al exterior. Carrió le facilita la solución por medio de las voces de los narradores, quienes se internan en la América del Sur y la capturan junto a sus habitantes por el poder del discurso. El viaje abre el interior a un gobierno que en cuatro siglos parecía no conocer sus territorios, permaneciendo ajeno a sus fracasos y a sus atrasos. Antes de que ojos extranjeros la desprovean de su reclusión, Carrió decide hacerlo primero presentándose como el viajero más preparado que no vacila en criticar a todos y a todo para ilustrar lo mucho que hay que cambiar.

Finalmente, las fuerzas que organizan, administran y producen la identidad del gaucho dependen de una economía de poder donde el espacio representa un factor determinante. El autor de *El lazarillo de ciegos caminantes* ubica a los gauderios en lo que Anne McClintock ha llamado un "espacio anacrónico" presentando a los gauderios como seres que no viven una "historia propia" pero existen en un "tiempo permanentemente anterior" dentro del espacio geográfico del imperio, convirtiéndolos en seres humanos "anacrónicos, atávicos, irracionales" personificación viva de "lo arcaico y lo primitivo" (30). Esta manera de concebirlos permite al colonizador guardar vigilancia y de esa manera imponer su autoridad. El colonialismo como arma de territorialización circunscribe a los gauderios en una geografía que necesita ser manejada de manera que genere ganancias. El manejo de ese espacio se debe también al deseo por parte del autor de controlar el desorden. En *El lazarillo* se reconoce que el desorden puede ser una fuerza destructiva de los patrones existentes debido a que goza de una potencialidad que es capaz de amenazar y retar la autoridad colonial. El desorden implica peligro y poder porque va unido al aspecto de la movilidad. La falta de límites y reglas brindan la oportunidad a los gauderios de escaparse de las restricciones que se quieren imponer sobre ellos. La movilidad se puede convertir en una herramienta emancipatoria con la cual se puede desafiar desde diferentes posiciones (Rose 83). El miedo que pueden acarrear el desorden y la movilidad es lo que motiva al autor de la obra a manipular la identidad del gaucho. Es por eso que a lo largo de la obra la configuración de los gauderios está marcada por un deseo por parte del autor de continuamente destacar sus faltas (falta de civilización, de ley, de sentido económico, de manejo del espacio) para de esta manera justificar la presencia de la autoridad colonial estableciendo una colonización cultural y espacial del interior de la América del Sur y de sus habitantes que erradique el poder potencialmente amenazante de la marginalidad.

CAPÍTULO IV

DESAJUSTE EN EL ORDEN COLONIAL: EL NEGRO Y SU CONCOMITANTE PELIGROSIDAD

Habiéndose considerado en mi Consejo de Indias *la mucha cantidad de negros, mulatos y mestizos que hay en esas partes y los que cada día se van multiplicando* y cuanto convendrá ir previniendo con tiempo los inconvenientes que dellos podrán resultar, ha parecido ordenaros como os lo ordeno y mando que tratéis y confiráis con personas inteligentes y cuales convengan *qué remedio podrá tener el crecimiento de esta gente y qué forma de gobierno se les podrá tener, con que se ejecute y ellos vivan como es menester y la tierra esté sin el riesgo y peligro que hay y se puede temer*, y de lo que a todos os pareciere, me avisaréis en la primera ocasión y también del número de mulatos, negros y mestizos que hubiere en esas provincias y cómo se podrían desaguar, para que visto todo provea y mande lo que más convenga.

(Real Cédula de Felipe III al virrey, Gobernador y Capitán General de las Provincias del Perú, Marqués de Montesclaros, 20 de diciembre de 1608) (cursiva mía)

La Real Cédula a la que se refiere el epígrafe ilustra la gran preocupación que el crecimiento de la población negra y castas derivadas de ella provocaron a las autoridades coloniales.[1] La cédula representa una entre tantas que se redactan por la Corona española durante los años que prosiguieron a la Conquista. Irónicamente, si al principio de la llegada de los españoles a América los esclavos africanos en las colonias son considerados como instrumento de ayuda para la conquista militar, ya en el siglo XVII la multiplicación

---

[1] Aunque la Real Cédula alude también a los mestizos por la naturaleza temática de este capítulo me concentraré en los comentarios del Rey sobre la población de ascendencia africana y a quienes el Rey hace mención primero.

de este grupo comienza a generar una gran ansiedad. Ejemplo de ello, es el vocabulario utilizado por Felipe III cuando comenta sobre el "riesgo y peligro" que su crecimiento produce. La cédula refleja también un tono de urgencia en el sentido que el rey no parece encontrar el remedio apropiado y le pide al Virrey que junto con personas competentes traten de encontrar la solución conveniente. Tres meses después, Felipe III vuelve a insistir en lo mismo recalcándole que quiere "ver lo que acerca de esto se os ofrece y se convenría que se hiciese la reducción de los dichos mulatos, zambaigos y negros y mestizos libres y si se podrá hacer con facilidad y en qué forma y a qué pueblos se podrán reducir y qué tasa se les podrá imponer y si se podrá hacer repartimientos de ellos. . . y qué inconvenientes o utilidades resultarán de esto" (Konetzke 148). La incertidumbre que la amenaza del crecimiento de la población negra y castas comienza a generar en las autoridades coloniales se ve reflejada en la redacción de estas cédulas. El negro y sus descendientes empiezan a empañar las claras líneas divisorias que la Corona española había tratado de imponer a lo largo del proceso de conquista y colonización y las cuales estaban centradas en la división tripartita: blancos, indígenas y negros. Los "inconvenientes" que ellos ocasionaban generaban miedo a las autoridades: "y [que] la tierra esté sin el riesgo y peligro que hay y se puede temer". El miedo al supuesto desorden que según las autoridades coloniales encarna el negro, es lo que impulsa al Rey (símbolo máximo de la autoridad colonial) a tratar de contener y evitar el "riesgo" que su reproducción numérica traía consigo. Además de un establecimiento del orden, el Rey persigue disipar el desajuste que el gran número de mulatos y negros acarrea. Es por eso que le pide ayuda al virrey en "cómo desaguar" ("disipar ò malbaratar alguna cosa") esta población (*Diccionario de Autoridades* 95). En el siglo XVIII, la amenaza se hace más evidente cuando en ciudades del virreinato de Perú como Lima, la mitad de la población era negra o de descendencia africana (Romero 307), y cuando en las zonas periféricas del virreinato la entrada continua de esclavos aumentaba la concientización racial debido a la heterogeneidad racial y cultural, y la movilidad social que la mezcla con el negro infundía. [2]

---

[2] Burkholder y Johnson señalan que entre 1761 y 1810 fueron importados más de 300,000 esclavos negros a las zonas periféricas del virreinato del Perú. En Buenos Aires por ejemplo, entraron 45,000 (275-6).

El autor de *El lazarillo de ciegos caminantes* parece estar muy consciente de esta situación y en su recorrido por el virreinato peruano se encarga de integrar a su discurso varios comentarios sobre la presencia africana en las colonias. Al igual que la imagen articulada sobre el indígena, el mestizo y el gaucho (aunque abundando en diferentes aspectos) el negro pasa a ser parte de un discurso donde el tema del desorden y el peligro cobran mayor relevancia. Este capítulo examina distintos pasajes en que los narradores de *El lazarillo* se proponen articular una imagen del negro que facilite justificar la presencia de la autoridad colonial y la necesidad de controlar la existencia numérica de este grupo. Se discute la preocupación de los narradores en categorizar estadísticamente al negro y la ansiedad que surge cuando esta empresa no se puede llevar a cabo. Se presta atención además, a los argumentos utilizados por el Visitador y Concolorcorvo para explicar los problemas que suscitan la presencia tan visible del negro y descendientes africanos, y cómo ponen en peligro la división de las categorías raciales que tan importantes eran para la Corona en su control de la población colonial. La elaboración de la imagen racial y cultural del negro está marcada por el uso de estereotipos tradicionales que busca designarlos como epítome de lo sucio, lo salvaje, lo inútil y como un ser que necesita ser constantemente vigilado. Sin embargo, esta construcción basada en el estereotipo se ve afectada por la misma ambivalencia que los narradores introducen cuando aluden a la manera en que el negro manipula o pone en tela de juicio el sistema colonial ya sea por el uso del lenguaje, su sentido común, sus prácticas sexuales y la vestimenta. Aunque la ambigüedad no impide que el discurso colonialista desaparezca, sí ilustra las complicaciones que surgen cuando se intenta homogeneizar un grupo racial para incorporarlo en el proyecto político o económico del autor. Como resultado, la fijeza que busca el estereotipo se ve afectada por un modo de representación paradójico que enfatiza la presencia de una heterogeneidad a la cual se hace más difícil controlar cultural y discursivamente. Homi Bhabha sugiere que el estereotipo se presenta como una creencia múltiple y contradictoria de "la diferencia" en donde el reconocimiento, el deseo y el repudio convergen en la articulación de la identidad del "otro" (81). En *El lazarillo de ciegos caminantes*, el negro se desea en cuanto puede subyugarse e incorporarse al sistema sin representar una amenaza. Cuando sucede lo contrario, él llega a ser repudiado y contenido en una imagen que epitomiza desorden y peligrosidad; un ser abyecto al cual es necesario controlar. [3]

EL NEGRO Y LA POBLACIÓN DE CASTAS EN EL PERÚ COLONIAL

Antes de proceder al análisis de la articulación de la identidad del negro en *El lazarillo* es necesario ofrecer una sipnosis histórica que ilustre la creciente amenaza que representó la población de ascendencia africana en los años subsiguientes a la conquista. El propósito de tal sipnosis es destacar cómo la situación histórica-cultural de la época está intrínsecamente relacionada a la actitud que asume Carrió de la Vandera hacia ese grupo marginado. La llegada de esclavos africanos al virreinato del Perú se documenta desde el año 1529 cuando la Corona otorgó una licencia a Francisco y Hernando Pizarro para que trajeran consigo negros. [4] Entre 1529 y 1537 entraron al Perú 338 negros, una tercera parte de ellos mujeres y 258 como observa Rolando Mellafe, pertenecientes a los Pizarro (*La introducción* 39). [5] Al principio, los negros traídos provenían de Portugal o España, países que en las postrimerías del siglo XV ya estaban familiarizados con el comercio de negros africanos. [6] Al co-

---

[3] El término "abyecto" es utilizado en la forma en que lo puntualiza Anne Mc-Clintock en su interpretación de la definición que ofrece Julia Kristeva en su libro *Powers of Horror: An Essay on Abjection*. Como indiqué en la introducción al libro, abyecto en el contexto colonial se refiere a los grupos quienes el sistema niega por su tangencial amenaza, pero sin los cuales su poder no se puede llevar a cabo (72). En *El lazarillo de ciegos caminantes*, los seres abyectos son constituidos por los mestizos e indígenas, los gauchos, los negros, los mulatos y las mujeres de color. Véase nota # 19 en el primer capítulo.

[4] Otros veintidós individuos ocupando cargos importantes y considerados hijodalgos también reciben licencias.

[5] La procedencia de los esclavos africanos era conocida debido a que en las cartas compraventas se incluía el lugar de origen, la docilidad, rebeldía, rudeza y habilidad del esclavo (Aguirre Beltrán 99).

[6] José Piedra indica que desde el siglo XI ya habían entrado una gran cantidad de negros africanos a España los cuales desde el período islámico fueron visualizados como un cuerpo "manchado" por la "negritud del pecado" ("The Black Stud's" 826). Muchos de estos negros eran conocidos como "moros" y a veces se hacían pasar por judíos para hacerse escuchar ante los tribunales (Piedra, "Literary Whiteness" 286-94). Se dice que entre los años 1442 y 1695, la presencia negra en la Península Ibérica se acercaba a los 100,000 habitantes siendo Sevilla la ciudad con el mayor número convirtiéndola en la segunda ciudad europea con el número más alto de habitantes negros precedida por Lisboa (Santa Cruz Gamarra 9-10). Muchos de estos habitantes ocupaban los trabajos peor remunerados desenvolviéndose como carniceros, herreros, mesoneros y criados. Gran parte de ellos fueron los que pasaron a América en los primeros años de la conquista española.

mienzo de la conquista a los esclavos se les exigía que fueran cristianos y que hubieran vivido o nacido en los países mencionados. Sin embargo, debido a la necesidad de mano de obra, llegaron otros grupos a las zonas del Perú entre ellos: los angoles, caravelís, mozambiques, congos, chalas y terranovas; mientras que en el Río de la Plata se destacaron los conga, mandigos, andra y congos. En Montevideo los grupos provenían de las zonas de Cunga, Guanda, Munjolo, Angola, Basundi y Bonna (Bastide 9). Como se puede observar, la llegada de esclavos africanos a la América del Sur estuvo marcada por el signo de la heterogeneidad. Una multiplicidad de grupos étnicos con sus respectivas lenguas se enfrentaron a un sistema que los subyugaba bajo el sello del trabajo forzado y de mecanismos legales y discursivos que reclamaban una aparente homogeneidad basada específicamente en el factor racial.

Una vez llegado a América, el negro se destacó en el ámbito militar. Como aliados de los conquistadores ellos sirvieron en la milicia en las luchas de pacificación y dominación de las zonas fronterizas indígenas. Con el tiempo y específicamente en el siglo XVIII, los negros fueron utilizados para defender a los españoles de los ataques de los corsarios ingleses y franceses. Estos negros eran constantemente vigilados debido al miedo que sentían los españoles de que ellos se aliaran con los corsarios. La carrera militar les sirvió a algunos negros como vehículo de ascensión social ya que cuando se destacaban, llegaban a ser condecorados al grado de permitirles estar a cargo del manejo y supervisión de indios labradores. En raras ocasiones, su destreza militar, actos de heroísmo y fidelidad, les ofrecieron la oportunidad de obtener su libertad.[7]

Otro cargo que ocuparon los negros y con mayor frecuencia, fue el de empleados domésticos. En este contexto, el esclavo o esclava negra representaba para la clase adinerada un instrumento de prestigio social y una gran inversión económica. A los blancos, especialmente a las mujeres, les confería distinción y respetabilidad el pasearse por las calles con sus sirvientas negras; mientras más escla-

---

[7] Un caso interesante es el de una negra esclava llamada Margarita quien perteneció a Diego de Almagro acompañándolo en la conquista del Perú y estadía en Panamá. Ella permaneció junto a él durante el período de aprisionamiento y como acto de gratitud Almagro la liberó. Ella tomó el apellido Almagro y con el dinero que poseía fundó una capellanía en el Convento Mercedario del Cuzco en nombre de él para perpetuar su memoria (Bowser, *The African Slave* 7-8). En cierta medida, la fidelidad representó para algunos negros otro instrumento para mejorar su estatus en la estrata social.

vos poseían y exhibían, más ricos y distinguidos se les consideraba (Bowser, "Africans" 367). La mujer negra no servía únicamente como agente facilitador de la crianza, lactación de sus hijos y la limpieza de la casa de sus amos, sino también simbolizaba el instrumento para reiterar una posición de distinción social ante los demás. Por otro lado, el sirviente negro se encargaba de mantener el sentido estético de ese prestigio social encargándose de la belleza de los jardines, el brillar los metales, peinar los caballos para que lucieran fastuosos en sus paseos por la ciudad. El tener esclavos representaba tanta distinción social que hasta los peruanos de recursos medios se jactaban de poseerlos. [8] La mujeres los incluían como parte de sus dotes y algunos hombres los utilizaban como objetos de inversión económica que les facilitaba mantener a sus amantes. Más importante aún, la esclava negra representó un objeto de placer sexual para los amos quienes a la fuerza ejercían el poder sobre ella por medio del control y abuso de sus cuerpos. El servicio del esclavo doméstico significó para la clase dominante un instrumento que garantizaba prestigio social, poder económico y control sexual. [9]

En el Virreinato de Perú los negros también se destacaron como músicos en las marchas de las armadas reales, trabajaban velando cárceles, como vendedores, limpiando los corredores de las Audiencias y las calles de la ciudad, como obreros de construcción y en las minas. Las negras africanas ocuparon además puestos como esclavas en conventos ejerciendo cargos de cocineras, lavanderas, enfermeras, contaduría de libros y todo tipo de oficio excepto el de la medicina. Por otro lado, el gran porcentaje de negros que se trajo a las costas del virreinato trabajó también en el cultivo de la caña de azúcar mientras que en las zonas periféricas (Buenos Aires, Montevideo, Santiago) jugaron un rol importante en la producción de vinos, trigo y ganado. La artesanía les sirvió como estímulo de movilización social debido a que los españoles e indígenas no pudiendo cumplir con las demandas que la sociedad de consumo exigía,

---

[8] Para una discusión más detallada al respecto véase Bowser, *The African Slave* 101.

[9] Hay que añadir que los indígenas pertenecientes a la nobleza también eran dueños de esclavos negros y los consideraban como una inversión económica y signo de distinción. Existen documentos que aluden a cómo muchas viudas indígenas se vieron envueltas en un proceso activo de ventas de esclavas negras para poder sobrevivir económicamente (Harth-Terre 107).

apelaron a la ayuda del negro quienes vieron la oportunidad de salvarse de trabajos severos y forzosos y ganando un poco de dinero el cual ahorraban a veces para comprar su libertad.

La presencia numerosa de negros especialmente en las zonas urbanas facilitó la creación de cofradías a las cuales ellos acudían para reunirse. [10] Esta "institución urbana" como la llama Nicomedes Santa Cruz Gamarra, representaba una asociación en donde se congregaban los negros de una misma nación o casta y en donde se discutían algunos de los problemas más graves que sufrían (28). Se llevaban a cabo recolectas para liberar a posibles reyes de naciones que de repente se habían traído a las Américas como esclavos. [11] También se trataban de conservar las prácticas culturales africanas como cultos religiosos, la música y los bailes. [12] A pesar que las cofradías les ofrecieron a los negros una oportunidad de formar una comunidad y de generar formas pasivas de ofrecer resistencia, en Lima como observa Rosa Elena Vázquez, las cofradías también representaban para la clase dominante un "medio de control social" (17). Las autoridades impusieron ciertos tipos de restricciones entre las cuales se exigía que sus reuniones en Lima fueran precedidas por un prelado perteneciente a la capellanía o iglesia donde se llevaban a cabo las reuniones y que se establecieran bajo la advocación de un santo. Era mucho más fácil para las autoridades circunscribir a la población negra a un espacio reducido (la cofradía) y así facilitar una vigilancia de prácticas culturales que fueran a utilizarse como armas de resistencia. A los españoles les interesaba utilizar las cofradías para imponer sus normas religiosas y lingüísticas, por tal razón, el negro se vio obligado a integrar ciertos patrones culturales

---

[10] Las cofradías eran llamadas en otras partes de América "cabildos de nación" (Santa Cruz Gamarra 28).

[11] Las cofradías o cabildos constituían según Fernando Ortiz, unas instituciones muy estructuradas en términos de organización de cargos jerárquicos (citado de Santa Cruz Gamarra 30). Constaban de un tipo de consejo donde el más anciano o jefe de la tribu servía de especie de rey que custodiaba los fondos de la cofradía e imponía multas a sus integrantes o súbditos cuando era necesario. La reina ocupaba el segundo cargo más importante. El *Mercurio Peruano* describe con detalles cómo se llevaba a cabo la elección las cuales se celebraban en capillas (consúltese tomo II, página 115-6).

[12] En 1791, el *Mercurio Peruano* describe la manera en que la cultura africana se veía reflejada en las paredes de los cuartos de las cofradías: "Todas las paredes de sus quartos, especialmente las interiores, están pintadas con unos figurones que representan sus Reyes originarios, sus batallas y sus regocijos. La vista de estas groseras imágenes los inflama y los arrebata" (tomo II, 121).

de los blancos "para lograr ascensión y reconocimiento social" y para articular formas pasivas de resistencia (Vázquez 18). Estas formas de resistencia representaban un tipo de peligro para las autoridades españolas las cuales redactaron leyes dirigidas a contener cualquier intento de transgresión social por parte de la población negra. La presencia visible del negro y demás castas, iba acompañada de una continua vigilancia por parte de las autoridades españolas.

Las leyes impuestas por la Corona a la población negra en las Américas estaban intrínsecamente ligadas con el deseo por parte de las autoridades coloniales en evitar una posible mezcla de razas que facilitara algún tipo de ascenso en la escala jerárquica establecida por el gobierno español. El alto grado de mezcla racial causó que poco a poco se hiciera casi imposible diferenciar entre alguna gente de sangre mezclada, especialmente cuando éstos adaptaban la vestimenta de la clase dominante (Campbell 325). La confusión creaba ansiedad en quienes deseaban categorizar y dominar de manera clara a la sociedad colonial.

Desde el siglo XVI se establecieron ordenanzas que iban dirigidas al control social de la población negra. La ordenanza de 1527 redactada por Carlos V, pedía que se procurase que las negras se casaran únicamente con los negros. Otros decretos entre 1526 y 1541 dejaban claro que los descendientes de madre esclava no se iban a considerar libres lo que facilitó el abuso sexual por parte de los dueños de esclavos. Ambos decretos demostraban que para la mujer negra y sus niños, la raza constituyó una parte inherente de "la dimensión incambiable" de su identidad (Kuznesof 168). Muchas de estas leyes iban acompañadas de los castigos que se les debía adjudicar a los esclavos negros que violaran los estamentos. La sugerencia de castigos aludía a una extrema violencia física contra el negro la cual llegaba al grado de destruir la capacidad reproductora sexual del esclavo. Entre los castigos se destacaban el de 200 azotes al que escapaba por tres días y si se escapaba una segunda vez, se le debía desgarrar el pie y una tercera vez, le costaría la cortadura del miembro genital. A los que hicieran uso de armas o robaran, se les castigaba con la pena de muerte mientras que 50 azotes eran destinados a quienes se encontraran jugando al naipe o apostando oro y plata y a los que estuvieran borrachos o comprando vino que no fuera de su amo. A los negros que se amancebaran con indias se les castigaba con 100 azotes en público y la segunda vez, le cortaban las orejas. Documentos en archivos nacionales demuestran que los castigos sí fueron impuestos. Rolando Mellafe menciona cómo documentos en el Archivo Nacional de Santiago, Cedulario Indiano, se citaba el caso de un tal Pedro de Miranda, negro ladino quien al ser vendido a un español en 1565 se describía como un negro "con las *tachas* de borracho, ladrón, y que ha sido *capado* por la justicia" (citado de *La introducción* 90). En ese mismo año se refería a otro esclavo negro como uno "que ha estado preso por ladrón, cortado las orejas y desterrado" y a otro, como a uno a quien se le había cortado el pico de las orejas (Mellafe, *La introducción* 90). Los castigos reflejaban el deseo por parte de la autoridad colonial de controlar la movilidad, comportamiento y sexualidad del negro por medio de la violencia y la institución del miedo. Las autoridades deseaban subsanar y contrarrestar su propio miedo con la imposición del miedo pensando que el castigo corporal iba a facilitar que el negro se mantuviera bajo el yugo de su amo por temor a sufrir abusos físicos.

Es en el siglo XVIII cuando las distinciones raciales basadas en el color de la piel se hicieron casi imposibles de aplicar.[13] Los negros y castas comenzaban a representar una amenaza para el establecimiento del orden colonial debido a su presencia tan visible, por eso la Corona y sus representantes decidieron establecer leyes que intentaban limitar el comportamiento y acceso de estos grupos a los espacios ocupados tradicionalmente por la clase dominante (i.e. los blancos criollos y los europeos). Como consecuencia, las autoridades españolas llegaron al grado de redactar leyes que intentaban determinar quiénes entraban al ejército, a los hospitales y universidades, cómo se debían vestir, qué debían comer, qué tipo de celebraciones se les era permitido y hasta cómo debían enterrárseles. Las

---

[13] Antes del siglo XVIII, las categorizaciones raciales estaban basadas en el color y rasgos fenotípicos. En las descripciones de los individuos de color procesados en el Santo Tribunal de la Inquisición bajo el título de "Cala y Cata" se enumeraban las características de los acusados haciendo mención a su color y tipo de cabello, delgadez o grosura, la prominencia de sus labios, forma de la nariz y anchura de la cara (Aguirre Beltrán 169). Por ejemplo, a un mulato llamado Juan Francisco se le describía como "de color algo más prieto que el color de los mulatos ordinarios, algo bajo de cuerpo, pelo muy crespo que le da poco más abajo de la oreja" y a Lorenza de la Cruz se le presentaba como "alta, delgada y prieta, que más parece negra" (Aguirre Beltrán 168, 128). Los españoles muchas veces cometían errores al categorizar por no poder diferenciar el color entre un mulato y un negro, o en algunas ocasiones entre un mulato y un español.

leyes empezaron a aludir más frecuentemente al supuesto carácter incompetente de los de la raza negra cuando las autoridades coloniales considerándolos como "seres sin razón" justificaban su deseo de limitar las opciones económicas y políticas debido "al mal carácter" de los negros y sus descendientes (Kuznesof 167-8). Estos grupos se vieron en la necesidad de manipular y a veces burlar el sistema para poder sobrevivir o mejorar su situación social haciendo uso del lenguaje, la vestimenta, las prácticas alimenticias, la religión, y en la medida que era posible la educación y el manejo económico de propiedades.

Las contradicciones envueltas en las posturas de lo españoles con relación a la raza representaron una oportunidad para ciertos individuos de ascendencia negra de mejorar su situación social. A pesar que condenaban todo tipo de mezcla racial con el negro, a la misma vez demostraban más aceptación social hacia sus descendientes o castas con apariencia más clara. Los negros se dieron cuenta de ello y muchos prefirieron unirse a indígenas y blancos para mejorar su situación social por medio del blanqueamiento. Estaban muy consciente de la gran diferencia que existía entre ser considerado un mulato en vez de un bozal, o un tercerón en vez de un cuarterón, inclusive, entendían las ventajas de hacerse pasar por mestizo cuando fuera posible. Los negros y castas comenzaron a manipular las mismas categorías raciales que los españoles establecieron para dominarlos. En muchos casos este blanqueamiento se dio en el terreno cultural cuando los negros y castas adoptaban patrones culturales del blanco para avanzar su posición en la sociedad. Fueron el reconocimiento y la visibilidad que éstos iban adquiriendo lo que causaba ansiedad a las autoridades coloniales y lo que los impulsaba a controlar su movimiento y comportamiento haciendo uso del estereotipo tradicional del negro como epítome de lo malo y lo peligroso; seres a quienes era preciso reformar. Los comentarios acerca del negro recogidos en *El lazarillo de ciegos caminantes* hacen alusión a esta problemática de inclusión, exclusión, peligrosidad, barbaridad y la necesidad de contener al negro como elemento pasivo y dominado dentro del marco colonial.

FIJEZA, ESTEREOTIPO Y EL DISCURSO RACIAL: LO SUCIO, LA NATURAL
TORPEZA Y EL LENGUAJE

En *El lazarillo de ciegos caminantes* el modo de representación
del negro va guiado por un deseo de representarlo como epítome
de ineptitud y barbarismo. No obstante, este modo de representación se caracteriza por su complejidad, ambivalencia y en ciertos
casos, contradicción. El negro forma parte de un discurso que está
marcado por un deseo de ubicar y tratar de justificar su presencia
dentro del panorama social en el virreinato peruano. La producción
de su identidad dentro del texto busca incluirlo de manera que facilite el mantenimiento del poder colonial constituyendo en la obra
otra de las piezas que es necesario considerar como parte del rom-
pecabezas que constituye la sociedad colonial y que va dirigido al
establecimiento de un supuesto orden. Hablo de un "supuesto
orden" porque la administración española nunca logró un control
total sobre los habitantes de sus colonias por lo que su presencia se
caracterizó por un continuo deseo de establecer y concretizar un
orden social, político y económico que facilitara su empresa colonialista.

En *El lazarillo*, la imagen que se articula de la identidad negra
surge de la perspectiva de las voces de dos razas distintas el blanco
(el Visitador) y el supuesto indígena (Concolorcorvo). En el intento
del autor en manipular sus voces se encuentra también un deseo de
construir una imagen en cierto modo homogénea del negro que
pueda encajar dentro de su interés en demostrar cómo debían ser
controlados y guiados de manera eficaz. En la obra el proceso de
construcción de la identidad no se da de manera tan diáfana al ad-
vertirse ciertas instancias en donde la fijeza de la identidad del
"otro" no se puede categorizar tan fácilmente. Aunque el estereotipo les sirve a los narradores como instrumento principal para construir la imagen del negro, no es capaz de producir una imagen estable de él.

Homi Bhabha arguye que la "fijeza" constituye un rasgo distin-
tivo del discurso colonial que influye en la construcción ideológica
de la otredad convirtiéndose en un modo de representación paradójico porque a la vez que connota rigidez y un posible orden in-
mutable, también evoca desorden (Bhabha 66). La estrategia discursiva de la fijeza es el estereotipo racial cuya ambivalencia, com-

plejidad y contrariedad radica en que desea "producir" al colonizado como una "realidad fija" en la que al mismo tiempo que es visualizado como un "otro" es considerado simultáneamente como
un ser conocible y visible (Bhabha 70-1). Por medio del estereotipo,
la diferencia del "otro" enmarcada en el discurso es reconocida y
también negada convirtiéndose el texto en uno ambivalente donde
se enmascaran intereses políticos o económicos que determinan la
construcción de la identidad. La función estratégica del estereotipo
dentro del discurso colonial es la creación de un espacio en donde
la vigilancia del colonizado pueda ser ejercida a expensas de discri-
minaciones de tipo racial y de género sexual. La importancia del estereotipo no radica entonces, en el reconocimiento de imágenes po-
sitivas o negativas sino en dilucidar las relaciones de poder y resistencia que constituyen la significación colonial del sujeto.

La postura de Bhabha le facilita al lector prestar atención al
proceso inherente en la producción del sujeto colonizado, la ideología que subyace en la imagen cultural que se intenta producir y la
complejidad de la imagen misma. Nos facilita entender que la representación del negro puede ser en determinados casos equívoca,
como sucede con *El lazarillo de ciegos caminantes,* donde el control
que intenta ejercer el autor sobre la imagen del "otro" se ve afectado, desplazado y hasta en peligro. La pregunta importante que debemos hacernos es cómo y cuándo emerge la equivocalidad del discurso colonial teniendo en cuenta las posibilidades de resistencia
que emanan del "otro". [14] En *El lazarillo de ciegos caminantes* la
equivocalidad surge como parte de la agenda colonialista que emprende el autor y la situación política, social y cultural que caracterizaba a la población negra y de castas en el Virreinato de Perú durante el siglo XVIII.

El primer pasaje en donde se alude al negro está relacionado
con los habitantes de las zonas periféricas, aspecto muy significante
porque como ya se indicó, en las últimas decadas del siglo XVIII
estas zonas se hacían cada vez más cultural y racialmente heterogé-
neas propiciando una gran movilidad social y geográfica. El autor
continúa su énfasis en la discusión de los habitantes de las zonas pe-

---

[14] Robert C. Young arguye que como lectores debemos cuestionarnos si el sentido equívoco del discurso colonial es una característica de la época en que se enun-
cia el texto o si es producto del historiador o intérprete contemporáneo (*White
Mythologies* 152).

riféricas para llamar la atención a la administración colonial de la concomitante peligrosidad que caracteriza a unos territorios en donde la presencia oficial de la Corona se está viendo afectada por la llegada ilegal de extranjeros (ingleses, franceses y holandeses), por la manifestación bastante visible de una población racialmente marginada y por las ganancias económicas que se desperdician por la supuesta indiferencia de sus habitantes. La imagen racial y cultural ofrecida en *El lazarillo* enmascara intereses (políticos y económicos) relacionados con un deseo de controlar y sacar el máximo de los habitantes y las zonas periféricas.

Concolorcorvo comienza destacando por medio de una tabla estadística la cantidad de negros esclavos y mulatos que habitaban en las zonas de Buenos Aires incluyendo las ciudades de la Santísima Trinidad y Santa María. Según él, en el 1770, había 4,163 esclavos negros y mulatos de "ambos sexos y de todas las edades" sin contar el número de "negros y mulatos libres de ambos sexos y de todas las edades" (II 87). A los mulatos y negros libres los incluye como parte de la cifra de 5,712 entre la cual también comprendían clérigos, frailes, monjas, presos, presidiarios e indios, grupos todos que constituyen blanco de ataque a lo largo de la obra. El número de esclavos sobrepasaba el de hombres españoles (criollos y peninsulares) que eran unos 3,639. Concolorcorvo no incluye el número de mujeres negras ni mulatas y sí menciona el de las mujeres españolas que llegaban según él, a 4,508. De un total de 53 compañías se encontraban 8 de mulatos libres de caballería y 3 de infantería de negros libres. Si se toma en cuenta la cantidad de indios, mestizos, negros y esclavos libres se podría decir que de los 22,007 habitantes casi la mitad eran de ascendencia africana e indígena, probablemente la cantidad de la primera sobrepasando a la otra, destacando cómo la población de negros y mulatos no pasaba desapercibida en la jurisdicción de Buenos Aires.

El narrador en este primer pasaje no se detiene a examinar con cuidado la naturaleza de la población negra utilizando la tabla estadística como preámbulo para denunciar la falta de manejo de la abundancia en aquellos territorios y demás problemas que allí se presentan. La tabla estadística funciona como un modo de categorizar la sociedad para eventualmente sugerir cómo ordenarla. En el ámbito colonial, las tablas estadísticas junto con los censos, representan para las autoridades coloniales una manera de establecer distinciones basadas en la religión o en la raza, para luego organizar

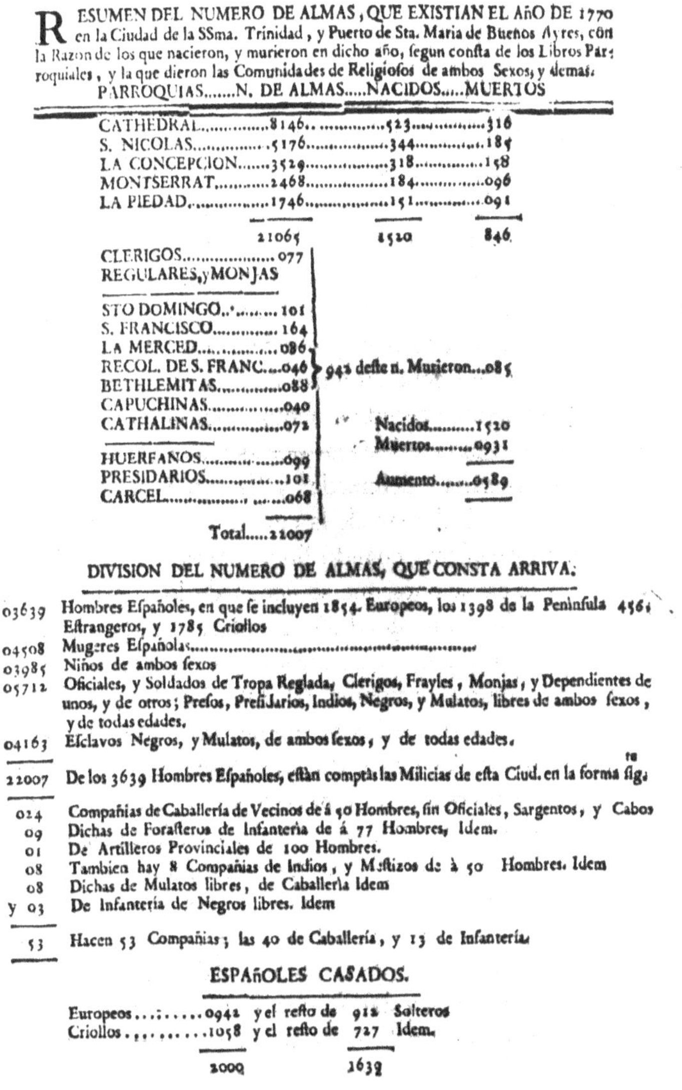

Resumen del numero de almas, que existian el año de 1770 en la Ciudad de la SSma. Trinidad, y Puerto de Sta. Maria de Buenos Ayres, con la Razon de los que nacieron, y murieron en dicho año, fegun confta de los Libros Parroquiales, y la que dieron las Comunidades de Religiofos de ambos Sexos, y demas.

PARROQUIAS........N. DE ALMAS.....NACIDOS.....MUERTOS

	N. DE ALMAS	NACIDOS	MUERTOS
CATHEDRAL	8146	523	316
S. NICOLAS	5176	344	184
LA CONCEPCION	3529	318	158
MONTSERRAT	2468	184	096
LA PIEDAD	1746	151	091
	21065	1520	846

CLERIGOS.................077
REGULARES, y MONJAS

STO DOMINGO.,.......... 101
S. FRANCISCO.............. 164
LA MERCED................086
RECOL. DE S. FRANC....046 } 942 defte n. Murieron...085
BETHLEMITAS................088
CAPUCHINAS..............040
CATHALINAS..............072

Nacidos..........1520
Muertos........0931

HUERFANOS.............099
PRESIDARIOS............101
CARCEL...................068

Aumento.......0589

Total.....22007

DIVISION DEL NUMERO DE ALMAS, QUE CONSTA ARRIBA.

03639 Hombres Efpañoles, en que fe incluyen 1854. Europeos, los 1398 de la Peninfula 456, Eftrangeros, y 1785 Criollos
04508 Mugeres Efpañolas...
03985 Niños de ambos fexos
05712 Oficiales, y Soldados de Tropa Reglada, Clerigos, Frayles, Monjas, y Dependientes de unos, y de otros; Prefos, Prefidarios, Indios, Negros, y Mulatos, libres de ambos fexos, y de todas edades.
04163 Efclavos Negros, y Mulatos, de ambos fexos, y de todas edades.

22007 De los 3639 Hombres Efpañoles, eftàn comptas las Milicias de efta Ciud. en la forma figte

024 Compañias de Caballería de Vecinos de á 50 Hombres, fin Oficiales, Sargentos, y Cabos
09 Dichas de Forafteros de Infanteria de á 77 Hombres, Idem.
01 De Artilleros Provinciales de 100 Hombres.
08 Tambien hay 8 Compañias de Indios, y Miftizos de à 50 Hombres. Idem
08 Dichas de Mulatos libres, de Caballería Idem
y 03 De Infanteria de Negros libres. Idem

53 Hacen 53 Compañias; las 40 de Caballería, y 13 de Infanteria.

ESPAñOLES CASADOS.

Europeos...........0942 y el refto de 912 Salteros
Criollos............1058 y el refto de 727 Idem.

2000 1639

FIG. 1: Tabla estadística incluida en la edición *princeps* de *El lazarillo de ciegos caminantes*. Cortesía de John Carter Brown Library

los recursos del territorio y establecer las responsabilidades de sus habitantes dejando establecido el rol que debe tener el colonizado (Thomas 38). Si nos fijamos en la tabla estadística incluida por el narrador como parte de su discusión (*véase ilustración # 1*), es fácil notar que ésta sigue el orden jerárquico que a las autoridades coloniales les interesaba mantener intacto. La tabla no está dividida en términos de qué grupo de habitantes representa una mayoría numérica, sino que se estructura a base de consideraciones raciales y de clase social; los españoles representando el grupo dominante y los negros ubicados en la escala más baja de la sociedad. La tabla estadística sugiere que la posición que deben ocupar los mulatos y los negros en la sociedad debe circunscribirse a las esferas más subordinadas de la sociedad precedida siempre por la raza blanca.

Concolorcorvo pasa a destacar dos aspectos positivos de la ciudad: "está bien situada y delineada" y "la carne está en tanta abundancia" (II 89, 91). Del resto de la ciudad menciona que sus calles representan un problema cuando llueve debido a que las carretas dejan grandes excavaciones que se llenan de lodo e impide que la gente pueda caminar por allí (II 89). La plaza es imperfecta, los edificios tienen pocas puertas, y las iglesias y monasterios "tienen una decencia muy común y ordinaria" (II 90). Hay dos problemas relacionados con el carácter de los habitantes que Concolorcorvo destaca y que comenta con más detalle. Primero (y sin especificar grupo étnico) señala que la abundancia es tan grande que los habitantes no saben sacar provecho de ella al punto que cuando la carne que se lleva en carretas cae al suelo los mendigos no son capaces de recogerla porque no quieren pasar el trabajo de cargarla. [15] La misma abundancia induce a los pobres a no trabajar porque pueden alimentarse fácilmente ya que la comida siempre está disponible. Tan es así que los perros están tan gordos que "apenas se pueden mover" y los ratones salen "en destacamentos" a comerse la carne que abunda en las casas pobres y que por falta de higiene y cuidado es de fácil adquisición (II 91).

El comentario sobre la higiene continúa pero esta vez haciendo alusión a la población negra. Concolorcorvo comenta que la "gente común y la que no tiene las preocupaciones necesarias" como los negros, beben agua impura, de la misma donde lavan la ropa "por

---

[15] En este caso también puede estar refiriéndose a los gauderios quienes ocupaban estas zonas.

evitar la molestia de internar a la corriente del río" donde el agua es más sana (II 91-2). El narrador insiste en la vagancia y falta de higiene del negro cuando subraya "Desde que vi repetidas veces *maniobra tan crasa, por la desidia de casi todos los aguadores,* me causó tal fastidio que sólo bebí desde entonces del algive que tiene en su casa don Domingo de Basavilbaso, *con tales precauciones y aseo* que puede competir con los mejores de la Europa" (II 92). Concolorcorvo subraya la vagancia y suciedad de los negros al contrastar su actitud con el cuidado y el aseo que practica el europeo (Basavilbaso) y por ende, con la de Concolorcorvo mismo que es capaz de distinguir entre lo contaminado y lo limpio resaltando lo que connota orden: la limpieza. [16] El narrador no ofrece razón alguna para explicar qué motiva a los negros a acudir a aquella parte del río y resume que es porque ellos no poseen la capacidad ni el interés de reconocer lo que la sociedad dominante considera como lo correcto: tomar agua limpia. Para Concolorcorvo, lo limpio connota "orden y virtud" (Vigarello 193), ignorando la posibilidad que para los negros podía ser más práctico tomar agua del mismo lugar donde están trabajando para ahorrar tiempo y decide enfatizar el comportamiento de ellos como uno negativo y fuera de lugar cuando alude a su "maniobra tan crasa" evocando el significado de la palabra como cosa "torpe, mala en gran manéra, que no tiene excúsa" (*Diccionario de Autoridades* 650). Los negros para Concolorcorvo son epítome de lo sucio y lo desidioso por lo que necesitan que se les muestre/enseñe el comportamiento apropiado. El narrador sigue la pauta de muchos colonizadores europeos que visualizaban al pueblo africano como "un sujeto coherente" que era "sucio, depravado y feo" contrastándolo con sus prácticas de higiene que eran estimadas como "la esencia de la civilización" (Burke 193). [17] En el pasaje la limpieza representa "el proceso civilizador" que estos negros por su desidia no son capaces de reconocer (Vigarello 1). Sin embargo, ¿qué sucede cuando los negros son capaces de reconocer lo que los

---

[16] Según Lorente Medina en su edición de *El lazarillo*, Domingo de Basavilbaso (1709-1775) era originario de Vizcaya y llegó a América estableciéndose en Buenos Aires donde fue comerciante, funcionario público encargado de misiones oficiales y militares contra los indios (89).

[17] Timothy Burke refiriéndose a los colonizadores ingleses en África arguye que el mundo africano para los europeos era concebido como "un mundo universal de sucio" (193). El aludir a las imágenes de la enfermedad, el sucio y la contaminación, servía para justificar la segregación del negro del espacio urbano (194).

grupos dominantes reputan como la norma: lo limpio? ¿Son capaces el autor y el narrador de identificar este movimiento? El pasaje a continuación y relacionado con las negras en Córdoba ilustra cómo el intento de producir al negro "como una realidad fija" se ve afectado por la actitud cambiante de ese mismo ser que se intenta describir (Bhabha 70-1). Es en esos momentos cuando la fijeza de la identidad del "otro" no se puede categorizar tan fácilmente.

Refiriéndose a Córdoba, Concolorcorvo vuelve a destacar (como lo hace con Buenos Aires) la capacidad productiva del territorio versus la ineficacia de su explotación. Por sus recursos, Córdoba se convierte en uno de los pocos lugares de América de tal tamaño donde "habrá tantos caudales, y fueran mucho mayores si no gastaran tanto en pleytos impertinentes" (IV 110). Además de resaltar la posibilidad que puede existir en desarrollar más exitosamente el comercio de mulas que se practica allí, al narrador le preocupa el que no se pueda saber con exactitud la cantidad de habitantes con los cuales consta la ciudad. El desconocimiento del número exacto causa ansiedad ya que no se sabe quiénes y cuántos ocupan esos territorios. Concolorcorvo añade que tal inexactitud se debe a la falta de archivos y que aunque de vista parece haber 500 ó 600 vecinos, por otro lado, "en las casas principales es crecidísimo el número de esclavos, la mayor parte criollos, de quantas castas se pueden discurrir, porque en esta ciudad y en todo el Tucumán no hay la fragilidad de dar libertad a ninguno" (IV 112). En el contexto de su discusión la palabra "criollos" se refiere a los negros nacidos o criados en América. [18] Concolorcorvo añade que los esclavos negros "se mantienen fácilmente" (IV 112), debido a que la abundancia de carnes permite al amo alimentar a sus esclavos con muy poco. [19] Tampoco tienen que gastar mucho dinero en vestirlos ya que los negros mismos cosen sus ropas con "telas ordinarias" siendo "muy raro" el que lleven zapatos (IV 112). Los negros además proveen una mano de obra necesaria para los dueños de las haciendas. Esta fácil "sugeción" y ganancia económica explica el que los amos no

---

[18] En muchas partes de las colonias (incluyendo México y el Perú) desde la conquista y hasta el siglo XVIII, el negro bajo estas circunstancias de nacimiento y crianza era llamado criollo (Aguirre Beltrán 161). Más adelante, Concolorcorvo hará mención explícita de ello.

[19] Frederick Bowser menciona que la dieta de los negros esclavos consistía principalmente de maíz, del cual también sacaban la chicha. Además, consumían carne barata, pescado, plátanos, batatas, tabaco y a veces ron (*The African Slave* 224-5).

piensen en liberarlos y según Concolorcorvo, exponerse "a un fin funesto, como sucede en Lima" (IV 112). En Córdoba, el comercio de esclavos es uno exitoso careciendo de las desgracias que azotan al de Lima.

Concolorcorvo pasa a subrayar la gran cantidad de esclavos negros que vivían en Córdoba al aludir que mientras estuvo allí, vio como vendían "dos mil negros, todos criollos de las Temporalidades, sólo de las dos haciendas de los colegios de esta ciudad" (IV 112). Los religiosos estaban envueltos en el negocio de compra y venta manteniendo listas de las procedencias de los negros y sus familias que fluctuaban de "dos hasta once, todos negros puros, sin mezcla alguna, y criollos hasta la quarta generación, por que los regulares vendían todas aquellas criaturas que salían con mezcla de español, mulato o indio" (IV 112). La venta y gran movimiento de esclavos a la cual alude el narrador coincide con lo acaecido durante el siglo XVIII en estas zonas, donde hubo una gran demanda de esclavos (Mellafe, *Negro Slavery* 124). Concolorcorvo se refiere a los negros como "una multitud" entre las cuales se destacaban "muchos músicos de todos oficios" (IV 112). Él añade que en el convento de las religiosas de Santa Teresa había alrededor de 300 esclavos de ambos sexos y que en las casas particulares a veces tenían entre 30 a 40 esclavos ejerciendo diferentes trabajos en las haciendas entre las que se destacaban "lavanderas excelentes" (IV 113).

En el pasaje sobre los negros de Córdoba, el narrador no incluye ningún comentario despectivo sobre los negros esclavos sino que se concentra en dos aspectos específicos: el gran número de éstos ("multitud") y el que parecen ser controlados fácilmente ya sea por sus amos y amas religiosas como por los hacendados. El hecho que en Córdoba no se presencie los "funestos" problemas que han atacado a Lima en cuanto a la población negra, influye en que Concolorcorvo no necesite hacer uso del estereotipo para destacar los supuestos aspectos negativos que justifican el que ellos sean manejados y utilizados con eficiencia. Al contrario, en vez de hacer alusión a su supuesta falta de razón (estereotipo común en la época), el narrador indica que había negros que se destacaban como músicos, vendedores de cueros y mujeres que "trabajaban ponchos, alfombras, faxas y otras cosas" pero sobre todo las que se distinguían por ser "lavanderas excelentes" (IV 113).

El comentario que Concolorcorvo introduce sobre las lavanderas es importante en el sentido que ofrece la oportunidad de obser-

var que si los negros de Buenos Aires se caracterizaban por su falta
y caso omiso de la higiene; en la ciudad de Córdoba las negras sí
parecían estar conscientes de cuán vital era el factor de la limpieza
para los blancos. Concolorcorvo señala que las lavanderas eran tan
buenas que "se precia[ban] tanto de esto, que jamás remenda[ban]
sus sayas por que se vea la blancura de los fustanes, *y dicen por vanagloria* que no puede labar bien la que no se moja mucho" (IV 113,
cursiva mía). Si la intención de Concolorcorvo era destacar simplemente que ellas lavaban bien, hay sin embargo, otros aspectos que
se pueden inferir del comentario del narrador. En especial, si el lector se pregunta qué podía explicar el que estas mujeres se sintieran
tan orgullosas de su labor al punto de jactarse de la blancura de sus
faldas y por qué esto era de tanta estima que llegaban a presumir y
mostrar arrogancia ("vanagloria").

Documentos de la época atestiguan que las lavanderas negras
gozaron de mucha fama en la época paseándose por la ciudad con
sus canastas en la cabeza luego de lavar sus ropas (Pereda Valdés
92). A la gente le llamaba la atención el verlas pasar ya que el color
de su cabello y piel contrastaba con la blancura de la ropa limpia en
las canastas. Pereda Valdés no recoge información sobre cómo reac-
cionaban las negras ante la observación de quienes las veían como
un elemento exótico, sin embargo las lavanderas en *El lazarillo de
ciegos caminantes* sí parecían estar conscientes del valor intrínseco
de la ropa limpia y blanca para el resto de la sociedad. El enseñar
las blancuras de sus faldas podía aludir a que las negras se habían
dado cuenta que lo blanco y lo limpio representaban dos aspectos
bien mirados por la clase dominante convirtiéndose en epítomes de
civilización y prestigio (*ver figura # 2*). Burkholder y Johnson co-
mentan que en la época colonial el tener las rompas limpias era casi
un lujo destinado a los más privilegiados quienes por su dinero podían utilizar la mano de obra esclava para que realizara tal labor
(214). Los que no tenían dinero y no podían cambiar su vestimenta
a menudo, o los que trabajaban en las minas o la limpieza, no podían mantener sus vestidos limpios debido a la naturaleza de sus
oficios. Las negras de Córdoba insistían por medio de la exhibición
de sus fustanes blancos que a pesar de no tener el dinero, y aun con
la dificultad de su trabajo, ellas poseían la habilidad y voluntad de
mantener limpias sus vestimentas demostrándole a la clase dominante que ellas podían distinguirse haciendo uso de las pautas que
ellos habían establecido como sinónimo del proceso civilizador. Si

FIG. 2: Retrato de una negra en el siglo XVIII mostrando sus blancos fustanes. Tomada de la obra *Trujillo del Perú* (1779-1789), obra del Obispo D. Baltasar Jaime Martínez Compañón en donde presenta por medio de ilustraciones imágenes de los integrantes de la sociedad del Virreinato peruano durante su estadía en Trujillo del Perú. Fotografía autorizada por el Patrimonio Nacional

como Georges Vigarello indica, los europeos desde el siglo XVII habían establecido una asociación entre la "limpieza de la persona" y la "limpieza de sus ropas", las negras se vanagloriaban de gozar de ambas, contrastando con la imagen que Concolorcorvo había ofrecido sobre los lavanderos de las zonas de Buenos Aires (41). Las negras rompen con la fijeza del estereotipo de lo negro como sinónimo de lo sucio dotándolo de contrariedad y complejidad.

Por otro lado, si tenemos en cuenta que en la época colonial la ropa, incluyendo el material de ellas, representaba un "sistema alterno de signos" que encarnaba un "mensaje social" (Cahill, "Popular Religion" 340), la actitud de las negras cordobesas en destacar la blancura de las faldas servía a su vez para señalar la falta de responsabilidad de sus amos quienes no remplazaban sus vestidos por unos nuevos, actitud que coincidía con lo que sucedía en la época. Frederick Bowser indica que era normal que los esclavos llevaran ropas raídas al punto de verse su piel, ya que sus amos no se preocupaban por comprárselas (*African Slaves* 226-7). [20] El hecho que las negras conscientemente se precien de ello subraya el que para ellas lo visible (la blancura de sus fustanes) representaba una denuncia de tipo pasiva. A Concolorcorvo no sólo le llamaba la atención la manera en que se jactaban de la blancura de sus fustanes sino el hecho que ellas no remendaran sus sayas para que así se pudieran notar. La vista funciona en el pasaje como el indicador "más intuitivo y natural" para convencer al "otro" y por el cual ciertos parámetros podían ser formulados (Vigarello 226). Las negras articulaban un mensaje afirmado en la imagen visual destacando no sólo cómo ellas dominaban los parámetros de limpieza establecidos por la clase dominante, pero también cómo esa misma clase ignoraba sus responsabilidades al no proveerle una de las necesidades más básicas y la cual ellos habían establecido como símbolo de civilización: la vestimenta. [21] La ropa y su blancura se convierten en un signo visible de identidad social. El pasaje demuestra que si la ropa representó una forma y símbolo del europeo para convertir y civilizar a los negros, en el caso introducido en *El lazarillo,* las negras la utilizaban para contestar el sistema y dejarles saber por un modo vi-

---

[20] Sin embargo, existían otros amos en las zonas urbanas que preferían vestirlos bien por cuestiones de prestigio social.

[21] En el último capítulo examinaré más detenidamente el rol de la vestimenta como símbolo de producción cultural.

sual y no-discursivo que ellas reconocían y denunciaban el sistema impuesto por el colonizador por medio de sus faldas blancas.

El reconocimiento de la vestimenta por parte de las negras como símbolo de estatus, poder, prestigio y resistencia, se subraya en el pasaje que le sigue cuando Concolorcorvo comenta sobre lo mucho que gastaban en ropa la gente principal y en especial, el caso de la mulata que decidió pasearse vestida como las cordobesas de la clase dominante. Estas últimas viendo su rasgo de distinción amenazado (la vestimenta) decidieron desnudarla y azotarla para que aprendiera su lección y jamás se atreviera a cruzar las líneas divisorias de clase y raza. [22] Del pasaje se infiere que los habitantes de descendencia negra no constituían seres homogéneos agrupados bajo la etiqueta estereotipada de lo sucio y sin razón, y que por el contrario, debido a la necesidad de sobrevivir y mejorar su situación social, habían aprendido a leer el sistema de valores establecidos por la clase dominante y en ciertos casos, lo manipularon con la intención de establecer una crítica al sistema y lograr una movilización social o un mejoramiento de su condición social.

En *El lazarillo de ciegos caminantes,* los narradores vacilan entre ejemplos como los anteriores que ponen a prueba la validez del estereotipo sobre los negros y otros que intentan justificar los estereotipos tradicionales. La repetición del estereotipo como una "cadena repetitiva" intenta hacer de éste uno creíble y por ende, exitoso (Bhabha 77), tendencia de la que Concolorcorvo participa cuando hace alusión al negro bozal considerado en la época como epítome de lo bárbaro. Bozal era el calificativo que se utilizaba para referirse al negro llegado de las selvas de África que no había aprendido la lengua española y al que se le consideraba como torpe (Santa Cruz Gamarra 25). La palabra "bozal" en términos de ganadería significaba bruto, cerril o salvaje, características que lo contraponían a los españoles que se autodenominaban como "gentes de razón" (Aguirre Beltrán 158). En su paso por Tucumán y describiendo las carretas de la zona, Concolorcorvo aprovecha la oportunidad para aconsejar a los viajeros de los percances que pueden sufrir allí. El narrador les aconseja que tengan cuidado con los criados en sus paradas "que por lo regular son negros bozales" ya que dañan y rompen muchas de las pertenencias de los viajeros cuando las cargan de un

---

[22] El pasaje de la mulata será analizado con más detenimiento en el capítulo sobre la mujer y el uso de la vestimenta como instrumento de resistencia.

lugar a otro (V 132). El negro es asociado en el pasaje con lo incompetente; un ser que no valora el valor material de las pertenencias de los viajeros. La alusión al negro bozal le sirve al narrador para ilustrar al lector el por qué los negros no saben cuidar adecuadamente los bienes de los que viajan: ellos son torpes.

La imagen derogatoria del negro se subraya más adelante cuando hablando de la ruta de Buenos Aires hacia Santiago de Chile, les aconseja nuevamente a los caminantes que se sirvan de peones prácticos en sus caminos y que le sirvan de "alivio" y no de "perjuicio" (IX 220). Concolorcorvo pasa a incluir su peor diatriba contra los negros: "Los criados que llevan los pasageros, que comúnmente son negros esclavos, son *unos trastos inútiles, porque además de su natural torpeza y ninguna práctica en los caminos* son tan sensibles al frío, que muchas veces se quedan inmóbiles y [he]lados, que es preciso *ponerlos en movimiento al golpe del látigo* y ensillarles sus caballerías y quitarles la cama para que se vistan" (IX 220). El negro es objetificado de tal manera que pierde sus cualidades humanas para convertirse en "un trasto inútil" capaz de funcionar sólo por la violencia. Su torpeza, falta de fortaleza física y vagancia, lo convierten en una carga para el pasajero en vez de una ayuda. En este caso las deficiencias físicas van a la par con las deficiencias de su carácter. El negro pasa a ser parte de lo que Abdul R. JanMohamed ha llamado refiriéndose al sujeto colonizado, una "economía representacional" en donde la diferencia racial se hace sinónimo de una diferencia moral y física (83). En *El lazarillo,* la diferencia pasa a ser resuelta con la violencia del castigo; el látigo pretende servir de cura a los males del esclavo. Cuando el narrador establece que los criados "comúnmente son negros esclavos", comodifica al negro en un objeto estereotipado al que es necesario manejar como parte de los recursos de la empresa colonizadora. Al negro hay que hacerle trabajar eficientemente de manera que facilite las tareas de la clase dominante y de los más privilegiados. La justificación del dominio sobre el negro se logra por la visualización de éste como epítome de lo salvaje y lo ignorante.[23] Se debe concebir también como un ser pro-

---

[23] James Duncan observa que antes de llevarse a cabo la trata de esclavos, África era vista de dos maneras: como un lugar en la zona tórrida donde no se podía vivir y como posible centro del paraíso (49). Luego que los europeos pasaron allí y notaron la potencialidad de sus habitantes y sus territorios, decidieron colonizar y como consecuencia, el negro comenzó a ser visto como lo salvaje y lo ignorante. África se convirtió en una tierra de desorden y salvajismo la cual era imperativo ordenar (Duncan 50).

penso a los excesos, aspecto que resalta el Visitador cuando señala que los españoles le pagan muy bien a los negros peones y albañiles pero que ellos desperdician el dinero porque en vez de gastar lo que necesitan en comida y guardar el resto, ellos gastan todo y más de lo que reciben en beber aguardiente (XVIII 322). La alusión a los tres estereotipos (salvajismo, ignorancia y exceso) sirven para autorizar el maltrato del negro.

El perfil homogéneo del estereotipo en *El lazarillo* se ve amenazado cuando el Visitador decide hacer mención de la exactitud que destaca a los indígenas cuando ejecutan órdenes. El narrador se sirve de un ejemplo en donde el negro se encuentra bajo el mando del indígena y en donde un corregidor manda a los indios que le peguen cien azotes a un esclavo suyo negro. El Visitador no menciona las razones que conducen a tal castigo pero sí destaca que los indígenas después de pegarle más de ochenta azotes al negro pierden la cuenta exacta y no saben si le han pegado ochenta y cinco u ochenta y seis. Según el Visitador, "el negro afirmaba con juramento que había contado ochenta y seis" (XVIII 322). No obstante, los indios insistían que no podían estar seguros por lo que decidieron empezar de nuevo. Como resultado, el negro "decía de nulidad y rogaba a los indios que le pasasen en cuenta los ochenta y cinco en que estaban convencidos, pero éstos no entendieron sus lamentos y le arrimaron los ciento sobre los ochenta y cinco" (XVIII 322). Aunque el Visitador desea resaltar la falta de caridad que muestran los indígenas, si se analiza el pasaje desde la perspectiva del negro como personaje central sobresale un aspecto importante: el que es asociado con la "falta de razón" es quien más hace uso de ella al rogarle a los indios que no empezaran a contar de nuevo y que contaran los ochenta y cinco de los cuales estaban seguros. Quienes parecen actuar sin razón son los dos indios que no pueden llegar a tal conclusión, y en un grado mayor, el corregidor, quien pone a cargo del castigo a dos personas que no son capaces de hacer uso del sentido común pareciendo estar más obsesionados con el hecho de la exactitud y el cumplir órdenes a pesar del sufrimiento del negro. El pasaje subraya la maleabilidad del estereotipo ya que si se toman en cuenta casos específicos los estereotipos pierden su supuesta verdad viéndose así amenazada su validez. El estereotipo se convierte en *El lazarillo* en un "texto ambivalente" donde se enmascaran intereses particulares del autor y donde se busca cierta imagen que facilite la exposición de un proyecto político o económico (Bhabha 82). Aunque esta ambivalencia no garantiza el fracaso de la empresa colonialista al menos funciona para cuestionarla y ver sus limitaciones.

El Visitador continúa su construcción de la identidad del negro partiendo de una comparación con el indígena en donde señala que si los indios son mucho "más háviles que los negros para las cosas de espíritu", los últimos se adaptan a la cultura dominante más fácilmente (XVIII 326). Comienza señalando que casi todos los años "entran en el Reyno [de Perú] más de quinientos negros bozales, de idioma áspero y rudo, y a excepción de uno u otro bárbaro, o mejor decir, fatuo, todos nos entienden y se dan a entender lo suficiente en el espacio de un año" (XVIII 326). La dificultad de ofrecer una imagen homogénea del grupo se evidencia en el pasaje cuando se señala que aunque todos son bozales y de lenguaje torpe, hay algunos necios ("fatuos") y bárbaros que no pueden aprender la lengua con la misma facilidad. La habilidad de los demás llega al grado de hacerse entender en lo que parece poco tiempo: un año. El señalamiento a la excepción no borra el que el español considere su lengua como la norma y la del negro como la ruda y áspera. En el resto de la descripción se deja ver que para los negros el aprendizaje de la lengua representó un arma de supervivencia.

El Visitador pasa a destacar las características del habla española que muestran los negros. Él señala que debido al contacto con el amo, ellos llegan a aprender la lengua castellana y a hablarla al mismo nivel de los españoles vulgares: "sus hijos con sólo el trato de sus amos, hablan el castellano como nuestros vulgares" (XVIII 326). El aprendizaje del negro también se debe a que "no tienen intérpretes, ni hubo necesidad jamás de ellos" (XVIII 326). Se da a entender que las circunstancias y la necesidad de sobrevivencia forzaron al negro esclavo a aprender la lengua del colonizador. No obstante, el Visitador no menciona que el español forzó al negro a aprender el castellano para evitar pérdidas económicas. Desde comienzos de la Conquista se establecieron leyes que estipulaban que el amo tenía que enseñarle su lengua al esclavo en seis meses porque de lo contrario tendría que pagarle al gobierno 1/3 parte de lo que le costó el esclavo (Bowser, *The African Slave* 234). La lengua, como indica José Piedra, representó para las autoridades españolas la "máxima arma civilizadora" para el expansionismo político, y habría que añadir económico sirviendo como "pretexto colonial" para la asimilación de la otredad (Piedra, "Literary Whiteness" 279). [24] El Visitador sí menciona que el negro a través de su dominio del castellano representó un instrumento importante para ejercer su control sobre el indígena. El negro funcionaba como una especie de espía que debía informarle a su amo y en español, cualquier actividad peligrosa que los nativos estuviesen planeando: "Los españoles los necesitaron [a los negros] en los principios de la Conquista, para tratar con los indios e informarse de sus intenciones y designios" (XVIII 326). El aparente elogio sobre la facilidad con la cual el negro adoptó la lengua y le simplificó la empresa conquistadora de controlar al indígena, toma un giro, procediendo el Visitador a subrayar que si el primero aprendió la lengua jamás la dominó al nivel del europeo. El castellano deja de ser un lenguaje intacto para pasar a ser uno modificado debido al carácter interactivo e improvisador que caracteriza a las zonas de contacto. La resistencia, adaptación, acomodación y creación, que como arguye Mary Louise Pratt forman parte de las relaciones entre el colonizado y el colonizador (y habría que añadir también entre colonizado y colonizado) originan un tipo de incomodidad y hasta cierto punto preocupación en el Visitador cuando ya la lengua deja de ser una para convertirse en otra (7). Esta incomodidad es lo que lo incita a criticar el dominio lingüístico de los habitantes de procedencia africana.

La discusión sobre la utilización de la lengua española por parte de los negros se relaciona con la situación dominante en la época en cuanto a cómo la proximidad a las normas culturales europeas en el lenguaje, en la forma de vestir o la ocupación, se habían convertido en factores fundamentales para determinar el estatus racial de los habitantes. El Visitador llama la atención a este problema haciéndole claro a las autoridades que los grupos subalternos han aprendido a manipular el sistema para su propia conveniencia. El autor parece estar consciente en que para el colonizado, "la posesión del lenguaje" es capaz de desprender un "poder extraordinario" porque implica tener acceso a un mundo (Fanon 14). [25] En *El lazarillo,* la ma-

---

[24] José Piedra comenta que la asimilación de los moros, judíos y africanos subsaháricos al sistema español por medio de la lengua cumplía con el propósito de cubrir oficialmente la "heterogeneidad" en España ("Literary Whiteness" 281).

[25] Según Fanon, para el colonizado el poseer el lenguaje del colonizador consecuentemente implica una "posesión del mundo expresado y explicado en ese lenguaje" (18). Fanon añade que los colonizados en sus usos de la lengua colonizadora se hacen "más blancos" al negar la suya representando la lengua una puerta de ac-

nera de contener este posible uso del poder es haciendo uso del estereotipo enfatizando que debido a su razón natural e inhabilidad, los negros y otras castas jamás podrán dominar correctamente la lengua del colonizador.

LO DESAGRADABLE DE LAS PRÁCTICAS MUSICALES Y EL BAILE:
LA AMENAZA DE LO DIFERENTE

Finalmente, la descripción negativa del negro concluye con la alusión por parte del Visitador a sus prácticas musicales. El Visitador nuevamente decide articular su postura por medio de una comparación con el indígena ilustrando la barbaridad y grosería de las prácticas culturales de los negros. El narrador basando su crítica en los cantos, los bailes y la música que ellos practican comienza arguyendo que los negros que se consideran "civilizados en sus reynos son infinitamente más groseros que los i[n]dios" (XX 339). El Visitador justifica su estereotipo valiéndose de una comparación basada en oposiciones en la que se destaca la figura del negro bozal. La figura del bozal le facilita (debido a la variedad de estereotipos adjudicados a él) tomar por sentado el que de un ser considerado bárbaro sólo se puede esperar un comportamiento de la misma índole. [26] La oposición entre las prácticas indígenas versus las africanas radica en la utilización de instrumentos musicales y las danzas de ambos grupos. Según el Visitador, "[l]os instrumentos de los indios son las flautillas y algunos otros de cuerda, que tañen y tocan *con mucha suavidad*", mientras que sus danzas son también "muy *serias*

---

ceso a cierto tipo de privilegios que les eran negados (Fanon 38). Lo que Fanon no discute es que el dominio de la lengua del colonizador también se produjo en muchos casos de forma pragmática y por la necesidad de sobrevivencia, y no simplemente con el interés de blanquearse.

[26] Aún, Alonso de Sandoval, gran denunciador de los abusos contra los negros, se sirve de la misma noción en su *Tractatus de instauranda aethiopum salute* (*Un tratado sobre la esclavitud*) (1627). Sandoval se refiere a la imagen del bozal como el más salvaje de los negros utilizándola para contrastar entre los negros más civilizados y los faltos de religión. Cuando alude al bozal sus descripciones son más severas. Hablando de los negros del Reino de Sofalia comenta: "esta nación de cafres es la mas bárbara y bestial que ay en el mundo. . . Son estos cafres negros, prietos como la pez, de cabellos crespo y retorsijado. . ." (160). Sin embargo, más adelante señala que su barbarismo no es razón suficiente para no bautizarlos: "Pero pregunto yo, ¿el ser bozales y rudos, y de corta capacidad, es argumento para no baptizarlos, ni confesarlos, ni comulgarlos?" (239).

FIG. 3: Retrato de negros tocando y bailando en el siglo XVIII. Nótese la mezcla de instrumentos europeos y africanos. Tomada de la obra *Trujillo del Perú* (1779-1789). Fotografía autorizada por el Patrimonio Nacional

y compasadas" (XX 339, cursiva mía). En contraposición, "[l]as diversiones de los negros vozales son *las más bárbaras y groseras* que se puedan imaginar" (XX 339-40, cursiva mía), mientras que sus instrumentos demuestran lo animalesco y lo desagradable de su música. Utilizan la quijada de un asno "bien descarnada" en la cual las dentaduras del asno representan las cuerdas que "rascan con un hueso de carnero" y que producen "unos altos y tiples *tan fastidiosos y desagradables* que provocan a tapar los oidos o a correr a los burros, que son los animales más estólidos y menos espantadizos" (XX 340, cursiva mía). [27] El Visitador desea subrayar lo repulsivo de sus instrumentos reiterando lo desagradable que son al extremo que los que no poseen la capacidad racional de distinguir entre lo agradable y lo desagradable (los burros) se dan cuenta de ello. [28] La hipérbole sirve para desprestigiar la música negra al recalcar su supuesta barbaridad, sin embargo, su crítica no se detiene allí.

El Visitador contrasta nuevamente lo deleitable de la música indígena cuando destaca que los negros "[e]n lugar del *agradable* tamborilillo de los indios" utilizan un tambor que cuelgan sobre su cabeza "golpeando el cuero con sus puntas, *sin orden y sólo con el fi[n] de hacer ruydo*" (XX 340, cursiva mía [*véase ilustración # 3*]). [29] La música de los negros representa desorden para el Visitador debido a que no producen música sino ruido. La música de los negros es tan poco familiar a la del narrador que para enfatizar la diferencia acude a la asociación una vez más con lo salvaje. El narrador es incapaz de entender la diferencia aunque pretende reconocerla, pero procede a negar el valor de ella al tildarla de desagradable, desordenada llegando al punto de no reconocerla como música. Sus comentarios ilustran cómo la intención del europeo en considerar lo no conocible (en este caso las prácticas musicales del negro)

---

[27] El instrumento descrito por el Visitador es conocido como el "cajón" (Vázquez Rodríguez 27).

[28] En 1791, el *Mercurio Peruano* describe los instrumentos de los negros de la misma manera: "acompañan todos los demás de la Nación con unos instrumentos estrepitosos, los mas de un ruydo muy desagradable" (tomo II 117).

[29] El Visitador en su comparación del negro con el indígena parece destacar el grado de civilización del último a pesar que a lo largo del diario de viajes, el indio es víctima de constantes ataques en donde se cuestiona su grado de civilización. Aunque en este pasaje la imagen parece ser muy positiva, el Visitador lo finaliza aclarando que lo que une a los indígenas y los negros y los coloca a un mismo nivel son sus excesos: "y finalmente sólo se parecen las diversiones de los n[e]gros a las de los indios en que todas principian y finalizan en borracheras" (XX 340).

como un universo de valor negativo e irracional, radica en negar esas prácticas como parte de un sistema legítimo restándole validez a la música africana.

La negación de la validez prosigue cuando el Visitador establece que mientras los cantos de los indígenas son "suaves" los de los negros representan un "a<ú>llo" volviendo a asociar al negro con lo animal (XX 340). Ellos no cantan sino que producen el mismo sonido que los perros, los lobos y otros animales corroborando lo animalesco del calificativo "bozal" el cual apunta a lo "bruto, cerril y salvaje" (Aguirre Beltrán 150). Con el estereotipo del bozal como lo salvaje, el narrador busca construir una imagen fija del negro que facilite controlar discursiva y socialmente su identidad de manera que la vigilancia sobre él pueda ser ejercida. El Visitador a la misma vez que reconoce la diferencia intenta negarla por medio de la alusión al negro como sinónimo de salvajismo.

Su descripción sobre las prácticas musicales de los negros bozales concluye con una alusión a sus bailes. El lenguaje despectivo adquiere más fuerza cuando añade que "sus danzas se reducen a menear la *barriga* y las *caderas* con mucha deshonestidad, a que acompañan con gestos ridículos, y que trahen a la imaginación la fiesta que hacen al diablo los *brujos* en sus *sábados*" (XX 340). El Visitador hace mención de otro estereotipo muy popular de la época respecto a la asociación entre el baile de los africanos con el escándalo y la inmoralidad. La actitud estereotípica surge de la inhabilidad en entender y de la ansiedad que causa el "otro" en las reglas de conocimiento europeas. La incomodidad que las celebraciones de los negros causaron en las autoridades se reflejó en el número de leyes que intentaban determinar la duración y localización de ellas. En el caso de Lima, en 1549 las celebraciones africanas fueron restringidas a dos plazas en particular, aunque los negros siguieron participando en fiestas católicas urbanas y procesiones hasta el siglo XVIII (Romero 312). Las autoridades temían que las celebraciones y otras reuniones en las cofradías sirvieran de excusa para planear cualquier tipo de insurrección contra los amos por eso el baile (una de las prácticas culturales más respetadas entre los negros) comenzaba a tildarse de inmoral. Constituía para las autoridades una manera de justificar la prohibición de bailes y fiestas calificándolos de inmorales y que atentaban contra el orden de la sociedad. En 1722, el cabildo de Lima redactó una ordenanza en la que denunciaba los bailes de los negros como escandalosos: "dos Bayles, muy escandalosos, nocivos y contrarios a la buenas costumbres, nombrados, el Panaliuio, y el Serini [sic], assí por lo que mira a los movimientos como por lo que toca a las coplas que lo acompañan" (citado de Estenssoro Fuchs 166). Las ordenanzas respecto a las prohibiciones de los bailes de los negros y los comentarios del Visitador demuestran cómo la fijeza de la identidad basada en el estereotipo se buscaba en situaciones inestables y de cambio.

El Visitador en su intento de crear una imagen inequívoca de la música del negro como bárbara decide no mencionar el carácter improvisador de ella ignorando la manera en que los negros incorporaron instrumentos europeos para crear diferentes ritmos. Sus prácticas musicales se vieron transformadas por los cambios sociales que se les habían impuesto. El Visitador no hace alusión al hecho que los negros hacían uso de la guitarra y el arpa, instrumentos que eran populares entre los europeos (*véase ilustración # 3*). Inclusive, el "cajón" construido con las quijadas de burros que tan despectivamente describe, fue el resultado de un acto innovador de los negros tratando de crear un instrumento diferente a partir de los recursos que tenían (Romero 313). Tampoco menciona que los españoles y criollos blancos fueron adaptando a sus celebraciones algunos bailes negros en las que los negros mismos les sirvieron de maestros (Estenssoro Fuchs 165). Posiblemente, el Visitador decide omitir esto debido a que los negros no participaron de un proceso inocente de adaptación sino que recurrieron a una modificación de las prácticas musicales europeas al punto que las dotaron de un nuevo significado social. La danza entre moros y cristianos que los españoles trataron de imponerles como modo de enseñarles a los negros la necesidad de aceptar el cristianismo, fue modificada por los negros llegando a simbolizar un modo de representación de las luchas tribales africanas, como resultado, los blancos trataron de suprimirla (Vázquez Rodríguez 23). La persuasión visual que los negros utilizaron por medio del vestuario, los bailes, la danza y en algunos casos la dramatización, funcionó como un instrumento para que los de la clase dominante prestaran atención y reconocieran su presencia. Desafortunadamente, muchas veces los blancos preferían no reconocer la naturaleza del mensaje envuelto, es por eso que los cronistas tildaban la apariencia de los negros como ridícula. Los negros llegaron a imponer un nuevo sentido a las prácticas que por años se les había tratado de inculcar.

Otro aspecto que el Visitador ignora es el hecho que la música y el baile representaron también un "instrumento para lograr ascensión social y reconocimiento" ya que en numerosas ocasiones los negros llegaron a ser maestros de bailes de las clases dominantes (Vázquez Rodríguez 24). Su presencia también se hacía muy visible en fiestas religiosas como la Virgen del Rosario y el Corpus Christi destacando cómo el negro no se limitaba al simple espacio que le otorgaba el trabajo forzado sino que se desplazaba en otras esferas que comenzaban a afectar las claras divisiones impuestas por el factor racial. El negro ya no se circunscribía al espacio de lo doméstico y las minas, su presencia se hacía presencia tangible en el espacio público. Para erradicar esta presencia era necesario acudir a un discurso negativo y estereotípico que justificara una vigilancia estricta que delimitara una mayor movilización del negro.

ENTRE ABYECCIÓN Y RECONOCIMIENTO. OBSERVACIONES FINALES

Howard Winant señala que debido a que la raza es socialmente construida es posible analizar los procesos por los cuales los significadores raciales son atribuidos y las identidades raciales son asignadas (23). En el temprano periodo colonial, las características fenotípicas y el color de la piel, sirvieron de base para crear una imagen del negro que pudiera satisfacer los intereses políticos, económicos y culturales de la clase dominante (blanca y europea). El estereotipo sirvió como instrumento discursivo y legal para articular una imagen del negro y castas que justificara el por qué era tan necesario controlarlos y mantenerlos sujeto bajo el trabajo forzado. Su supuesta falta de razón, fealdad, sentido de moralidad y falta de higiene, constituyeron imágenes que partieron de los prejuicios surgidos en la península ibérica del africano como pagano y de su color (negro) como parte de un castigo enviado a ellos por Dios. [30] Como

---

[30] Frank Snowden señala que las primeras imágenes de los negros en la antigüedad no fueron despectivas destacando sus destrezas militares, amor a la libertad y justicia (55-6). A pesar que los antiguos tenían un sistema de esclavitud, sus comentarios etnocéntricos se basaban en el barbarismo de los otros grupos pero no en el color de su piel. Fueron los griegos y los romanos quienes empezaron a darles nombres a los africanos utilizando el factor del color. En el siglo 6 AC, los griegos ya habían comenzado a buscar explicaciones acerca de la diferencia entre los negros y los blancos basándose en el impacto del clima (Snowden 85). Entre los griegos

resultado de tales ideas, se desarrolló en la Hispanoamérica colonial la idea del negro como bárbaro a quien era necesario controlar por la fuerza y educarlo bajo los preceptos cristianos. Cuando los negros a partir del siglo XVII comenzaron a sobresalir como una fuerza visible en términos de población numérica, cuando se mezclaron con otras razas para dar resultado a un alto grado de mezcla racial que dificultó a los españoles controlarlos fácilmente y cuando comenzaron a desenvolverse en otras esferas públicas fuera del espacio doméstico (ya fuera como músicos, maestros de bailes, cantores, pintores o artesanos) los españoles se dieron cuenta que el supuesto orden racial impuesto por ellos estaba siendo alterado y manteniéndose en constante flujo. La movilidad del negro comenzaba a crear ansiedad y es en este contexto donde la imagen del negro articulada por los narradores en *El lazarillo de ciegos caminantes* cobra sentido.

A través de la obra, el estereotipo les sirve a los narradores como estrategia discursiva para crear una identidad del negro que busca denotar una fijeza centrada en la negatividad. Los negros son vistos como bárbaros, faltos de higiene, seres inútiles, groseros y propensos a los excesos. No obstante, los mismos ejemplos discutidos por los narradores dejan ver las maneras pasivas en que los primeros manipulaban el sistema, ya fuera por medio de la utilización selectiva del lenguaje, por el uso de la vestimenta, la música, los bailes y su sentido común. El negro estaba consciente del lugar en que se le quería circunscribir y leyó el sistema colonial de tal manera que sabía hasta qué punto podía burlarse del sistema aunque para ello fuera necesario adoptar los elementos de la clase dominante con el fin de modificarlos.

En *El lazarillo*, el estereotipo con relación al negro no es utilizado con la simple intención de ofrecer un cuadro negativo. El negro es introducido en el discurso en cuanto es una parte vital del proyecto colonialista que el autor elabora a través de sus dos personajes. El negro es deseado en el discurso en cuanto puede incorporarse y subyugarse a un sistema económico que genere más ganancias a las autoridades coloniales. Tan pronto como el negro se convierte en una amenaza, su identidad pasa a ser manipulada de manera que

---

y romanos se asoció lo blanco con la luz y lo bueno, y lo negro con la noche, la oscuridad, la muerte y lo subterráneo, razón por la cual se comenzó a relacionar a los africanos con lo malo y lo negativo (Snowden 83).

encaje dentro del plan económico y político que se pretende imponer. Es en estas circunstancias cuando el negro comienza a visualizarse como sinónimo de desorden y peligrosidad, representando uno de los tantos seres abyectos de la colonia a quienes se les intenta negar, pero sin los cuales el poder de la clase dominante no se puede llevar a cabo. La negación y la aceptación del negro como lo necesario, le otorga ambivalencia al estereotipo denotando las estrategias ideológicas que lo informan y que lo hacen un mecanismo crucial del discurso colonial y la empresa colonialista. En este sentido Carrió de la Vandera guarda la misma postura que la Corona sostenía en la época: el de mantener un estricto control social por medio de la estratificación y jerarquía pero sacando una máxima ganancia económica.

Finalmente, el estereotipo constituye también una estrategia que trata de contener el peligro que la mezcla racial estaba ocasionando en el mantenimiento de la jerarquía social delineada desde los años que prosiguieron a la Conquista. Si según Bell Hooks, en la época colonial la sexualidad sirvió como "fuerza de subversión" y de "relaciones de poder desordenador" que desmantelaban el paradigma opresor versus oprimido (58), en el caso de la Perú colonial la mezcla racial, como producto de esas prácticas sexuales, funcionó como esa arma de poder desordenador que si en muchos casos no logró destruir el sistema al menos estremeció sus cimientos, los desorganizó. Facilitó confundir las claras divisiones raciales que la clase blanca concebía como etiquetas esenciales para la categorización de la sociedad y la justificación de su jerarquía social. La concomitante peligrosidad del negro radicaba en las variadas maneras en que desestabilizaba un sistema que a finales del siglo XVIII se hacía más débil y contradictorio. El dominio y modificación del lenguaje del opresor, la cercanía al blanco, su presencia numérica, el uso de la vestimenta, el mantenimiento de sus prácticas culturales (música y el baile) y la continua transformación en las que se vieron envueltas, representaron para la población negra aspectos que posibilitaron un tipo de resistencia pasiva que la clase dominante trató de obliterar por medio de su tradicional y constante alusión al negro como un ser falto de razón. En *El lazarillo de ciegos caminantes*, la arbitrariedad del estereotipo racial como signo de diferencia lleva consigo la marca de su propia contrariedad.

CAPÍTULO V

EL CUERPO DE LA MUJER Y EL DISCURSO DE LA ECONOMÍA, LA DOMINACIÓN Y EL PODER

> En este mundo sublunar, cuantas cosas dan a la luz algo, apenas lo han hecho, o cierran el útero, o por lo menos descansan durante algún intérvalo de tiempo. Pero nuestro Nuevo Mundo todos los días procrea y dá de sí nuevas producciones sin cesar, por las cuales los hombres de ingenio y aficionados a las cosas grandes, y en particular a las nuevas, pueden tener a mano continuamente con que alimentar su entendimiento.
>
> (Pedro Mártir de Anglería, *Décadas del Nuevo Mundo* (1504)

En las *Décadas*, Pedro Mártir concibe al Nuevo Mundo como un cuerpo femenino con el útero abierto y apto para procrear sin fin. Los resultados de tal procreación están al servicio del conocimiento masculino europeo quien los explotará para satisfacer sus intereses y deseos. El europeo, tomará posesión del cuerpo femenino por medio de un proceso de conocimiento con miras al control, lo ocupará con la razón. Pedro Mártir de Anglería establece una relación inherente entre el territorio americano como ente disponible al hombre y como un cuerpo al servicio de la reproducción. Dos siglos más tarde, Alonso Carrió de la Vandera en su diario de viajes volverá a recurrir a la asociación entre el territorio americano y el cuerpo femenino subrayando la función del último en la reproducción numérica de la sociedad.

El siguiente capítulo traza la imagen de la mujer colonial que se construye por medio de las voces del Visitador y su acompañante Concolorcorvo a lo largo de la trayectoria de su viaje. La discusión que sigue destaca las ambigüedades inmanentes en un discurso que trata de controlar la voz y el cuerpo femenino para que dé cabida dentro del orden colonial que intenta establecer el autor por medio de los dos narradores. La mujer en *El lazarillo de ciegos caminantes* abarca diferentes razas, grupos étnicos y clases sociales, aspecto que dificulta aún más la labor de Concolorcorvo y el Visitador de contener la imagen femenina dentro de un marco homogéneo. El elemento llamativo de la construcción de esa imagen radica en la pluralidad que los narradores recogen y que no les impide (aunque dificulta) la categorización y la manipulación de la identidad de la mujer. El texto reproduce la multiplicidad y diferencia que caracteriza a la mujer de la zona andina en un siglo donde la mezcla racial y la manipulación de las categorías jerárquicas de tipo racial y económico por parte de las clases bajas se hacen más evidentes. La mujer en el discurso colonialista elaborado en *El lazarillo* se convierte en un elemento amenazante al orden colonial y es por eso que la imagen que presentan de ella los narradores se ubica muchas veces fuera de la esfera tradicional de lo doméstico para desplazarse en el terreno de lo público. Es el miedo al cambio y a los posibles efectos de transformaciones en el ámbito económico y político, lo que genera el interés de los narradores en articular la imagen de la mujer de manera que sirva a los propósitos de su proyecto colonialista.

No es mi interés en este capítulo esbozar una historia de la mujer colonial, tarea que han iniciado algunos críticos literarios e historiadores valiéndose de documentos legales, religiosos y literarios para indagar sobre la naturaleza de la mujer americana y española en la colonia.[1] La mayoría de los trabajos se han concentrado en la mujer española, criolla y en ocasiones indígenas, prestándose poca atención al gran cúmulo de mujeres de castas y negras que representaron una parte significativa de la población colonial. Es en este sentido donde la obra de *El lazarillo de ciegos caminantes* cobra gran relevancia. Es un texto que va más allá de la dicotomía de mujer española versus indígena para adentrarse en una multiplicidad de grupos femeninos que no pueden ser fácilmente clasificables. En la obra se alude a grupos tan variados como las potosinas,

---

[1] Los trabajos de investigadores como Asunción Lavrin, Patricia Seed, Kathleen Myers, Susan Socolow, Julie Greer Johnson, Electa Arenal, Stacey Schlau, Luis Martín, Josefina Muriel, Ruth Behar, Irene Silverblatt, Jennifer Eich, Kathryn Joy McKnight, entre otros, han tratado de recuperar otros grupos de mujeres pertenecientes al período colonial que se apartan de la figura femenina más celebrada por la crítica: sor Juana Inés de la Cruz.

salteñas, cordobesas, negras, mulatas, indígenas, españolas, cholas y europeas (lusitanas, francesas). En el plano de lo femenino es el hibridismo étnico y racial lo que destaca a *El lazarillo de ciegos caminantes*.

A través de la época colonial, como observa Julie Greer Johnson, la presencia de la mujer y el matrimonio se conciben como "una fuerza estabilizadora" en la adquisición y establecimiento de nuevos territorios (*Women in Colonial Spanish America* 48). El Estado y la Iglesia visualizan a la familia como "un locus de socialización moral y política" imprescindible para lograr un orden en la sociedad colonial (Lavrin, "Introduction" 1, 4). [2] La figura de la mujer constituye parte vital de este establecimiento debido a su asociación con el acto de reproducción por tal razón el cuerpo de la mujer es constantemente vigilado durante esta época, tanto por la Iglesia como por el Estado.

No obstante, las mujeres en la colonia no se redujeron a los confines que les imponía el espacio doméstico (el hogar) sino que se desenvolvieron en los espacios públicos desempeñándose como parteras, curanderas, panaderas, tejedoras, benefactoras de instituciones educativas, religiosas, prostitutas, encomenderas e inclusive algunas participaron en luchas militares. [3] Muchas de ellas recurrieron a estos trabajos como una manera de mejorar su estatus o su situación social y económica, mientras que otras acudieron a ellos como único modo de sobrevivencia. El desenvolvimiento de la mujer colonial en la esfera pública es uno de los factores que más sobresalen en *El lazarillo de ciegos caminantes*.

Si como establece Asunción Lavrin, en la época colonial la Iglesia y el Estado buscaban "el fortalecimiento del orden social por medio de la regulación del matrimonio" ("Introduction" 16), en *El*

---

[2] Una discusión más detallada sobre las distintas maneras en que el Estado y la Iglesia influyeron en el comportamiento de la mujer colonial se puede encontrar en la colección de ensayos editados por Asunción Lavrin, *Sexuality and Marriage in Colonial Latin America* (Lincoln, London: U of Nebraska P, 1993).

[3] Para una historia más detallada acerca de las diferentes mujeres que se destacaron en lo militar, lo religioso, lo económico y otras áreas, ver el libro de Josefina Muriel, *Las mujeres de Hispanoamérica: época colonial* (Madrid: Mapfre, 1992). Muriel traza un retrato del rol de las mujeres españolas, indígenas, criollas y negras en la sociedad colonial. Hace mención del tipo de trabajo que ejercían y la forma en que sus comportamientos fueron afectados y modificados debido a los factores del matrimonio, el divorcio, la religión, la prostitución, el sostenimiento de la familia y la economía. La discusión de Muriel abarca a la población femenina antes y después de la Conquista en los Virreinatos de Perú y México.

lazarillo no se opta por hablar estrictamente de dicha institución, sino que el fortalecimiento de este orden radica más bien en el control del cuerpo de la mujer y su movilidad social. El autor se concentra en aspectos como los hábitos en el vestir, la sexualidad, la higiene y la enfermedad para sugerir la necesidad de un control corporal y espacial. Doreen Massey observa que la identidad de la mujer en situaciones de subordinación ha estado estrechamente conectada con la limitación de su movilidad en determinados espacios, y con el intento de consignarla a lugares particulares (179). El control de la espacialidad va acompañado a la vez de un "control social de la identidad" específicamente cuando se le trata de confinar a la mujer al espacio de lo doméstico vis a vis el público (Massey 179). Lo doméstico centrado en la imagen del hogar llega a representar una fuente de estabilidad, confiabilidad y autenticidad, aspectos que los narradores de *El lazarillo de ciegos caminantes* no encuentran a través de su trayectoria. La mujer no hace su aparición estrictamente en el espacio de lo doméstico sino que es visualizada en la esfera pública y muchas veces, en los márgenes del virreinato. La sociedad femenina y por ende, el territorio que habitan, se caracterizan por el desorden reflejado en sus hábitos en el vestir, su sexualidad, su higiene y enfermedad. Es por medio de estos discursos que los narradores intentan articular un control del rol de la mujer dentro del espacio social y como parte del proyecto colonialista que elaboran a lo largo del viaje y su obra.

EL PODER VISUAL Y GESTUAL DE LA VESTIMENTA: LA LEY COMO ARMA DE REGULACIÓN

> Entonces fueron abiertos los ojos de ambos, y conocieron que estaban desnudos; entonces cosieron hojas de higuera, y se hicieron delantales.
> Y oyeron la voz de Jehová Dios que se paseaba en el huerto, al aire del día; y el hombre y su mujer se escondieron de la presencia de Jehová Dios entre los árboles del huerto.
> Más Jehová Dios llamó al hombre, y le dijo: ¿Dónde estás tú?
> Y él repondió: Oí tu voz en el huerto, y tuve miedo, porque estaba desnudo; y me escondí.
>
> Y Jehová Dios hizo al hombre y a su mujer túnicas de pieles, y los vistió. (Génesis)

La vestimenta ha tenido una influencia decisiva en la evolución social del hombre. No ha existido ningún grupo social en el que sus integrantes no hayan hecho uso de algún tipo de indumentaria (incluyendo adornos y decoraciones corporales) para distinguirse del resto de sus compañeros. [4] La ropa ha constituido un instrumento retórico que ha sido capaz de representar relaciones de poder y autoridad, divisiones sociales, grados de civilización y el sentido de protección y violencia que caracteriza a una sociedad. Más aún, y como arguye Pierre Bourdieu, la vestimenta es una de las áreas de intercambio simbólico y de práctica cultural, en donde los sistemas de dominación encuentran su expresión (2). Pero la ropa también ha servido históricamente para crear la imagen del individuo. La escena de la desobediencia del hombre citada en el epígrafe, marca el inicio de una serie de asociaciones entre la ausencia o presencia de ropa y la manera en que ésta ha determinado la percepción positiva o negativa de los habitantes.

La vestimenta puede considerarse como parte integral de la articulación de la identidad del individuo ya sea en su contexto cultural o visual. Es parte de lo que Rossana Barragán ha denominado como "identidad emblemática" aquella identidad en donde la comunicación "gestual y simbólica" (no discursiva) pasa a formar parte de la "adscripción y diferenciación" de identidades colectivas (54). La vestimenta indica la posición social que la persona ocupa en la sociedad, reitera que el individuo pertenece a cierto grupo, sirve como signo de diferencia entre los integrantes del mismo grupo, indica el prestigio que goza el individuo y posee la habilidad de incluir y excluir (Barnes y Eicher 1).

A continuación se examina el rol que ocupa la vestimenta en la articulación de la identidad femenina que llevan a cabo los narradores de *El lazarillo de ciegos caminantes,* estudiando la conexión que se establece entre los hábitos del vestir y el comportamiento femenino dentro de los parámetros de la sociedad colonial. Un aspecto que destaca a *El lazarillo* es la manera en que la manipulación de la vestimenta ejercida por la mujer colonial perteneciente a diferentes estratas sociales y grupos raciales constituye una manera de hacer sentir su presencia dentro de la esfera pública. La preocupación

---

[4] Lawrence Langner arguye que el principal ímpetu para la invención de la ropa radicó en el deseo del hombre prehistórico por la decoración como marca de distinción y por proteger determinadas partes de su cuerpo (22).

que tal situación representa en el autor lo obliga a concentrarse en los pasajes donde la mujer está completamente fuera del espacio doméstico para así aludir a la necesidad de la vigilancia. En *El laza-rillo*, la vestimenta encarna para la mujer colonial un poder emblemático que le facilita reclamar (de forma visual) un espacio y lugar de prestigio en una sociedad donde el consumo de la vestimenta se visualiza como un signo de identidad. La vestimenta se convierte también en un vehículo para transgredir las divisiones sociales y raciales impuestas por el sistema colonial llegando a representar un elemento de placer y satisfacción. Como bien apunta Rossana Barragán, la vestimenta pasa a ser "uno de los mecanismos para ser reconocido en un mundo donde los signos de identidad pasaban ante todo por la identificación visual" (51). La articulación que llevan a cabo los narradores de la figura femenina en *El lazarillo* está intrínsecamente relacionada a los atributos pre-concebidos que ellos poseen sobre la posición tradicional de la mujer en la sociedad. Es por eso que los hábitos en el vestir que caracterizan a la mujer en la América dieciochesca son concebidos por ambos narradores como elementos de miedo, peligro, caos y desorden.

Aunque la mayoría de los pasajes en torno a la descripción física del indígena en el temprano período colonial giraban en torno a la desnudez, hay que destacar que en sociedades indígenas más desarrolladas, como eran los incas en el Perú o los aztecas en México, la ropa ocupaba un rol importante entre la nobleza indígena para quienes la ropa equivalía a un signo de distinción e identidad cultural.[5] La vestimenta designaba una afiliación cultural, a la misma vez que el rasgo y el estatus del indígena. Escritores como Bernal Díaz, Guaman Poma de Ayala y el Inca Garcilaso, entre otros, ofrecieron en sus escritos detalladas descripciones de la vestimenta que llevaban los miembros de la nobleza indígena y que los distinguían del resto de la población. En la estratificada sociedad azteca por ejem-

---

[5] Para un estudio más detallado sobre la manera en que los cronistas del temprano período colonial visualizaron el aspecto de la vestimenta ver mi artículo titulado "La vestimenta como retórica del poder y símbolo de producción cultural en la América colonial: de Colón a *El lazarillo de ciegos caminantes*", *Revista de Estudios Hispánicos* 29 (1995): 411-39. El ensayo examina cómo Pané, Cristóbal Colón, Cabeza de Vaca, Bernal Díaz y el Inca Garcilaso, asociaron la falta de ropa con la ausencia del contacto con la civilización y cómo esta postura les sirvió como instrumento para justificar el establecimiento de la presencia o ausencia del poder colonial.

plo, cada clase y ocupación tenía designada su tipo de vestimenta. [6]
La indumentaria apropiada para los diferentes niveles de la jerarquía social estaba controlada legalmente por la nobleza indígena.
La clase alta era la única a la cual se le permitía llevar ropa de algodón, mientras que la clase baja debía llevar ropa hecha de fibras de
maguey o yuca. Inclusive, los colores, la decoración y el número de
plumas era específicamente regulado por la nobleza. En la sociedad
andina como observa Steve Stern, la ropa representaba un "emblema de afiliación étnica y posición social" ("The Tragedy of Success"
123). [7] La vestimenta era utilizada en contextos políticos y religiosos
y era estimada como uno de los regalos preferidos en las ceremo-
nias religiosas y militares debido a que equivalía a un cambio de estatus (Murra 58). Uno de los atributos principales considerados en
una buena esposa lo constituía el arte de tejer ropas. El tejido simbolizaba un indicador del estatus social puesto que existía un tipo
de tejido para cada clase de la sociedad. [8] La vestimenta en la sociedad andina indicaba poderío, riqueza y constituía parte integral de
la identidad cultural.

Jean Descola observa que en el siglo XVIII el virreynato de Perú,
y especialmente en Lima, la gente era juzgada y valorada por el lujo
de sus ropas encarnando esta última un símbolo de posición social
(127). La vestimenta junto con las joyas representaban también in-
centivos económicos ya que ambas eran parte de la dote que la
mujer llevaba al matrimonio. Los trajes y las prendas determinaban

---

[6] Patricia Anawalt en su estudio sobre la vestimenta indígena antes de la llegada
de Cortés, y basado en los *Códices*, demuestra como el proceso de preparación de la
vestimenta también guardaba un rol significativo en la sociedad indígena. El tejer
representaba el dominio de la mujer y su vida giraba en torno a ello. Cuando nacía
se celebraba una ceremonia de baño en donde se le presentaban a la niña los instrumentos que utilizaría en sus tejidos. Cuando moría, el equipo de tejer era quemado
con ella para hacerlo accesible en su viaje después de la muerte. En el *Códice Mendoza* se explican los castigos que sufría una niña cuando no tejía bien. Su mano
podía ser golpeada con una pequeña vara o se le podía acercar a un fuego de chiles
quemados para que el humo acrimonioso le entrara por la nariz (Anawalt 13).

[7] Según Penny Dranssart el origen mítico de la gente de los Andes estaba relacionado con la vestimenta. Dranssart indica que cuando los dioses ancestrales llegaron al mundo externo estaban completamente ataviados y llevando vestiduras que
identificaban su sexo y origen étnico (Dranssart 145).

[8] Mary Money sostiene que en la sociedad andina los tejidos tomaban parte importante en los acontecimientos importantes que vivía el indígena. Era parte vital en
los nacimientos, el paso de la niñez a la juventud, se daba como recompensa por los
servicios prestados al Estado y constituía parte de las dotes matrimoniales (Money
xvii).

el valor material que la mujer podía aportar al matrimonio y la posible ganancia que el futuro marido podía lograr si invertía lo que ahora pasaba a ser parte de su propiedad. La calidad de las telas, su origen y su color, decidían el valor y el estatus de la mujer en su sociedad. Si la dote, como arguye Asunción Lavrin, definía en forma general el mundo material del hogar, y constituía la definición legal de la novia, valdría la pena añadir que la ropa entonces se convirtió en un símbolo de valor cultural que determinaba ese mundo material (*"Lo femenino"* 168).

La observación de Descola respecto a que en el siglo XVIII los individuos eran valorados y juzgados por el lujo de sus ropas, no era un caso particular de la América colonial. El interés por la moda y el lujo en la vestimenta era un reflejo de lo que sucedía en Europa, especialmente Francia, la cual era reconocida dentro y fuera de Europa como el líder mundial de la moda. Con la ascensión de los Borbones al trono ocurrió un afrancesamiento en la moda que repercutió tanto en España como en las Américas (Money 127). Entre el 1700 y el 1800, circularon alrededor de cincuenta periódicos franceses en los que se dictaban los buenos modales, el gusto en el vestir, el comercio de telas, se daban consejos de cómo lograr una apariencia atractiva y seguir las reglas sobre el cuidado del cuerpo y los códigos de belleza. Estos periódicos sentaron los principios, ejemplos, discursos e ilustraciones de una nueva filosofía sobre el gusto. En Francia la ropa se había convertido en un vehículo para demostrar el rango y adquirir prestigio. Más aun, el gasto en la ropa correspondía no tanto a las posibilidades económicas, sino más bien al deseo de ser diferente (Roche 185). Durante el siglo XVIII, específicamente entre 1715 al 1789, las mujeres fueron alcanzando una posición más visible en la sociedad por lo que sus hábitos en el vestir se asociaron con la libertad y prosperidad económica. La distinción que adquiría la mujer en el terreno público por medio de la vestimenta incitó a que se comenzara a asociar la moda con aspectos peligrosos como el malgastar, la sexualidad, la inmoralidad y el desastre financiero (Franco 421-2, 428). La ropa equivalía a un signo social y a un elemento peligroso, aspectos que son repetidos en la América que recorren los narradores de *El lazarillo de ciegos caminantes.*

En el siglo XVIII, el exceso en la vestimenta provocó por parte de las autoridades el establecimiento de ciertas leyes que buscaban detener la obsesión de las clases altas por el lujo. [9] Las leyes también intentaban evitar las ganancias que los extranjeros estaban generando con la venta de telas y joyas en América. [10] Por último, la creación de cédulas reales pretendía establecer marcadas divisiones raciales imponiendo y censurando el uso de determinada ropa. La imposición de leyes forma parte de lo que Anne McClintock ha denominado como "pánico suntuario" ("sumptuary panic"), término utilizado para referirse al miedo que sentían las autoridades por la obsesión que la población sentía hacia el lujo y que surgía en períodos de desorden social causados por una nueva política de consumo y valoración del dinero (174). La situación causaba ansiedad a las autoridades gubernamentales debido a que gran parte de la sociedad buscaba la manera de tener acceso a artículos como la vestimenta con el propósito de cambiar de estatus social o lucir diferente. Las leyes suntuarias establecidas en Europa y en América en relación a qué tipo de ropa se debía llevar dependiendo de la clase social, funcionaban como instrumentos de regulación de "fronteras sociales" facilitando que las distinciones entre los habitantes se hicieran "visibles y legibles" (McClintock 174). Las leyes buscaban suprimir la amenaza que representaba la posible mezcla de clases sociales y grupos raciales por medio de la vestimenta.

En 1716, se redactó en América una pragmática "contra el abuso de trajes y otros gastos superfluos" en donde se le prohibía a las personas vestirse "en ningún género de vestido brocado, tela de oro ni de plata, ni seda que [tuviera] fondo, ni mezcla de oro, ni de plata. . ." (citado de Konetzke 125). Luego de ofrecer una lista detallada de los materiales que no se debían usar el estamento pasa a incluir ciertas excepciones que subrayan cómo a las autoridades no sólo les preocupaba disminuir la obsesión por el lujo, sino que existía también un incentivo económico. En la lista de excepciones las autoridades señalaban que permitirían "traer [vestidos] de terciopelos lisos y labrados . . . y todos los demás géneros de seda, como

---

[9] La imposición de leyes también ocurrió en otros países europeos. Por ejemplo, en Francia se establecieron leyes cuyo propósito era atacar el lujo excesivo en el vestir. Según Georges Vigarello, la imposición de leyes representaba una manera de contener la mezcla racial, establecer distanciamientos entre unas clases sociales y otras, y establecer un sistema "visible de jerarquías" por medio de la ropa (72).

[10] Mary Money comenta que "las telas importadas de Europa eran excesivamente caras por el monopolio que tenía España" (xx). El alto precio de las telas hacía que éstas fueran accesibles a unos pocos, entre ellos la clase alta.

sean de fábrica de estos reinos de España y de sus dominios y de las provincias amigas con quien se tiene comercio" (citado de Konetzke 126). La vestimenta para las autoridades del siglo XVIII representaba un elemento de monopolio económico, y a la vez un elemento peligroso en donde era necesario evitar la intervención extranjera y el trastoque de jerarquías de clases en las colonias. Un aspecto notable es que las leyes situaban a la mujer como portadora de este elemento peligroso. La imposición de regulaciones funcionaba como un mecanismo para controlar el peligro que las mujeres constituían en los cambios que acaecían en la sociedad dieciochesca.

La vestimenta también tuvo sus repercusiones en las relaciones raciales que tomaban lugar en la sociedad. En 1725, el virrey de las provincias del Perú, redactó una real cédula en la que perseguía "moderar el escandaloso exceso de los trajes que vestían los negros, mulatos, indios y mestizos de ambos sexos" (citado de Konetzke 187). Según la cédula, la medida era necesaria debido a que estos grupos en su deseo de vestirse a la par de los blancos eran protagonistas de "los frecuentes hurtos que se cometían para mantener tan costosas galas" (citado de Konetzke 187). La ley muestra el intento por parte del gobierno de establecer distinciones raciales basadas en el tipo de ropa que según ellos, otros grupos que no fueran blancos podían llevar. Debido al alto grado de mezcla racial en el siglo XVIII, la actitud de las autoridades funcionaba como un intento desesperado de mantener unas diferencias raciales y sociales basadas en factores externos como el uso de lo que se llevaba puesto. Bajo la excusa que la gente de color robaba para conseguir tales trajes, el gobierno por medio de la ley intimidaba y censuraba cualquier intento de movilización social que viniera de los grupos marginados y que consistiera en el consumo de comodidades asociadas con la clase alta.

El establecimiento de estas leyes en el siglo XVIII enfatizaba la preocupación que la vestimenta constituía en las relaciones sociales y raciales que tenían lugar en la sociedad colonial. La ropa representaba la identidad de cada uno de los grupos raciales y de ninguna manera, los códigos culturales establecidos por medio de la vestimenta debían ser transgredidos. Si como sugiere Homi Bhabha, la construcción del sujeto colonial en el discurso, y el ejercicio del poder colonial a través del discurso, exigían una articulación de las formas de diferencia, raciales o sexuales, se podría argumentar que la vestimenta en el terreno legal y cotidiano de la sociedad dieciochesca se convirtió en un instrumento que articulaba esas diferencias (67).

LOS PELIGROS DE LA FASCINACIÓN POR LA VESTIMENTA

Carrió de la Vandera en su diario parece estar retomando una pregunta que ya se había formulado Michel de Montaigne sobre la importancia de la vestimenta en las relaciones culturales que definen una sociedad. Montaigne, en su ensayo "De L'usage de se vestir", sostiene que la ropa surge como una costumbre del hombre para diferenciarse de los otros a pesar que ha sido dotado de una piel que cubre las partes de su cuerpo.[11] El hombre no nace con la necesidad de llevar ropa sino que la inventa: "Ainsi je tiens que, comme les plantes, arbres, animaux et tout ce quit vit, se treuve naturellement equippé de suffisante couverture, pour se deffendre de l'injure du temps, c'est pourquoi presque tous les êtres sont couverts ou de cuir, ou de poil, ou de coquilles, ou d'écorce, ou de callosités, aussi estions nous; mais, come ceux qui esteignent par artificielle lumiere celle du jour, nous avons esteint nos propres moyens par les moyens empruntez" (289). En palabras de Montaigne, la sociedad ha sustituido los medios naturales para cubrirse (el cuero, la piel, el pelo) por medios prestados (la ropa). Montaigne destaca dos factores importantes: la noción de consumo y el signo de la diferencia sugiriendo que la ropa ha logrado acentuar las diferencias entre las personas al punto que existe más disimilitud entre dos personas de un mismo país y de distinta clase social, que entre una persona vestida y una desnuda. El escritor se pregunta si la ropa es un valor de consumo, una simple apariencia, un invento occidental o una necesidad dejando la pregunta abierta a discusiones. Las preocupaciones que afectan a Montaigne son parecidas a las que inquietan al autor de *El lazarillo* cuando ofrece sus comentarios en torno a la vestimenta y a la mujer. Su preocupación reside en que la ropa trae consigo el sello de una diferencia

---

[11] Basándose en distintos reyes, civilizaciones y en escritores como Herodoto, Varro y Ovidio, Montaigne arguye que diferentes pueblos independientemente del clima deciden cubrir o descubrir algunas partes de su cuerpo como motivo de creencias religiosas o caprichos. Por ejemplo, César y Aníbal iban a sus batallas descalzos y sin proteger sus cabezas al contrario de otros soldados, mientras que el emperador de México prefería cambiarse de ropa cuatro veces al día y nunca las llevaba más de una vez.

que hasta cierto sentido es peligrosa. En su retrato de la mujer americana, la noción de consumo y el signo de la diferencia son dos aspectos que necesitan ser controlados y preferiblemente, suprimidos para así establecer un orden en la sociedad colonial.

En *El lazarillo de ciegos caminantes* la ropa ocupa un lugar primordial y sirve como instrumento para describir a la sociedad americana de la época (*ver figura # 4*). La mayoría de las veces se utiliza para referirse a la mujer, pero también aparece con referencia al hombre, incluso a uno de sus narradores, el Visitador. Desde el comienzo de la obra, el narrador Concolorcorvo presta atención al tipo de ropa que llevan los habitantes de las regiones por las que viaja. De Montevideo a la ciudad de Jujuy, menciona que los hombres visten como los europeos y que las mujeres, a pesar de que sus vestidos no son tan costosos como los de Lima y el resto de Perú "[son] muy agradable[s] por su compostura y aliño" (II 84). Aquellas no necesitan de sastres porque "son ingeniosas y delicadas costureras" ahorrando y evitando el lujo para coserse sólo lo que necesitan (II 84). Concolorcorvo señala que ha sido testigo del gran talento y arte de una tal *"doña Gracia Ana"* que era capaz de coser tan bien o mejor que las mejores costureras de España y Francia. Hasta las que no pertenecen a la clase adinerada "las de medianos posibles, y aun las pobres" son muy eficientes haciendo sus vestidos y los de sus maridos lo que es digno de admirar (II 84). La moderación de estas mujeres con respecto a su ropa, hace que Concolorcorvo las considere como "las más pulidas de todas las americanas españolas" (84). La sobriedad en el vestir es vista por el narrador como algo positivo.

El aspecto sobrio junto con el sentido utilitario de la ropa, es un aspecto que se destaca en el capítulo X donde Concolorcorvo da instrucciones a los viajeros de cómo cruzar los "impertinentes ríos" que eventualmente los conducirá a Potosí (225). Él comenta que a la hora de cruzar el río su acompañante de viajes, el Visitador, es el único capaz de hacerlo sin mojarse los pies debido a la manera en que va vestido:

> . . . además de las fuertes votas inglesas, tenía unos estrivos hechos en Asturias, de madera fuerte y con faxas de hierro, en que afianzaba sus pies hasta el talón y se preservaba de toda humedad, y así salió con ellos desde Buenos Ayres y llegó a Lima . . . Tampocó usó en todo el camino poncho, capa ni cabriolé, guantes ni quitasol, pero caminaba siempre bien aforrado interiormente. *Todo lo demás decía que eran estorvos* (X 225, cursiva mía).

Fig. 4: Un ejemplo que ilustra la utilización de la vestimenta como instrumento para describir y categorizar la sociedad americana en el Virreinato de Perú durante el siglo XVIII. Tomado de Jorge Juan y Antonio de Ulloa, *Relación histórica de un viage a la América meridional* (1748). Cortesía de John Carter Brown Library

Un aspecto sobresaliente de la descripción es el hecho que para el Visitador lo importante no es lo que se lleva por fuera sino lo interior; la ropa no es para lucir sino para proteger o cumplir un propósito utilitario. A la hora de viajar o trabajar, no se puede andar con piezas que dificultan la realización de dicha actividad sino que hay que llevar lo necesario aunque no esté a la vista de los otros. Los guantes, capas, ponchos o cabriolé que insisten en llevar muchos viajeros, representan comodidades lujosas y no artículos imprescindibles para cruzar el río o llegar a un determinado lugar. En opinión del Visitador, el lujo en la ropa es sólo un "estorvo" que obstaculiza o entorpece las actividades del ser humano. El uso comedido y utilitario de la ropa por parte del Visitador anuncia en el texto los problemas que confronta la sociedad americana (especialmente la mujer) en cuanto a su obsesión por el lujo en la vestimenta. El Visitador quiere presentarse como ejemplo a seguir para de esta manera criticar a las mujeres que según él, utilizan la ropa con un sentido opuesto al que él le otorga.

En las descripciones que siguen sobre la vestimenta de las mujeres del Potosí se subraya nuevamente los problemas que connotan el llevar demasiado ropa considerándose como un aspecto negativo. Al respecto, Concolorcorvo comenta que "el principal luxo de esta villa, *como casi sucede en los demás pueblos grandes del Reyno,* consiste en los sobervios trages, por que hay dama común que tiene más vestidos guarnecidos de plata y oro que la Princesa de Asturias" (XI 233-34, cursiva mía). Los "sobervios trages" son símbolo del despilfarro que caracteriza a la ciudad, la cual el narrador ha llamado "la patria de las tempestades y de los lugares henchidos de furiosos vendavales" (XI 230). El carácter del lugar y de los habitantes se refleja en los vestidos que llevan sus mujeres, quienes recurren al exceso de materiales caros para adornarlos. De acuerdo con el narrador, la vestimenta ha sufrido un trastoque de sentido en el Potosí: en vez de cumplir con el único propósito de cubrir el cuerpo, ha pasado a utilizarse para reflejar la riqueza de la gente. Las mujeres en vez de cumplir su rol como encargadas del hogar y portadoras de hijos, prefieren preocuparse por las apariencias físicas exhibiendo su estatus. La vestimenta funciona aquí como un vehículo capaz de generar cambios en los roles asignados tradicionalmente a la mujer. En palabras de Concolorcorvo, los vestidos de estas mujeres ofrecen una imagen de sus costumbres: el lujo, el exceso y el despilfarro.

Bartolomé Arzáns de Orsúa en su *Historia de la Villa Imperial del Potosí* (1705-1736) también hace alusión a los costosos vestidos y la excesiva riqueza de la sociedad potosina. En las celebraciones en honor a los virreyes, la vestimenta se convertía en el atractivo principal. Funcionaba como un elemento para distinguir los gustos de la sociedad y su relación intrínseca con los sistemas de clasificación social. En una de las celebraciones, Arzáns observa emocionadamente cómo las mujeres se mostraban "todas galanas y ricamente adornadas" y cómo nunca se había visto "tanta joya, tanta piedra preciosa, ni tanta riqueza de perlas" (X xli 49). Por otra parte, la milicia aparecía con "costosos vestidos de telas riquísimas, tisúes y brocados de varios colores . . . ni en los poblados palacios se vio tanta belleza ni tan vistosos ornatos, riquezas tan admirables, ni semblantes tan gallardos" (X xli 49). En contraste con la riqueza en el vestir de los grupos mencionados, aparece como parte de la loa celebrada en la plaza "un indiecillo vestido a la propiedad de cuando labran las minas . . . derramando del costal oro y plata batida, y se tornó a entrar con linda gracia" (X xli 49). En la escena recogida por Arzáns, es evidente la marcada división de clases que caracterizaba a la sociedad potosina. El contraste entre la riqueza en los adornos de la vestimenta de los criollos y europeos versus la del indígena (exceso versus simplicidad) ofrece un ejemplo de cómo se reconocía y clasificaba al "otro" por medio de la visibilidad de la ropa. Arzáns parece seducido por tanta belleza y riqueza no vista antes y jamás imaginada, no obstante, la seducción no le impide el reconocimiento que en el Potosí "los pecados no cesaban, en particular el de la lascivia que tan apoderado estaba de los habitadores" (III xx 412). Con una actitud más denunciante y sin mucho asombro, los narradores de *El lazarillo* denuncian también la cultura de las apariencias que dominaba al Potosí colonial específicamente encarnada en la figura de la mujer.

Concolorcorvo deja claro que la obsesión por lo llamativo y lujoso a la hora de vestir es característico de otras ciudades grandes en el reino de Perú. Por ejemplo, en Chuquiapo, ciudad que se encuentra entre el Potosí y el Cuzco y una de las más ricas del reino, "las alhajas e<s>quisitas están mezcladas con muchas muy ridículas. . . los trages que no son de tisúes de plata y oro, de terciopelos y de otras telas bordadas de realce del propio metal, se gradúan por ordinarios y comunes" (XIV 264). Para ser reconocido en esta ciudad hay que llevar oro y plata, de lo contrario no se tiene cabida allí o se es ignorado. La ridiculez de este "luxo tan o<b>stentoso" remite a cómo la relación entre las mujeres y la forma en que se es juzgado por la sociedad, se reduce a las apariencias. El ser humano es vulgar o grosero no por la forma en que piensa o se comporta, sino por la ropa que lleva. Las leyes que se establecieron en el siglo XVIII parecen ser transgredidas e ignoradas por la sociedad constante y públicamente. Llama la atención que la mujer sea quien transgreda estas leyes demostrando la manera en que ellas son capaces de retar las regulaciones impuestas por quienes tratan de dominarlas. Ellas demuestran públicamente cuán vital es satisfacer sus propios gustos lo que en cierta medida les otorga poder, un poder que causa ansiedad en las autoridades masculinas porque puede incurrir en el desorden. La mujer colonial manipula y utiliza la vestimenta para exigir un respeto en la sociedad y un reconocimiento de su presencia.

En Córdoba, Concolorcorvo nota ciertas diferencias. Los hombres principales "gastan vestidos muy costosos", mientras que las mujeres gastan poco dinero en sus trajes y visten honestamente de tal manera "que hacen excepción en ambas Américas" (IV 113). Lo que parece un elogio se convierte en una conjetura algo cuestionable cuando introduce la anécdota de la cordobesa y la mulata, la cual es un ejemplo según Concolorcorvo, de lo "tenazes" que son las cordobesas "en observar las costumbres de sus antepasados" (IV 113). Concolorcorvo cuenta cómo una mulata a pesar de las recomendaciones de las señoras cordobesas de que se vistiera de acuerdo a su "calidad", se paseaba por la ciudad "muy adornada" imitando el vestuario de las primeras. Una de las señoras la hizo llamar a su casa con una excusa falsa y allí le ordenó a sus criadas que "la desnudasen, azotasen, quemasen a su vista las galas y *le vistiesen las que correspondían por su nacimiento*" (IV 113, cursiva mía). Varias ideas sugerentes se desprenden de la anécdota respecto al rol de la vestimenta en la sociedad americana. Primero, se destaca la significancia de la ropa como símbolo de posición social y las consecuencias que sufren los integrantes de la clase baja cuando transgreden la línea divisoria que los separa de la clase alta. Segundo, la anécdota manifiesta la intransigencia de la clase alta en que un posible cambio de clase ocurra, y cómo el desafío de la mulata en apoderarse de la ropa que llevan las que tienen poder se ve castigado violentamente por las cordobesas. Finalmente, se ilustra cómo el hábito de consumo comienza a extenderse a las distintas clases sociales acarreando problemas para quienes el poseer es el símbolo de distinción por excelencia. El comportamiento de la mulata lleva consigo el posible desorden de las divisiones jerárquicas. En este caso las cordobesas como representantes de la clase alta y por su piel más clara son las que tratan de restaurar el orden. La mulata simboliza un elemento peligroso debido a que ella intenta transgredir las divisiones raciales. El desprendimiento de la vestimenta asociada con las de su clase equivalía para la mulata el posible escape de su servidumbre. La mulata está muy consciente de que la vestimenta eleva el estatus y que representa un arma para ser conocido en una sociedad en donde la identificación visual constituía un factor muy importante. [12]

La anécdota apunta al hecho de cómo las cordobesas no pueden aceptar que alguien socialmente inferior a ellas y asociada con la falta de educación y un bajo nivel racional se vista igual que ellas. Desde su perspectiva, la ropa como signo de visibilidad y condición social no debe alterar las divisiones de clase sino que debe garantizar la diferencia cultural. Las que se suponen que actúen de acuerdo a su posición social y capacidad racional se comportan como fieras dispuestas a hacer todo por evitar una posible comparación con las mulatas. El intento y el deseo de llevar la ropa de la clase dominante se convierte en el siglo XVIII en un reto a los parámetros de jerarquía de clases establecidos por el sistema colonial considerándose un atrevimiento que merece ser castigado. La peor sanción que sufre la mulata es el despojo del traje y la reducción a un estado de desnudez momentáneo que le hará recordar que su posición en la sociedad jamás habrá de cambiar. Tal actitud se ejemplifica cuando las cordobesas después de azotarla la obligan a vestirse con las galas que corresponden a su nacimiento. El pasaje refleja cómo para las cordobesas la demostración ostentosa por medio de la vestimenta simboliza la expresión de un modo de vida que intenta ser inaccesible a una mayoría para convertirse en "la marca de la distinción suprema" (Roche 3).

La anécdota que recoge *El lazarillo* es sumamente parecida a un caso encontrado por la historiadora Susan Socolow en el Archivo

---

[12] Rossana Barragán, refiriéndose a las mestizas, apunta que la utilización de la vestimenta española por parte de ellas representaba una medida para diferenciarse de la masa indígena y así lograr que sus hijos no pagaran impuestos (60). La autora añade que este tipo de "mestizaje" que ocurría a través de la adopción de vestimentas encerraba una "dinámica de movilidad social" y una estrategia para "escapar a las obligaciones impositivas" de la administración colonial (61).

de la Provincia de Buenos Aires. Socolow cuenta el caso de Eugenia Tejada, una vendedora ambulante en Córdoba de quien no se estaba segura si era mestiza o mulata, y quien se casa con un español llamado Juan Bruno después de un largo y escandaloso romance. Socolow comenta que cuando el Cabildo de Córdoba se entera, decide dedicar toda una sesión para censurar a la pareja y prohibirle a Eugenia que se vista como española amenazándola con multarla y castigarla corporalmente. Los documentos legales en cierta medida ratifican la anécdota que recoge Concolorcorvo y reiteran cómo la vestimenta se convierte en un símbolo cultural que además de determinar la clase social y estatus racial, refleja también las tensiones y la constante preocupación por parte de las autoridades de que las divisiones de clase y raza que caracterizan a la sociedad colonial se crucen. En los documentos se ilustra también el miedo al alto grado de manipulación de los parámetros sociales e indicadores de estatus que comienzan a borrar las diferencias que tradicionalmente habían caracterizado a la sociedad blanca del resto de la población. Tanto el pasaje intercalado en El lazarillo como el suceso referido por Socolow apuntan a la manera en que todo intento de transgredir la ley es castigado y reprimido. Como señala Socolow, refiriéndose al caso, la ferocidad con la cual la élite cordobesa acometió contra la pareja por motivo de su matrimonio revela la paranoia socio-racial subrayada en la habilidad de la novia de pasar por una mujer blanca (230). La anécdota de la cordobesa ilustra cómo la vestimenta se convierte en un "tipo de lenguaje social" que revela "los valores, el estatus, los roles y las relaciones entre los individuos, ciertas épocas y lugares" (Martín 300).

Concolorcorvo no es el único que se dedica a comentar sobre la manera de vestir de la sociedad virreynal, su acompañante español también decide participar en ese diálogo. En el capítulo XXVI, el Visitador procede a realizar una breve comparación entre la población limeña y la mexicana para desmentir la polémica vigente en la época de que los ingenios criollos, especialmente los de Lima, son inferiores al de los peninsulares. Asimismo, le interesa aclarar la posición sostenida por los criollos mexicanos que la ciudad de México es superior a la de Lima. El Visitador sostiene que la aserción es relativa porque si los mexicanos sobrepasan a los limeños por su afición a las letras, por otro lado, la insalubridad de los terrenos pantanosos de su país invalida su reclamada superioridad sobre los limeños. Lo que le parece muy claro al Visitador según sus experiencias vividas en ambas ciudades es que ambas representan "las dos cortes más enfermizas del imperio español americano" (XXVI 415). [13]

El español hace un aparte en la discusión para refutar la creencia de Concolorcorvo que las limeñas contraían más enfermedades "por el poco abrigo de sus pies" (XXVI 406). El Visitador decide prestar atención a la suntuosidad de la vestimenta para hacer una comparación entre la mujer limeña versus la mexicana. Comienza contrastando los costosos zapatos que llevan las limeñas con el hecho que las indias y "demás gentes pleveyas" siempre andan descalzas (XXVI 406). Lo que para la mujer limeña representa algo muy inferior (el andar sin zapatos) el Visitador lo considera una actitud normal y justificada si se tiene en cuenta que las indias y las mujeres de clase baja no tienen el dinero para comprárselos. Como producto de la necesidad, las mexicanas "andan descalzas, como en otras muchas partes del mundo la gente pobre" (XXVI 406-07). Sin embargo, los zapatos que les sirven a las limeñas para mostrar su superioridad, en opinión del Visitador, representan un aspecto negativo por sus inconvenientes. Tres son las razones que él ofrece para probar su punto de vista. La primera es que deforman los pies: "dan una figura extraordinaria, que por ser de uso patrio se les puede disimular" (XXVI 407). Las limeñas independientemente de que los zapatos lastimen sus pies prefieren sufrir a andar como el resto de la población de clase baja, aunque le cueste un inconveniente: la deformación de sus pies. La segunda razón es lo costoso que son para "su corta duración y esquisitos bordados", ocasionando un mal gasto ya que debido a su mala calidad hay que estar comprando zapatos continuamente (XXVI 407). Las limeñas que se dejan seducir por el oro y el lujo de los zapatos no son capaces de pensar o escoger otros que aunque menos lujosos sean duraderos y más prácticos. Por último, los zapatos causan inconvenientes debido "al polvo que recogen y se introduce por los grandes corredores, balcones y ventanas que abren en ellos, para la avaporación de sus encarcelados" (XXVI 407). En opinión del Visitador, estas mujeres no están conscientes de los problemas que causan sus zapatos, los cuales riegan el polvo por todos lugares causando problemas por donde quiera que van. Algo de más disgusto es que el polvo, junto

---

[13] Este pasaje volverá a ser examinado cuando se estudie la repercusión del discurso sobre la enfermedad en la articulación de la identidad femenina.

con el "encarcelamiento" de los dedos, produce un mal olor (avaporación) que se disemina por todos los pasillos. A pesar que la
gente pobre anda descalza no sufren ni causan tantos problemas
como las mujeres de clase alta que llevan zapatos.

En cuanto a las mexicanas el Visitador añade que aunque se vestían y calzaban a la europea también mezclaban sus ajuares con algunas piezas de origen indígena. El clima afectaba en su decisión y
por eso usaban telas más livianas en la parte de arriba en vez del
terciopelo y los brocados que usaban las limeñas. Por ejemplo, "de
medio cuerpo arriva imitaba en algo al de las indias, en los güilpiles
y qu<e>squemeles, tobaguillas de verano y mantones de <hi>vier-
no" (XXVI 407). No era necesario para las mexicanas vestirse completamente diferente a la mujer indígena para sentirse diferente a
ellas, y si podían aprovechar de las modas de éstas para hacer más
apacible el transcurso del verano y el invierno estaban dispuestas a
incorporarlo a su forma de vestir. Las mexicanas de origen criollo
eran capaces de adoptar los elementos de la cultura indígena integrándolos a su vida diaria. Este "mestizaje de movilidad social"
como lo llama Rossana Barragán, es sumamente peligroso ya que
confunde las líneas raciales divisorias que impiden que el "otro" sea
categorizado más fácilmente (49).

El énfasis en la mesura de las mexicanas en contraposición al
descomedimiento de las limeñas le facilita al Visitador elaborar una
fuerte crítica al materialismo que caracteriza a las últimas. Las mexicanas eran prácticas cualidad que estaba según el Visitador, ausente en las de Lima. La mesura de las primeras no sólo se observaba en la ropa, sino en la cantidad de criados que empleaban y de
lujos que las rodeaban. El Visitador sugiere por medio de esta comparación cómo la vestimenta ofrecía un indicio para comprender el
carácter de las mujeres. El lujo que se trasluce en la ropa reflejaba la
obsesión por la riqueza, la importancia que tenían las apariencias,
las divisiones sociales tan marcadas y la idea que mientras más ropa
se llevaba más culta se era, aspectos todos que el Visitador cuestiona. A pesar que en *El lazarillo de ciegos caminantes* los narradores
parten de la opinión dominante en Europa durante el siglo XVIII
con respecto a la asociación entre el lujo en la moda y el carácter su-
perficial de la mujer (Franco 421), hay otro aspecto sobre la mujer
que se destaca en las descripciones sobre el uso y el abuso de la vestimenta. El Visitador presenta a las mujeres como parte integral de
una economía que se basaba en el consumo de vestidos lujosos.

Como observa Asunción Lavrín, el consumo que hacían las mujeres de artículos como vestidos, joyas, muebles, entre otros, "era la base de la existencia de muchos negocios y de las ganancias de los comerciantes" ("Investigación" 71). [14] El consumo implicaba una movilización en la esfera de lo público: salir para comprar y exhibir vestidos. La presencia visible en el espacio de lo público generaba ansiedad en la autoridad masculina debido a que la movilidad social impedía la aplicación de mecanismos fáciles de control. La descripción con relación al hábito de vestir de las limeñas y las mexicanas discutidos en *El lazarillo*, representan un reflejo de la visibilidad que cobró el comportamiento de la mujer en la sociedad dieciochesca.

El Visitador decide finalizar sus comentarios en torno a la vestimenta de las mujeres aclarando una duda sostenida por su acompañante Concolorcorvo el cual le interpela si era cierto que el traje de las limeñas se tenía por escandaloso. El Visitador aprovecha la pregunta para subrayar la ignorancia de su acompañante indicando algunas variantes que existían entre el hábito en el vestir de las limeñas y el de las europeas. Refiriéndose a las europeas como "princesas católicas" el Visitador arguye que "estas grandes señoras" aun siendo consideradas como modelos de honestidad descubrían "sus brazos hasta el codo, y su garganta y pecho hasta manifestar el principio en que se deposita[ba] nuestro alimento" (XXVI 413). El Visitador cuestiona la supuesta honestidad de las señoras europeas cuando lo que hacían era exhibir parte de sus senos asociando la vestimenta con el desorden moral. Él añade que las limeñas en contraposición con las europeas y porteñas preferían descubrir parte de sus piernas y ocultar sus pechos y cuellos con un velo poco transparente en tiempos de calor y en el invierno se cubrían hasta la cintura. Su mención a las tapadas limeñas como se les conocía en la época, recalca el hecho de que aún dentro de los patrones de moda europea que se seguían en ambas Américas, algunas de estas mujeres eran capaces de introducir sus cambios (*véase ilustración # 5*). Las modificaciones en el vestir acentuaban el gusto por la distinción que caracterizaba a las limeñas, quienes pusieron de moda un tipo de traje del cual de acuerdo con el Visitador, nada se sabía respecto

---

[14] Lavrín añade que en los siglos XVII y XVIII "los vestidos eran tan costosos que el precio de un traje constituía el equivalente al ingreso anual de una capellanía y la mitad del precio de un esclavo en buenas condiciones" ("Investigación" 71).

FIG. 5: Retrato de una tapada en el siglo XVIII. Tomada de la obra *Trujillo del Perú* (1779-1789). Fotografía autorizada por el Patrimonio Nacional

a su origen. [15] El narrador subraya cómo el uso exclusivo de este atuendo en Lima acentuaba el interés de diferenciación que guiaba a las limeñas.

El Visitador no menciona en su discusión la creencia popular que la saya y el manto de las limeñas ofrecía cierta libertad reservándole estos comentarios a Concolorcorvo. Se decía que la saya les confería libertad sexual y social al permitirle a las mujeres pasearse por las calles de la ciudad sin ser reconocidas (Pratt 167). Inclusive, les facilitaba en algunos casos desempeñar la prostitución o burlarse de sus padres y maridos. [16] Estas creencias sobre la saya son las que le otorgan sentido a la pregunta de Concolorcorvo cuando probablemente dejándose llevar por la opinión común, comentaba sobre el carácter escandaloso de las limeñas. Ambos narradores se referían a dos tipos diferentes de escándalo: uno de ellos basado en la exposición del cuerpo (el Visitador y las europeas) y el otro basado en el uso manipulado de este atuendo y sus implicaciones morales (Concolorcorvo y las limeñas). El Visitador opta por contestar la pregunta concentrándose en el aspecto físico y al lector no le queda más remedio que situar la pregunta de Concolorcorvo en su contexto histórico-cultural.

El uso del velo por parte de las limeñas en vez de "ocultar" en el sentido positivo (cubrir el cuerpo) funciona como una manera de esconder lo contrario (el escándalo) permitiéndole romper con los parámetros establecidos por la sociedad. El simbolismo tradicional del velo como emblema de honor en la sociedad hebrea y cristiana, es subvertido por las limeñas quienes al igual que las tapadas en España, lo utilizan como instrumento de desafío y de desplazamiento en el terreno de lo que se consideraba inmoral por las autoridades: burlarse del marido, seducir a los hombres o practicar la prostitución. Según la postura masculina de la época, tanto las limeñas

---

[15] El Visitador obviamente está mal informado. Según Luis Martín, el origen de las tapadas data de la caída del imperio musulmano en Granada en 1592 cuando la Corona le prohibió a las mujeres árabes de Andalucía que se cubrieran sus caras con el velo (300). Cuando las moriscas fueron obligadas a dejar el velo y a llevar el manto castellano, éstas comenzaron a utilizarlo dejando un ojo al descubierto, tal moda pasó de Sevilla a América (Martín 301).

[16] Rodríguez Solís apunta que en Madrid abundaban las tapadas lo que hizo que a las autoridades españolas se les hiciera muy difícil controlar la prostitución y otros actos supuestamente inmorales que ellas cometían (94). "Las tapadas de medio ojo" llegaron a convertirse en una moda muy popular, moda que las castellanas copiaron de las moras (Rodríguez Solís 126).

como las españolas caen en el terreno de la corrupción moral debido a la vestimenta.[17]

La inquietud que causaban las tapadas en América se reflejó en las ordenanzas legales que se establecieron en contra de ellas. En 1624, se ordenó una pragmática real donde se establecía que ninguna mujer independientemente de la clase social podía pasearse en las calles llevando un traje de éstos (Martín 304). Se les exigía que andaran con sus caras descubiertas mientras que las que violaban la ordenanza eran detenidas por la policía, luego se les confiscaba el manto, se les sentenciaba a diez días de prisión y se les exigía una multa de 60 pesos. Si se les detenía por segunda vez se les exiliaba de su ciudad por un año (Martín 304). Como se puede ilustrar, la manipulación de la vestimenta por las mujeres causaba miedo debido a sus repercusiones en el orden social. La conversación sobre las tapadas se da por terminada cuando el Visitador invita a Concolorcorvo a hacerle otra pregunta y éste procede a indagar sobre la supuesta reputación de Lima y México como las cortes más enfermizas de América. Por sus hábitos en el vestir y sus excesos en el consumo de artículos de lujo, entre otras cosas, al Visitador no le queda más remedio que corroborar que la reputación está muy bien ganada. La manipulación de la vestimenta que llevan a cabo las mujeres es asociada nuevamente por el Visitador con el desorden moral, aspecto que queda subrayado con la alusión a lo enfermiza que son ambas ciudades.

---

[17] El tema de la prostitución en *El lazarillo* aparece aludido muy pocas veces y sólo en una de ellas de manera directa. En este pasaje se intercala cuando se habla de una de las ciudades más corruptas de las Américas: el Potosí. La prostitución es asociada por los narradores como uno de los grandes males. Concolorcorvo comenta que en aquel lugar los hombres están guiados por las pasiones amorosas y se caracterizan por su actitud bélica añadiendo que en Potosí "las verdaderas coquetas hacen progresos favorables" (XI 249). Él indica que estas mujeres hacen tanto dinero que muchas se retiran del "comercio ilícito con competente subsistencia" (XI 249-50). Su habilidad en generar ganancias se subraya cuando el narrador enfatiza que ellas antes de retirarse obligan a su último galán a casarse con ellas. La imagen de la mujer prostituta que Concolorcorvo introduce guarda cierta ambigüedad porque si por un lado, es utilizada como una forma de atacar lo inmoral o negativo de ella, a la misma vez nos deja ver la astucia y habilidad con que la prostituta sobrevive en territorios donde el factor económico juega un rol crucial en la sobrevivencia diaria. Ella es capaz de generar un incentivo económico, ahorrar lo que gana y al final convencer a un "galán" para que se case con ella. Si las prostitutas representaban la marginalidad y el peligro debido a la capacidad de hacer dinero con su cuerpo, o al riesgo de contagiar a la sociedad masculina con epidemias (Perry 9, 46, 139), en *El lazarillo* lo que se destaca de ellas (quizás accidentalmente) es su perspicacia y destrezas.

FIG. 6: Nótese la similitud entre los adornos del traje de la limeña y el de la mulata en el siglo XVIII. Tomado de Jorge Juan y Antonio de Ulloa, *Relación histórica de un viage a la América meridional* (1748). Cortesía de John Carter Brown Library

En *El lazarillo* la vestimenta como un sistema simbólico de clasificación y producción cultural, ofrece la imagen de una sociedad en la cual la ropa ha representado un elemento crucial en la articulación de identidades. La falta de ropa en el temprano período colonial sirvió como excusa para colonizar pero también dio origen a una percepción de la ropa como sinónimo de superioridad social, racial y cultural que determinó las relaciones de poder entre el colonizador y el colonizado. El discurso colonial como aparato de poder centró su argumentación en el signo de la vestimenta como instrumento para dictar las diferencias. Con el proceso de colonización que comenzó a tomar lugar en los centros urbanos capitales (Lima y México), el elemento de la vestimenta dejó de ser únicamente una preocupación moral-religiosa y se transformó en una socioeconómica. En el siglo XVIII, la vestimenta representó el patrón de consumo que gobernaba las relaciones sociales, y en donde las mujeres estaban haciendo su entrada. La reglamentación de la vestimenta encarnó durante este período un último esfuerzo por parte de la administración colonial de mantener una división racial, de clase y de género, basada en la apariencia externa. Su interés radicaba en hacer desaparecer la confusión que la aparencia externa creaba cuando se trataba de categorizar a los grupos subalternos, específicamente cuando en término de los ajuares llevados, apenas se podía distinguir entre una criolla y una mulata (*véase ilustración # 6*).

En la sociedad que recoge Carrió las mujeres habían asimilado muy bien la equivalencia entre ropa y civilización. Según él, la ropa denotaba los problemas de ostentación, opulencia y obsesiva superioridad que dominaba la mentalidad femenina colonial. La ropa representaba un instrumento para entrar en los círculos de poder del sistema colonial debido a que los que tenían dinero y podían invertir mucho más capital en ropa, eran considerados como parte de la élite social. El acto de consumo siempre y cuando se llevara a cabo por los europeos o la aristocracia criolla se veía como la norma. Cualquier intento por parte de otros grupos étnicos de transgredir estas divisiones sociales se percibía como peligroso ya que alteraba la linea divisoria de clases perpetuada por el sistema colonial. Los narradores en *El lazarillo de ciegos caminantes* dejan claro cómo la vestimenta en el siglo XVIII representaba un fenómeno cultural y económico. El lujo en la vestimenta constituía un negocio, una garantía para asegurar y demostrar una posición en la sociedad ya que lo importante no era ser poderoso sino lucir poderoso.

El énfasis por parte del autor que las mujeres se dejaban guiar por las pasiones del lujo servía para justificar la llamada por parte de las autoridades coloniales a un control de su comportamiento. Los narradores siguen la línea tradicional del pensamiento de la Ilustración, que sostenía que la mujer actuaba en base "a deseos y gustos", siempre guiada más por los sentidos que por la razón (Tuana 82). La falta de razón tenía grandes implicaciones en las acciones morales de las mujeres asociándolas siempre con la deficiencia. [18] La crítica de los narradores en *El lazarillo* equivale a un intento de imponer un orden (razón) en la sociedad representando un arma discursiva para denunciar a los seres que eran capaces de alterar el orden colonial. La vestimenta como "estrategia de práctica cultural" que otorgaba "libertad" representaba un peligro para las autoridades (Pratt 167-8), un peligro que debía ser erradicado por medio de la circunscripción de la mujer a un espacio contenido y controlado. La crítica de los narradores funciona como un arma que perseguía abrirles los ojos a las autoridades acerca de las implicaciones que el desorden podía traer consigo.

En *El lazarillo de ciegos caminantes*, la vestimenta en manos de las mujeres representaba como sugiere Jean Franco, ese "síntoma de modernidad" que en la sociedad colonial comenzaba a concebirse como un peligro que amenazaba los valores estabilizadores "del ascetismo cristiano" (422). [19] Por otra parte, la vestimenta representaba para las mujeres un vehículo para adquirir poder y exigir una presencia en el espacio público por medio de lo gestual. Por medio de la vestimenta exigían una posición social económica, un prestigio, un modo de inclusión y de libertad poco esperada y deseada por las autoridades masculinas.

En definitiva, los valores de la vestimenta como fenómeno cultural habían cambiado en el transcurso de tres siglos de conquista y colonización. De la ropa como símbolo de colonización, se pasó en el siglo XVIII a la ropa como emblema de riqueza, reconocimiento, estatus y movilización. La ropa significaba un instrumento de posición y lenguaje social en el que para ser respetado y considerado como elemento primordial de la sociedad era necesario llevar

---

[18] Tuana añade como Kant y Rousseau entre otros, asociaban a la mujer con los sentidos y al hombre con la razón (83). Debido a la falta de razón y deficiencia en el terreno de lo moral, la mujer debía estar sujeta al hombre, quien poseía la facultad de razonar y hacer juicio (Tuana 83-4).

[19] Franco se refiere a México específicamente.

mucha ropa, cara y fina. Lo que más se destaca de los pasajes relacionados con la vestimenta es que ésta servía para establecer marcadas divisiones sociales en donde se intentaba cerrar los modos de
acceso a aquellos quienes por su descendencia racial o de género sexual no debían pertenecer al grupo de los poderosos, desconcertan-
do las líneas sociales clasificatorias. En *El lazarillo* la discusión
sobre la vestimenta pasó a ser parte del ejercicio de autoridad colonial que requería de la producción de las diferencias como prácticas
discriminatorias para construir al sujeto femenino colonial bajo los
parámetros de control del poder colonial.

LAS IMPLICACIONES DE LA SEXUALIDAD FEMENINA EN EL ORDENAMIENTO DE LA SOCIEDAD COLONIAL: FECUNDIDAD E HIBRIDEZ RACIAL

En los capítulos anteriores se ha aludido a la diversidad de
temas y discursos que forman parte de *El lazarillo de ciegos caminantes* incluyendo tópicos tan variados como la economía, la sexualidad, la higiene, la enfermedad, la geografía o la historia. Lo mismo
sucede con la pluralidad de discursos a los que recurre el autor,
entre ellos: el tratado, la economía, la relación, el género bucólico y
la narrativa de viajes. Se ha sugerido también cómo la diversidad
discursiva va ligada al intento por parte del autor de recoger una sociedad multiracial que rompe con la dicotomía tradicional del indígena versus el español. La multiplicidad racial obliga al autor a modificar el tipo de discurso que se necesita para articular la identidad
del "otro". A continuación, se discutirá la manera en que el diario
de viajes se convierte en un tratado sobre la sexualidad femenina y
las implicaciones de tal transformación en la articulación de la identidad de la mujer colonial.

Esta sección explora el rol que ocupa la raza, el género y la sexualidad en el proyecto colonizador que el autor de *El lazarillo de
ciegos caminantes* elabora a lo largo de su obra examinando cómo la
imagen de la mujer colonial es articulada a través del discurso sobre
la sexualidad. El itinerario de viajes se convierte en un tratado
sobre la sexualidad femenina cuyo propósito es facilitar un discurso
cuya función radica en lograr un orden. El elemento de la hibridez
representa un factor esencial en este discurso sobre la sexualidad de
la mujer. La hibridez es visualizada en el texto como un elemento

peligroso que necesita ser vigilado y controlado, para poder garantizar ese orden colonial que busca el autor. El discurso sobre la sexualidad femenina busca también comodificar al sujeto femenino con el fin de administrar los recursos del país colonizado reiterando como sugiere Teresa de Lauretis la conexión existente entre la sexualidad femenina y los factores políticos y económicos (5). En *El lazarillo* la articulación del sujeto colonial femenino depende de un discurso en que el poder colonial representa una preocupación esencial y la hibridez simboliza un elemento que causa miedo. Homi Bhabha ha observado que la articulación de las formas de diferencia racial y sexual "se hace crucial" si se mantiene que el cuerpo está siempre simultáneamente inscrito (aunque en conflicto) en la economía del placer y el deseo, y en la economía del discurso, la dominación y el poder (67). En el caso de *El lazarillo de ciegos caminantes* el cuerpo de la mujer pasa a ser parte integral de ese discurso donde convergen el deseo, la economía, la dominación y el poder.

Antes de proceder con la discusión de pasajes específicos sería conveniente dejar claro las connotaciones que adquieren las nociones de "tratado" e "hibridez" en el análisis que sigue. Tratado guarda el significado otorgado en el siglo XVIII aludiendo al "escrito, o discurso que comprehende o explica las especies tocantes a una materia en particular" (*Diccionario de Autoridades* 343). En el contexto de la discusión a continuación un tratado sobre la sexualidad se refiere a un discurso especializado en la sexualidad. En el primer capítulo se han discutido las diferentes manifestaciones teóricas en lo concerniente al término de "hibridez". En esta sección la hibridez es visualizada en su forma más tradicional, como aquello que es formado por elementos de dos naturalezas u orígenes diferentes cuya distinción radica en el aspecto racial. Uno de los ejemplos más populares a finales del siglo XVIII y durante el siglo XIX para definir la hibridez lo representó la referencia a la mula y el mulo quienes descendían de la mezcla entre un asno y una yegua o un caballo y una burra respectivamente (Young, *Colonial Desire* 8). La postura sostenida en estas discusiones científicas y filosóficas era que ambos animales eran infértiles por lo que se comienza a cuestionar si el producto de razas diferentes era fértil o no (Young, *Colonial Desire* 8). La discusión repercutió grandemente en las percepciones sostenidas por filósofos y científicos con respecto a la mezcla racial por lo que se asoció la hibridez con desorden social y caos. El rol de la sexualidad de la mujer en cuanto a la reproducción sexual pasó a ser también centro de debate en tales discusiones. La mujer como agente de reproducción sexual se convirtió en parte integral del proyecto colonial. No es por coincidencia que en *El lazarillo de ciegos caminantes*, la discusión de los narradores con respecto a la sexualidad femenina se deriva de un capítulo de veinte páginas dedicado al "Origen de las mulas".

De primera intención, el pasaje sobre el "Origen de las mulas" parece ofrecer una explicación a los comerciantes de mulas y viajeros en la América del Sur de cómo se lleva a cabo el comercio de mulas en las zonas de la pampa. Es el Inca Concolorcorvo quien suministra una breve historia de cómo se engendra este animal. En vez de concentrar su discusión en la progenie masculina él decide enfocarse en la femenina (la mula). En este pasaje, el énfasis en los adjetivos femeninos escogidos por el narrador dan la impresión de que se está hablando más de un ser humano que de un animal. Tres elementos importantes se desprenden de la discusión que lleva a cabo el narrador: primero, el tema de la reproducción sexual ("origen de las mulas"); segundo, la manera en que estos animales son tratados ("modo de amansarlas") y por último, el aspecto económico ("comercio de mulas"). Los tres aspectos se convierten en asuntos centrales en la postura asumida por el narrador en torno al rol de la mujer en la reproducción y el orden de la sociedad colonial, y sus implicaciones en la problemática del mestizaje racial.

Concolorcorvo inicia su discusión subrayando que la mula es el resultado de dos especies diferentes (el burro y la yegua) y que el resultado de esta unión es "una especie de *monstruo infecundo*" (VII 172, cursiva mía). Él añade que a pesar de las desventajas que representa la infertilidad de la mula, la gente de aquellos lugares deciden aumentarla en grandes cantidades por ser "útil[es] al trabajo por su resistencia" (VII 172). Concolorcorvo no pierde la oportunidad en destacar cómo la supuesta resistencia de la mula es bastante relativa enfatizando los problemas que estos animales representan cuando no son domados en la manera apropiada. Por ejemplo, algunas mulas son difíciles de controlar debido a su curiosidad: "las más briosas y gordas. . . [que] muchas veces si no las espantaran a propósito, se quedaran horas enteras embovadas" (VII 174). Hay otras a las que Concolorcorvo se refiere como "bárbaras" que por ser tan lentas tienden a cansarse más fácilmente y si no encuentran agua pronto, debido al "extravagante exercicio y la sed, que se

dexan morir para descansar" causando grandes pérdidas para el comerciante (VII 175). Por último, Concolorcorvo duda de la inteli-
gencia de la mula comentando que las mulas "visoñas" (torpes y es-
túpidas) después de viajar largas distancias sin beber agua cuando
encuentran un arroyo en vez de tomar agua gastan "el tiempo en
enturbiar el agua con escarceos, bramando y pisando el arroyo"
(VII 176). Concolorcorvo sugiere que la única manera para controlar y tomar ventaja de estos animales es aprendiendo los modos
adecuados de cómo tratarlas. Las mulas podrían convertirse en una
gran ganancia si los dueños supieran cómo amansarlas por lo que
domarlas o tratarlas correctamente podría representar la única solución para contrarrestar los problemas de infertilidad que caracterizan a la mula. Debido a que las mulas no se pueden reproducir lo
conveniente sería aprender la manera pertinente de cómo sacar
ventaja de éstas sin aniquilarlas. Evidentemente en el pasaje se asocia la hibridez con lo negativo destacando la relación de la mula con
aspectos desagradables: son monstruas infecundas, briosas, gordas,
barbáricas y bisoñas enturbiando siempre el agua y contaminándolo
todo. La hibridez (la mula) puede representar graves problemas,
razón por la cual es tan importante saber cómo manejarlas y controlarlas disminuyendo así la ansiedad de las desventajas que causa y
aumentando conjuntamente la oportunidad de generar ganancias.

El amansamiento de la mula representa un tema central en la
discusión sobre este animal. Antes de ofrecer sugerencias sobre
cómo domarlas exitosamente, Concolorcorvo prefiere describir la
forma inhumana en que los tucumanes y los indígenas tratan a dichos animales. Él enfatiza que ellos utilizan la violencia como la
única manera de controlarlas agarrándolas y tirándolas al suelo violentamente, lastimando sus ojos y dientes hasta finalmente hacerlas
sangrar. Si la mula trata de levantarse la vuelven a tirar con tanta
fuerza y brutalidad "hasta que la consideran cansada" dando la
mula "unos bramidos parecidos a los de un toro herido y acosado
de perros de presa" (VII 178). Si "el pobre animal" intenta escapar
le tuercen "la cabeza y el pescuezo" hasta que sangra nuevamente.
El abuso llega a un punto en donde ella corre ciegamente, atontada
"ensangrentada y cubierta de polvo y sudor" y luego "muchas veces
se arroja al suelo desesperada" (VII 178). No obstante, la mula no
pierde la oportunidad, si puede, de patear al jinete y romperle "una
pierna o estropear[le] un pie" (VII 178-9). Las mulas también sufren de hambre debido a que los indígenas no les dan nada de

beber o comer por veinticuatro horas. Si después de este tiempo, las mulas todavía están vivas, ellos esperan otras veinticuatro horas y luego las montan contribuyendo al alto grado de mortalidad que afecta el comercio de mulas en la sierra.

El tipo de violencia del cual es víctima la mula provoca repudio en Concolorcorvo. Para recalcar la forma barbárica e inhumana en que las mulas son tratadas Concolorcorvo se refiere a ellas con los siguientes adjetivos: "pobre animal", "pobre bestia", "aflixido animal" o "mula tierna e innocente" (VII 178-9). Con la utilización de los adjetivos Concolorcorvo le enfatiza a los comerciantes y viajeros cuán dócil es este animal sugiriendo la posibilidad de que sería muy fácil dominarlas. Sólo hay que buscar los medios convenientes y por supuesto, alejarlas de las manos de los tucumanes e indígenas quienes únicamente logran acabarlas con el cansancio y el abuso. Es por eso que Concolorcorvo refiriéndose a ellos comenta que "*este grosero, bárbaro e inhumano modo de amansar* no puede ser de la aprovación de hombre racional alguno" (VII 180, cursiva mía). Sin embargo, Concolorcorvo en realidad no siente pena por la mula, meramente lamenta la manera ineficaz con que sus dueños las tratan, no sabiendo tomar ventaja del valor económico que se puede generar de dicho animal. Concolorcorvo les recomienda a los dueños que para aumentar las ganancias ellos deben invertir más dinero en el cuidado de mulas, dedicarle más tiempo a su amansamiento, y más importante aún, seguir los pasos de Europa en su "méthodo de domar [que] es muy conforme a la razón" lo que garantizará un comercio lucrativo, y tan necesitado en las zonas periféricas de la pampa y la sierra (VII 181).

En el contexto de *El lazarillo de ciegos caminantes* la discusión de Concolorcorvo va más allá de un simple intento de describir el atraso reflejado en el comercio de mulas. Karen Stolley ha señalado que el pasaje puede interpretarse "como una variación paródica del intento de crear un mito de orígenes que está implícito en la escritura de la crónica, y de hecho, en mucha de la novelística hispanoamericana" (84). [20] Aunque concuerdo con Stolley, me gustaría añadir que este pasaje también trae a colación otros aspectos que constituyen parte integral de la empresa colonialista que defiende el

---

[20] Stolley añade que la discusión sobre el origen de las mulas subraya "la imposibilidad de asignar un significado neto y unívoco a la realidad americana que constantemente se está replicando en alusiones tramposas" (85).

autor. A mi entender, el pasaje sobre el origen de las mulas y su modo de amansarlas se convierte en parte de un discurso colonial centrado en la economía del género sexual y la raza, destacándose tres razones que apoyan esta postura. Primero, la discusión acerca de la manera en que la mula es engendrada subraya dos aspectos muy importantes que han constituido una preocupación vital en la empresa colonizadora: la importancia de la reproducción numérica de la población y su conexión con la mezcla racial. La raza ocupa una preocupación vital en este pasaje aspecto que se subraya en la edición *princeps* con el uso de la palabra "piel" en letra mayúscula cuando el narrador se refiere a la mula. En segundo lugar, el control de la población nativa con fines de explotación económica ha constituido uno de los objetivos primordiales del colonizador, controlar o domar al "otro" representa un factor crucial para crear un orden en el sistema colonial. Finalmente, el pasaje sobre las mulas concluye con las sugerencias de Concolorcorvo en cuanto a cómo lograr un comercio de mulas provechoso subrayando el hecho de que la economía yace como el centro de la función ideológica de su discurso. A continuación quisiera examinar cómo estos aspectos están intrínsecamente enlazados con la discusión que realizan los narradores acerca de la sexualidad femenina. En sus discusiones, la raza, la reproducción sexual, el control del "otro" y la economía, se convierten en factores esenciales que articulan la identidad de la mujer colonial. En *El lazarillo* se destaca la contradicción inherente de abogar por la reproducción numérica de los habitantes a la vez que se critican los problemas que tal reproducción lleva consigo.

Otro pasaje donde la sexualidad femenina ocupa un rol central se refiere a la población de Montevideo que al igual que las mulas del pasaje anterior están ubicadas en los márgenes del virreinato de Perú. Esto es de suma importancia porque como se ha señalado en el siglo XVIII el interior del virreinato estaba casi prácticamente inexplorado y su sociedad se estaba desarrollando con muy poca supervisión por parte de las autoridades coloniales. Además, las potencias europeas enemigas de España estaban muy conscientes que las autoridades españolas no estaban tomando ventaja del potencial de riqueza que existía en las tierras del interior. La vastedad del territorio y la falta de comunicación entre el centro (Lima) y la periferia, había contribuido a que la población se desarrollara con un modo de vida distinto a las zonas urbanas. La labor asignada a Carrió de la Vandera para inspeccionar el sistema de correos y postas entre Buenos Aires y Lima fue una de las tantas medidas que el gobierno tomó para remediar esta situación. El hecho que Carrió preste más atención a la gente de la periferia subraya la actitud del autor de que es en esas áreas donde se necesita mayor control colonial ya que la periferia representaba un peligro. Como apunta Mary Douglas, los "márgenes son peligrosos" debido a que es allí donde la población es más vulnerable (121), forzando al colonizador elaborar un discurso que intenta controlar esa marginalidad peligrosa apelando a formas discriminatorias de segregación e integración. Es en este contexto que la discusión sobre la sexualidad femenina en *El lazarillo* cobra sentido.

El pasaje sobre la población de Montevideo está a cargo de Concolorcorvo quien centra sus reflexiones en cuatro aspectos específicos: el alto grado de mortalidad en el área, la falta de saneamiento, la falta de fecundidad de sus mujeres y la gran abundancia de recursos naturales. Como se puede observar, la discusión está centrada en la dicotomía de la falta versus la abundancia preocupándole al narrador la escasez de población en un área donde hay tanto que ganar desde un plano económico. Concolorcorvo sugiere que el problema se debe a la falta de fertilidad de las mujeres: "En el año 1770 nacieron en la ciudad y todo su exido 170 y murieron 70, prueba de la sanidad del país y *también de la poca fecundidad de las mugeres*" (I 74, cursiva mía). En aquellas áreas, la mujer como factor fundamental de la reproducción de la población no ha desempeñado su rol a capacidad dejando aquellos territorios con una escasez de población incapaz de tomar ventaja de la riqueza encontrada en Montevideo. [21] La situación se empeora cuando quienes lo habitan son "muchos holgazanes criollos" (I 74). A pesar de culpar indirectamente a la mujer por su incapacidad de aumentar la población, Concolorcorvo no ofrece ninguna explicación acerca de cómo ha llegado a tal conclusión. Él decide insistir cómo Montevideo es "un país tan abundante, en que se da gratuitamente pan, carne y pescado con abundancia" y cómo la abundancia de ganado es tal que "se pierde todos los años la carne [de] 200,000 bueyes y bacas, que sólo sirve para pasto de animales, aves e insectos" (I 74-5). El narrador finaliza estableciendo que esta "abundancia es perjudicia-

---

[21] Nancy Tuana ha discutido cómo desde la cristiandad se ha considerado el rol de la mujer en la sociedad como la responsable de la reproducción, su labor principal era producir niños (Tuana 11).

lísima" debido a la multitud de ratones que habitan allí por la co-
piosidad de carne podrida (I 76).

El pasaje subraya como en el contexto colonial la reproducción
sexual sirve como "paradigma de orden y desorden social" (Mc-
Clintock 42). La mujer es percibida como "portadora" de la norma
por excelencia (la reproducción) y a la vez como "anomalía" (Cixous y Clement 8). En *El lazarillo*, la infertilidad de las mujeres en
Montevideo ha creado un desorden socio-económico (anomalía),
debido a que ha limitado el crecimiento de la población dejando las
vastas riquezas en manos de unos pocos que no saben sacar provecho de ellas. Concolorcorvo insinúa que la falta de fecundidad de la
mujer es directa e indirectamente responsable por la escasez de la
población. Sugiere que un alza en la población podría corregir el
malgasto de recursos y posibilitaría la presencia de una mano de
obra que pudiera sacar provecho de ello. De esta manera, la administración colonial podría beneficiarse económicamente y a la vez
controlar la población de la periferia. En las observaciones de Concolorcorvo la sexualidad de la mujer representa un mecanismo potencial de control social. En el discurso colonial el manejo de la sexualidad de la mujer es percibido como un instrumento para "controlar la salud y el bienestar del cuerpo imperial masculino" (Mc-
Clintock 47). [22] El mecanismo de control se hace más evidente
cuando el tema de la raza pasa a formar parte de la discusión sobre
la sexualidad femenina, ya que anticipa las razones por las cuales es
necesario subrayar la supuesta falta de fecundidad de las indígenas.

Casi al final del viaje el Visitador decide explicar las razones por
las cuales la población indígena ha disminuido entre las áreas de
Jujuy a Lima. Su propósito es demostrar que el sistema de trabajo
impuesto a los indígenas por los españoles (los obrajes, las enco-
miendas) no ha sido responsable de ello ya que según él, la causa
principal ha radicado en la falta de fecundidad de las mujeres indígenas. El Visitador inicia su argumento dudando de la creencia que
cuando los españoles llegaron al Perú encontraron a millones de indígenas en aquellas tierras. Él mantiene que esto no puede ser cier-

---

[22] Felicity A. Nussbaum indica que en el siglo XVIII, emergió en algunos países
europeos una particular preocupación por controlar la sexualidad y la fecundidad
de la mujer debido a las "crecientes exigencias del comercio y colonización" que re-
querían un numeroso y amplio cuerpo de ciudadanos y de la labor reproductiva de
la mujer para cumplir con dichas exigencias (1).

to porque esta región "se compone de punas rígidas, [donde] *eran pocas fecundas las mugeres*" (XX 346, cursiva mía). El narrador no ofrece ninguna explicación que demuestre cómo ha llegado a tal conclusión prosiguiendo con una comparación entre la población española y la peruana. Al Visitador le llama la atención el que en un país como España, que confronta adversidades tales como el que muchos hombres dejen su patria para tomar parte en las guerras, y en donde el número de eclesiásticos y monjas es alto ("que no aumentan al estado") todavía siendo un país menos extenso, la población en España es más alta que en las zonas peruanas (XX 346). Él sugiere que si estos territorios entre Jujuy y Lima no sufren de las mismas limitaciones que España, no debería existir excusa alguna por la cual exista una población tan escasa, por lo que se puede deducir que el problema radica en la naturaleza de la gente que lo habita.

El Visitador ofrece una segunda razón para explicar por qué los "indios netos" han disminuido en aquellas áreas. Según él, se debe al alto grado de mezcla racial que existe entre Jujuy y Lima. Él alega que debido a la escasez de mujeres blancas o españolas, los españoles, mestizos, negros y hombres de otras castas, satisfacen sus necesidades sexuales con las amerindias, produciendo descendientes cuyos rasgos se alejan más de las supuestas características físicas que se esperaban de un indígena. Esto es sumamente problemático porque dificulta la manera de categorizar al "otro" debido a que los descendientes a veces nacen con "un color muy cercano al blanco y las facciones sin deformidad" (XX 347). El estereotipo dominante en la época colonial (el indígena con rasgos físicos deformados) ha perdido su validez empañándose así las distinciones tan claras que el colonizador quería establecer entre españoles, mestizos, negros y otras castas. [23] La separación simbólica y física de las razas se difi-

---

[23] El Visitador en el capítulo XVIII alude a esta supuesta deformidad. A instancias de una pregunta de Concolorcorvo que le pide que compare a los indios con otras naciones del mundo, el Visitador responde: "El que vio a un indio se puede hacer juycio que los vio todos, y sólo reparé en las pinturas de sus antepasados los Incas, y aun en Vm. y otros que dicen descender de casa real, *más deformidad,* y que sus rostros se acercan a los moros en narices y bocas, aunque aquellos tienen el color ceniciento y Vms. de ala de cuervo" (319 cursiva mía). El pasaje alude a cómo el color y la deformidad se convierten en dos características que facilitan la creación del estereotipo del indígena. El estereotipo cumple la función de "normalizar" la multiplicidad que caracteriza al "otro" y da acceso a una identidad basada en el "dominio", y la "ansiedad" (Bhabha 74-5).

culta complicando los deseos de una distancia social y una autoridad sobre los sujetos colonizados. Cuando esta distancia social se acorta y las distinciones jerárquicas basadas en la visibilidad ya no son tan claras, la autoridad colonial se siente completamente amenazada. El peligro obliga al colonizador a buscar otras alternativas para controlar o reformar al "otro" tomando parte en un proceso de manipulación de identidades. El Visitador como representante del poder colonial no es la excepción, su objetivo es crear un espacio en el que la vigilancia sea ejercida.

En *El lazarillo de ciegos caminantes* la vigilancia adquiere la forma de advertencia cuando el Visitador comenta sobre las similitudes que existen entre la mula y la mulata. Él le indica a los viajeros y lectores de cuán peligrosa puede ser la hibridez racial: "*Molatas y molas*, todo es uno, porque se fingen *mansas* por dar una *patada a satisfacción*" (XX 351). De manera peculiar el comentario sigue al de la observación sobre la poca fecundidad de las mujeres reiterando la conexión entre el problema de la hibridez racial y la posición de la mujer. La asociación entre la mulata y la mula subraya la relación entre ambas en cuanto a que son productos de mezclas raciales enfatizando además que esta mezcla no es de mucho fiar. Tanto las mulas como las mulatas aguardan la oportunidad para tomar ventaja o venganza: "se fingen mansas" (XX 351). La venganza puede generar problemas a quienes intentan controlarlas razón por la cual es necesario vigilarlas y controlarlas.

El discurso de la vigilancia se hace más evidente cuando el Visitador discute la manera en que la pureza de razas ha sido afectada por la desobediencia de las leyes maritales y por la continua práctica de mestizaje. El narrador basa su argumento en el rol de la mujer negra estableciendo que a pesar de los esfuerzos de los hacendados en casar a una gran cantidad de "negros puros, de ambos sexos", algunos españoles todavía se mezclan con estas mujeres "de que nacen unos mulatillos que procuran sus padres libertar" (XX 347). En este caso no es la falta de fecundidad lo que afecta la pureza racial, el Visitador insiste en que los hombres y mujeres africanas son muy fértiles, pero no se reproducen "*no obstante de su fecundidad*" (XX 347, cursiva mía). [24] El problema se debe a que las negras co-

---

[24] El Visitador sigue la noción popular de la época que veía a la mujer africana como "excesivamente sexual" debido a que África era asociada con las zonas tórridas (Nussbaum 78). Nussbaum señala que a mediados del siglo XVIII el mundo fue

mienzan a juntarse con otras razas produciendo unos "mulatillos" a quienes procuran liberar del sistema de esclavitud. Por consiguiente, el ser demasiado fértil también representa un problema para el colonizador, especialmente si contribuye al aumento de la hibridez racial dificultando aún más la categorización del "otro". En el pasaje el cuerpo de la mujer negra es usado como un artículo de consumo valioso tanto por los hacendados como por otros españoles reiterando cómo en el discurso colonial, el cuerpo de la mujer negra se convierte en un "terreno discursivo donde el racismo y la sexualidad convergen" (Hooks 57). [25] En *El lazarillo de ciegos caminantes* y también en el sistema colonial, la fertilidad representó un sistema de valor económico, una inversión y en determinadas ocasiones, una amenaza.

El Visitador finaliza su discusión ofreciendo varias sugerencias de cómo resolver el problema de la hibridez racial. Según él, el control de la sexualidad femenina es esencial para realizar tal empresa ofreciendo dos posibilidades. Primero, el mestizaje racial debe ser eliminado: "Yo creo que si se restituyeran todos los vivientes a sus madres, ni el indio padeciera decadencia ni el negro" (XX 347). [26] Dos ideas importantes se infieren de tal aseveración: el hecho que la madre sea la responsable principal por el mestizaje racial y segundo, el que la mezcla afecte la fecundidad de la mujer. [27] La única so-

---

"sexualmente construido" llegando a sugerir que éste representaba la forma del cuerpo humano con sus genitales en los climas sureños y más calientes (95).

[25] Hooks añade que en el proyecto de colonización, la sexualidad ofreció una serie de metáforas basadas en el género ("gendered metaphors") para justificar su autoridad (57). Por ejemplo, la dominación era asociada con la castración, la pérdida de hombría y la violación.

Por otro lado, los hacendados utilizaron el cuerpo de la mujer negra con el simple objetivo de que ellas produjeran más niños para que eventualmente aumentara la mano de obra. Bajo este sistema de trabajo, el control de la propiedad era fundamental (Collins 51). Los dueños de esclavos "controlaron el trabajo de la mujer negra y comodificaron sus cuerpos" como unidades de capital (Collins 51).

[26] Era una creencia de la época que el "linaje racial bárbaro" (el negro o el indio) podía disminuir el grado de civilización de la raza neutral civilizante (i.e. el blanco). Como resultado, la unión entre negros africanos o indígenas y españoles, era vista como peligrosa y muchas veces castigada brutalmente (Kuznesof 164). Inclusive, los niños que eran amamantados por madres negras e indígenas, se les consideraba como menos civilizados.

[27] La asociación entre la sangre como "marcador de la condición social" estaba relacionada con la teoría medieval fisiológica que postulaba que la sangre de la madre alimentaba al niño en el útero (Kuznesof 160). La sangre se convertía en la leche que eventualmente alimentaba al niño fuera de la matriz por lo que la responsabilidad de la pureza de sangre dependía de la madre (Kuznesof 160).

lución posible para disipar dicha problemática radica en que los indígenas se mezclen exclusivamente con los suyos y los negros con los negros. La propuesta del Visitador representa una medida para erradicar el peligro y el miedo que la mezcla de razas estaba causando en las autoridades españolas. El Visitador mantiene la misma posición de algunos científicos de la época y siglos posteriores, que describían lo híbrido como el cruce entre dos especies capaz de producir infertilidad, ejemplo por excelencia: la mula. En *El lazarillo de ciegos caminantes,* la descendencia de dos razas diferentes se convierte en un elemento que causa miedo, una especie de "monstruo infecundo" que empaña las claras divisiones de categorización racial que el colonizador necesita para ejercitar su poder. La multiplicidad frustra toda lógica de reducir el todo a lo mismo y es por ello que para el europeo "la fragmentación y movilidad cultural" son siempre percibidas con miedo (Chambers 27, 71).

La segunda sugerencia que ofrece el Visitador sólo puede ser lograda una vez las razas puras hayan sido desplazadas a territorios específicos. En el caso de los indígenas él propone que para aumentar la población actual a cinco millones, las mujeres deben tener niños cada dos años, para que en un período de cien años la meta de los cinco millones pueda ser alcanzada. De esta manera, quizás se pueda tomar ventaja de las tierras que ahora habitan y no cultivan y que si no fuera por los españoles estarían perdidas: "la mayor parte de este terreno inculto le han hecho fructífero los españoles" (XX 349). No obstante, el Visitador concluye su discusión recalcando cómo sus observaciones han demostrado que *"las indias en esta governación nunca han sido fecundas,* porque no vemos vestigios de poblaciones" (XX 348, cursiva mía). Una vez más, él subraya que la fertilidad es la responsable por la falta de población sugiriendo que su plan sobre el aumento de población podría mejorar la falta de mano de obra y subsanar el exceso de hibridez racial. No obstante un elemento esencial para la realización de su plan radica en que las mujeres fecundas no se mezclen con grupos raciales distintos a ellas. A lo largo de su discusión, el Visitador parece sostener que los problemas de infertilidad son causados por la mezcla de razas diferentes, posición que se hará más popular durante el siglo XIX. La postura del Visitador encarna el paradigma colonizador de que la idea de pureza racial depende del control riguroso de la sexualidad femenina.

En suma, el pasaje sobre el "Origen de las mulas" puede ser considerado como el punto de partida del autor con respecto a su discusión sobre la sexualidad de la mujer en las zonas periféricas del virreinato del Perú. La noción de reproducción sexual, la hibridez (mezcla racial) y la economía del cuerpo colonial, emergen como preocupaciones principales en el proyecto colonialista del autor. Los tres factores constituyen parte de su intento de tomar control de la población a través de su discurso con el fin de lograr un provecho económico. El tratado sobre la sexualidad femenina consecuentemente representa un discurso de poder colonial. La sexualidad históricamente ha constituido un discurso sobre la "organización del poder, del discurso y de los cuerpos" (Butler, *Gender Trouble* 92), en el discurso elaborado en *El lazarillo* el cuerpo femenino es percibido como epítome del cuerpo colonial concibiéndose como un terreno económico que debe ser controlado y explotado. En *El lazarillo de ciegos caminantes*, la "utilidad" y el "manejo económico" del cuerpo colonial femenino se convierten en preocupaciones principales (Foucault, *Power/Knowledge* 171-72).

El tratado sobre el origen de las mulas y la sexualidad femenina constituye un discurso sobre la economía racial. En *El lazarillo de ciegos caminantes* la reproducción femenina está intrínsecamente asociada al problema de la hibridez racial, dicho hibridismo es percibido por los narradores como un elemento que necesita ser controlado. La hibridez ha provocado un desorden en el orden colonial y de acuerdo con los narradores, sólo una reforma del cuerpo femenino será capaz de contener el caos que la mezcla racial ha infligido en el orden colonial. La hibridez racial que se ha desarrollado en los márgenes del sistema colonial se ha hecho peligrosa. En *El lazarillo de ciegos caminantes*, existe un esfuerzo constante por parte del representante de la administración colonial (el Visitador) de organizar y reformar la periferia. De acuerdo con su postura, lo que se necesita es un aumento en la población, pero una población que pueda ser fácilmente categorizada y en donde la pureza racial se mantenga como la norma. El discurso colonialista del autor se convierte en un discurso sobre la vigilancia, una vigilancia sobre la multiplicidad que la hibridez racial trae consigo. [28] El autor intenta imponer y

---

[28] El énfasis en el aumento de la población y la importancia de la pureza racial queda subrayado en el capítulo XX cuando el Visitador comenta como México por estar más poblado de indios "no ha tenido los motivos que éste [Perú] para que se corrompiese. . . con la entrada de europeos, y mucho menos de negros" (346). La figura de la mujer vuelve a utilizarse en su discusión cuando indica que "la abundancia" de mujeres en México "hace varato el género para el abasto común de la

crear una identidad fija en unos territorios donde la multiplicidad racial se ha convertido en la norma. Se puede argüir que *El lazarillo de ciegos caminantes* representa un libro lleno de inestabilidades que fluctúan desde un nivel social (la hibridez racial), hasta un nivel discursivo (un diario de viajes que se convierte en crónica, en relación, en tratado). El tratado sobre la sexualidad femenina pasa a ser finalmente, un tratado sobre la economía del cuerpo colonial incluyendo a sus habitantes y a sus territorios. En la obra se intenta comodificar el cuerpo femenino para obliterar una hibridez racial que facilite la imposición del orden y poder de la autoridad colonial.

LA HIGIENE Y LA ENFERMEDAD: REGULACIÓN Y CONTROL DE LA
MUJER Y EL CUERPO COLONIAL

En las secciones anteriores se ha ilustrado cómo la mujer pasa a formar parte de un discurso cuya agenda colonialista está centrada en la búsqueda de un control del cuerpo colonial. La mujer se convierte en epítome de ese cuerpo que según los narradores, debe ser controlado para así establecer un orden que garantice un dominio económico y político. El discurso sobre los hábitos en el vestir y sobre la fecundidad sirven de excusa a los narradores para advertir a las autoridades coloniales del peligro que aquellos hábitos representan en cuanto a la reducción de las distancias sociales y la movilización fuera de la esfera doméstica. Los narradores, como parte de la preocupación de crear un orden social, incluyen toda una serie de comentarios en torno al impacto que la higiene y la enfermedad tienen sobre la sociedad colonial. La mujer nuevamente ocupa un rol significativo en la discusión. El discurso sobre la higiene y la enfermedad, no sirve únicamente para construir una imagen de la mujer colonial sino que se utiliza para establecer una vinculación entre ella y el resto de la sociedad.

---

sensualidad y proporción de casamientos" (XX 346). Debido a la cercanía entre México y Europa hay tantas españolas que los españoles pueden casarse con las de su propio grupo étnico y los indígenas con sus mujeres. Irónicamente, el comentario deja ver un aspecto peligroso en lo concerniente al gran número de españolas en aquellos territorios. Aunque ellas se unen en matrimonios, institución por excelencia de estabilidad del orden social, otras sirven a su vez, como objetos de satisfacción sexual lo que en los parámetros de la sociedad dominante representa un desorden moral.

A continuación se examina la construcción de la sociedad femenina que llevan a cabo los narradores de *El lazarillo de ciegos caminantes* tomando en cuenta la importancia que cobran en su discurso los tópicos de la higiene y la enfermedad. Se explora cómo en la obra, la higiene y la enfermedad funcionan como tropos para categorizar racial y culturalmente a la mujer. Uno de los objetivos principales es prestar atención a la asociación que se establece entre la sanidad/enfermedad y el deseo de controlar el espacio americano. En *El lazarillo de ciegos caminantes*, la "poética de la limpieza" se convierte en una "poética de disciplina social" (McClintock 226), en la cual la higiene representa un instrumento que intenta controlar el espacio colectivo. Por otro lado, en *El lazarillo* la enfermedad es visualizada como un discurso en donde el cuerpo de la mujer colonial es concebido como un "conjunto de factores relevantes de manejo económico" que ultimadamente se intentan organizar para así "garantizar su subyugación y utilidad" (Foucault, *Power/Knowledge* 171-72).[29] Como resultado, en determinadas instancias el cuerpo de la mujer americana (mestiza, negra, criolla e indígena) se hace sinónimo del espacio americano.

En *El lazarillo* la imagen de la mujer sirve de vehículo para sugerir reformas económicas y legitimar así el proyecto colonial. Los narradores al asociar la higiene y la enfermedad con el desorden, justifican la necesidad de describir y regular a la sociedad femenina por medio del establecimiento del orden. Como apunta Michael Solomon refiriéndose al caso de la España medieval, el discurso de la enfermedad (y yo añadiría también el de la higiene) por su contenido ideológico ha sido utilizado como un medio de "ataque social" contra aquellos que debido a la condición de su estatus social, son percibidos "como una amenaza al orden social y político" (256-7).[30] El orden que buscan los narradores en *El lazarillo* intenta garantizar una ganancia económica y una estabilidad política que fortalezcan la administración de las colonias y el control total de sus territorios.

---

[29] En un libro a publicarse próximamente, Marcia Stephenson discute cómo durante el siglo XX el discurso boliviano de la nacionalidad ha utilizado la higiene como un ideologema para establecer una división entre el cuerpo "normal moderno" y "los cuerpos primitivos desordenados". Véase Marcia Stephenson, *Gender and Modernity in Andean Bolivia* (U of Texas P).

[30] En la España medieval, fuente del estudio de Solomon, estos grupos incluían a los moros, los negros, los judíos, los homosexuales, los gitanos y las mujeres (256-7).

Michel Foucault nos recuerda que en el siglo XVIII las autoridades gubernamentales establecieron en nombre de la higiene y la salud, toda una serie de arreglos espaciales de la población que estaban fuertemente sujetos a todo tipo de control (*Power/Knowledge* 150). La salud, la limpieza y la enfermedad, como características de la población, representaron una gran preocupación para los agentes del poder (el Estado). Como resultado, los habitantes del campo y la ciudad, estuvieron sujetos a varias formas de estructuración y legislación, que intentaban "manejarlos" adecuadamente e integrarlos a un nuevo orden social. En Hispanoamérica, la preocupación por el estado higiénico y salubre de la población ya se hacía evidente desde el siglo XVI.

Una de las primeras leyes establecidas en 1477 por los Reyes Católicos (Real Orden, Ley primera, Título XV), instituía que los protomedicatos y alcaldes examinadores se hicieran cargo de "dirigir la enseñanza de la medicina, fiscalizar y autorizar su ejercicio" examinando a los que se dedicaban a ella (Penna y Madero 344). Además de vigilar la salud pública, aquellos debían velar que boticarios, herbolarios, especieros entre otros, no estuvieran a cargo de la salud pública, la cual debía estar reservada exclusivamente a los médicos. Las primeras leyes destacan el esfuerzo consciente por parte de las autoridades españolas de establecer un control total sobre la población colonial a través de la figura del médico como representante de la autoridad.[31] En 1541, el rey dictaba a virreyes, audiencias y gobernadores que se establecieran hospitales en las colonias para curar a los "enfermos pobres" (Guerra, *Historiografía* 30).[32] Los estatutos estaban guiados por la preocupación de evitar epidemias y una baja en la población que afectara la mano de obra y por ende, la situación económica. En 1570, cuando Felipe II eligió protomédicos generales para las Indias, señalaba que su intención era que sus vasallos "gocen larga vida, y se conserven en perfecta salud" (citado de Guerra, *Historiografía* 23). Al rey le interesaba que los suyos pudieran vivir muchos años para así controlar más fácilmente a los colonos y garantizar la protección de la Corona.

---

[31] Michael Solomon indica que ya a fines del siglo XII en la Península Ibérica se había comenzado a exigir licencias médicas a los que ejercían la profesión de la medicina (151). A principios del siglo XIII, añade Solomon, esta legislación intentaba "limitar la práctica médica basada en la etnicidad y género del individuo" por lo que los judíos, moriscos y las mujeres fueron los grupos más afectados (151).

[32] El primer hospital americano fue fundado en Santo Domingo en 1501.

No obstante, para el Rey no era únicamente importante mantener la salud de los suyos, sino también la de sus colonos. En 1573,
Felipe II volvió a abogar por la creación de hospitales, pero esta vez
aclarando que para los "enfermos contagiosos" se establecieran en
"lugares altos y fuera de la cercanía de poblaciones" (Guerra, *Historiografía* 30). Como se puede observar, la imposición de las leyes
surgía del miedo y la ansiedad que representaba para las autoridades coloniales cualquier posibilidad de contagio debido a que esto
podía acarrear consigo caos y desorden. El hospital representaba un
espacio limitado en donde el desconcierto y la desorganización podían ser contenidos. Las autoridades estaban muy conscientes de
este problema por lo que redactaron una y otra vez (1587, 1596,
1612) leyes que enfatizaban la importancia vital del establecimiento
de estos hospitales. La fundación de hospitales se hizo tan común
que se decía que en ciudades grandes como Lima existían más hospitales que iglesias. La salvación del cuerpo colonial en determinadas instancias llegó a sobrepasar a la del alma.[33]

A finales del siglo XVII y durante el XVIII, el énfasis en las medidas de sanidad se hizo más evidente. La higiene como parte de una
rama de la medicina cuyo objeto era conservar la salud, y cuya regla
principal era la limpieza, comenzó a cobrar más popularidad. Las
medidas establecidas se dirigían cada vez más a la población de
color edificándose hospitales que intentaban categorizar a los habitantes. En 1646, en el Virreinato de Perú, se estableció un hospital
(de San Bartolomé) exclusivamente para negros y mulatos. En
1630, el virrey instauró una medida sanitaria contra la difusión de la
viruela que iba dirigida únicamente a los negros bozales, los cuales
debían ser parados a una legua de la ciudad de Lima para ser exa-
minados por un grupo de tres médicos con el fin de investigar si tenían viruelas o sarampión.[34] Lo mismo sucedía con los inmigrantes
que llegaban en barcos a las costas de Sur América. Durante esta
época la población de color y los pobres comenzaron a ser asocia-

---

[33] Francisco Guerra arguye que en la colonización americana, la "salud espiritual del nuevo continente corría pareja con la salud corporal" lo que se dejaba muy
claro desde el primer folio de las leyes de Indias (*Historiografía* 31). Sin embargo,
hay que aclarar que a medida que la colonización avanzó y más aún en el siglo XVIII,
es la salud corporal la que le preocupaba más al Estado.

[34] Para una discusión sobre los distintos hospitales creados por las autoridades
españolas durante la época colonial véase Francisco Guerra, *Historiografía de la medicina colonial hispanoamericana* (México D.F.: Abastecedora de Impresos, S.A.,
1953).

dos con los agentes que podían traer desorden y contaminación a las ciudades. Dichas asociaciones justificaban la actitud de las autoridades de transformar a la población de color cambiando sus hábitos del cuerpo y eliminando sus supuestos vicios. Había que examinarlos (controlarlos y vigilarlos) para evitar mayores contagios, así se brindaba orden a la sociedad.

En el siglo XVIII el énfasis en la higiene se hacía más evidente. [35] En Chile, por ejemplo, las autoridades "regulaban la limpieza de la calles", destruían las "ropas contaminadas de enfermos" y recogían "los materiales de desecho" para cerciorarse de que las epidemias no se propagaran (Guerra, *Historiografía* 278). En otros lugares, se instituyeron servicios de higiene que consistieron en la fundación de Hermandades que estaban a cargo de enterrar los cadáveres abandonados y víctimas de epidemias para evitar posibles contaminaciones (Penna y Madero 335). El cementerio se convirtió en otro espacio que intentaba controlar el caos y mantener el saneamiento.

Otro aspecto que sobresale en el siglo XVIII hispanoamericano es la cantidad de textos relacionados con la higiene. [36] Los escritos de Santa Cruz y Espejo ("Reflexiones médicas sobre la higiene en Quito" 1785), los periódicos como el *Mercurio peruano*, el *Mercurio volante* (1772), la *Gaceta de México* (1771), y los tratados de Alvarado *Receta contra epidemias* (1694 y el de Venegas, *Tratado de medicina* (1788), constituyeron varias de las fuentes que diseminaron consejos y medidas sobre cómo mejorar la higiene y conservar la salud. En Hispanoamérica, al igual que en otros países de Europa, se comenzaba a concebir la enfermedad como un problema político y económico que necesitaba ser controlado. Este control, como señala Foucault, intentaba imponerse por medio de "regulaciones" y "medidas" que posibilitaran un buen estado físico y de salud, y una gran longevidad (*Power/Knowledge* 170). De esta manera, el Estado podía integrar a los habitantes más fácilmente al "aparato de producción" por medio del "manejo económico" de sus cuerpos garantizando así su "subyugación y utilidad" (Foucault, *Power/Knowledge* 171-72).

---

[35] En España durante esta época también estaba sucediendo lo mismo. María del Carmen Simón Palmer comenta que "los libros sobre las enfermedades femeninas abundaron especialmente a partir del siglo XVIII" siendo traducidos de los franceses e ingleses (71).

[36] En 1768, en Puerto Rico se establece la *Primera Junta Provisional de Sanidad.*

En *El lazarillo de ciegos caminantes,* los discursos sobre la sanidad y la enfermedad están íntimamente ligados relacionándose con aspectos tan variados como la raza, la fecundidad, el aspecto moral, el espacio americano, el aumento y la baja en la población, el atraso, el placer y la apariencia física. Sus observaciones abarcan a los habitantes de la zona andina y a los mexicanos. En la mayoría de los casos, la figura de la mujer aparece como centro de discusión y en otras ocasiones es indirectamente aludida. Las referencias a ella pasan a formar parte de un cuadro más general: el estado de la sociedad colonial. La mujer pasa a formar parte de un discurso en el que el manejo económico del cuerpo colonial es un factor esencial para obtener un control de la sociedad. A través de sus comentarios los narradores intentan brindar un orden al caos que la falta de sanidad y la presencia de la enfermedad pueden traer consigo.

Una de las primeras alusiones que se establece respecto a los problemas de higiene en la obra, se relaciona con la falta de población que existe en algunos territorios del Virreinato de Perú. Concolorcorvo refiriéndose al territorio de Tucumán hace referencia a la falta de población que existe allí. Según él, en el año de 1770 "nacieron en la ciudad y todo su exido 170 y murieron 70, prueba de la sanidad del país y también de la poca fecundidad de las mugeres" (I 74). Concolorcorvo no deja claro si esta falta de sanidad es la que provoca la falta de fecundidad de las mujeres tucumanas, sin embargo, sí subraya cómo la escasez de la población contrasta con la abundancia que guarda el país: "un país tan abundante, en que se da gratuitamente a los ociocos pan, carne y pescado con abundancia" (I 74). Lo que sugiere el narrador es que debido a los problemas de sanidad en ese territorio el grado de mortandad al año es bastante alto lo que se acentúa con el hecho que las mujeres tampoco cooperan con el aumento de la población.

Concolorcorvo también sugiere que la falta de sanidad se debe a la abundancia de los recursos existentes, especialmente el ganado. Él alude a "las grandes matanzas" que se ejecutan, "la multitud que se gasta en el país" y lo peor, la carne de "200,000 bueyes y bacas" que se pierden todos los años y sólo "sirve para pasto de animales, aves e insectos" (I 75). La carne ya que es tanta eventualmente se pudre causando graves problemas de saneamiento mientras que los pocos habitantes que quedan (holgazanes criollos desertores de mar y tierra) no ayudan a aminorar el problema, sino que dejan que otros animales se hagan cargo de los desperdicios. La situación empeora cuando las gaviotas lanzan "en la tierra el pescado y la carne en el agua" lo que crea contaminación en las aguas y mal olor en los territorios (I 76). La pudrición y los malos olores representan un peligro porque pueden provocar muertes, además debido a la existencia de tantos recursos para tan poco número de habitantes éstos no valoran lo que tienen y no hacen uso adecuado de ello. En el Tucumán el mundo anda al revés, la abundancia en vez de traer algo positivo trae consigo lo negativo: el sucio y la pudrición.

El problema de la falta de sanidad, la escasez de población y la falta de fecundidad de las mujeres contribuye al caos existente en aquel territorio. Lo que el narrador quiere subrayar más que todo es cómo el problema de la escasez de población es causado por el grado de sanidad y falta de fecundidad de las mujeres. El hecho de ofrecer datos estadísticos sobre el grado de mortandad y el número de habitantes, recalca la preocupación que atañe al narrador en cuanto a los motivos que motivan dicho problema. Las conjeturas de Concolorcorvo parecen apuntar a que la fecundidad de la mujer es esencial para que la población se siga reproduciendo de manera adecuada y se evite el desperdicio y la falta de sanidad. El pasaje destaca que la preocupación por la sanidad de un país, junto con el mantenimiento de registros estadísticos y el interés de controlar y mejorar la salud, va unido al propósito de aumentar y mantener una población para que se pueda sacar mejor provecho de ella, provecho que está ligado a intereses económicos. Se busca consecuentemente un control de la población por medio de la creación de medidas que aseguren la presencia de la población como una mano de obra saludable y numerable conciliables con la abundancia del territorio que habitan. La relación entre la "riqueza de la tierra" y la "utilidad de la gente" forman parte central del discurso de la sanidad (Vigarello 143).

Se ha señalado que en *El lazarillo de ciegos caminantes* el discurso de la higiene está asociado también con el tema de la moralidad y el estado físico de los habitantes. Luego de pasado Potosí, Concolorcorvo comenta sobre la existencia de una casa que llamaban de los Baños la cual según él, representaba un buen sitio para hacer estadía. Concolorcorvo añade que la gente de aquellos lugares piensa que el agua "es saludable y medicinal para ciertas enfermedades" aunque el Visitador comenta que no está de acuerdo con ello en lo absoluto ya que según él "es muy perjudicial en lo moral, y aún en lo físico" (XI 235). Es pernicioso en lo moral, "por que se bañan hombres y mujeres promiscuamente, sin reparo alguno ni cautela del administrador. . . de que resultan desórdenes extraordinarios" inclusive entre personas que nunca se han conocido (XI 235-6). Los baños son peligrosos también en lo físico porque según el Visitador "se bañan en unas mismas aguas enfermos y sanos, tres y quatro días sin remudarlas ni evaporación, por que la pieza está muy cerrada" (XI 236). Además, por el encerramiento donde se encuentra se crean una "multitud de vapores" que provienen del agua caliente y nitrosa y de los "cuerpos enfermos y sanos" (XI 236). Desde la perspectiva del Visitador, los baños sólo conducen al escándalo, al desorden y al caos. Producen escándalo debido a las relaciones promiscuas que se llevan a cabo donde mujeres y hombres transgreden las reglas de la moralidad al tener encuentros sexuales en público con aquellos que ni siquiera conocen contribuyendo al desorden y el caos. Por otro lado, la falta de higiene en los baños donde las aguas permanecen estancadas, y en donde los vapores expedidos por cuerpos sanos y enfermos pueden ampliar los riesgos de contagio, facilitan el surgimiento de más enfermedades que eventualmente producen más caos. El Visitador percibe los baños con cierto peligro, un peligro que abunda en los márgenes del virreinato peruano donde el control sobre la sociedad se hace más difícil y donde mujeres y hombres actúan más libremente. Es en aquellos lugares donde de acuerdo con los narradores, la presencia de la autoridad colonial se debe hacer más evidente. Karen Stolley apunta que "el descriptivismo" en este pasaje "corresponde al interés dieciochesco por la medicina y refleja la creciente preocupación por la salud pública en los virreinatos" (37). No obstante, las palabras del Visitador también apelan a la noción de la falta de moralidad y de sanidad como una excusa para justificar la presencia de una autoridad colonial que establezca el orden.

La necesidad del orden queda aludida cuando el Visitador incluye dos imágenes que en aquellos lugares parecen ser la excepción: la imagen de la familia y la de las aguas puras. El Visitador comenta que el libertinaje que se presencia en esos baños ("esta bárbara introducción") hace que "multitud de concurrentes" los visiten (XI 236). Sin embargo, "no faltan algunas cortas familias distinguidas que tienen la preocupación de bañarse en aguas puras, con la prevención de labar bien el aposento y abrir puertas y ventanas para que exhalen los vapores; *pero estas familias son raras, y más raros los casos en que van a gozar de un beneficio que sólo tienen por diversión, y no por remedio para sus dolencias*" (XI 236). El Visitador contrapone la imagen de las "familias distinguidas" versus la de los hombres y las mujeres que se entregan a actos "barbáricos". Los primeros guardan cierta noción de sanidad y civilidad; los segundos, pecan por ignorantes y no tienen conocimiento de las desventajas que la falta de higiene acarrea. El Visitador subraya el carácter negativo de los baños al asociarlos con el territorio que los rodea, según él, aquel territorio no es más que un "estéril sitio" (XI 236). La conexión entre lo que no da fruto (esterilidad) y lo que se lleva a cabo en los baños, funciona como una estrategia por parte de la autoridad colonial de recalcar cuán inadecuados y negativos son esos lugares. Nada positivo se puede sacar de allí, excepto hacerles entender el peligro moral y físico en que se encuentran para librarlos de la ignorancia por lo que se requiere una guía, una autoridad que conozca y sepa manejar el problema generado en aquellos territorios. La acusación por parte del Visitador que la población que habita allí es ignorante, le posibilita erigirse como esa autoridad que es capaz de proponer cómo resolver el problema.

En el pasaje el llamado a la limpieza se convierte en parte de un proceso civilizador que persigue gobernar y educar al "otro" para limpiarlo física y moralmente de la barbaridad que lo domina. Los baños provocaban miedo y ansiedad en las autoridades debido al choque de cuerpos que libremente se entregaban al placer causando enfermedades tanto en el plano fisiológico como en lo moral. [37] Georges Vigarello señala que el rol principal de los baños, desde la época medieval hasta el siglo XVII, consistía en la búsqueda de placer y no en la higiene (28). Mujeres y hombres a veces pertenecientes a distintas clases sociales compartían bajo las mismas aguas experiencias concebidas como ilícitas. El contacto entre seres de distintas clases también generaba problemas ya que las autoridades parecían percibir que en los baños la "distancia social" se acortaba al encontrarse todos a un mismo nivel (Vigarello 29). En sociedades donde el interés de categorizar al "otro", constituía parte vital de la tarea de controlarlo, esa transgresión o borradura momentánea de diferencias creaba problemas. [38] El Visitador percibe los baños

---

[37] En Europa se llegó a pensar hasta el siglo XVII que en los baños la existencia de los poros abiertos de las personas junto al vapor propagaban más enfermedades (Vigarello 8).

[38] En Europa este problema se trató de resolver con leyes que imponían la división de sexos en los baños.

como espacios que generan exceso y desorden. Su interés radica en sugerir la necesidad de establecer en aquellos lugares un orden tanto en el plano de lo moral como lo físico, un orden que se centre en la limpieza ya sea en su sentido literal (higiene) o figurado (eliminación de lo inmoral). El sucio, en contraposición a la limpieza es asociado en el pasaje con el desorden social. El interés de eliminar lo sucio equivale a un esfuerzo por organizar el ambiente y expulsar lo que parece inapropiado instituyendo así un orden. La asociación entre lo sucio, el desorden y el poder, representa una gran preocupación para el autor de *El lazarillo de ciegos caminantes*.

El Visitador y Concolorcorvo finalizan la obra con una discusión en donde lo sucio está intrínsecamente conectado con el estatus racial, el desorden y el peligro. En este pasaje la imagen de la sirvienta cumple un rol vital. Al final del viaje, Concolorcorvo le hace una serie de preguntas al Visitador que culminan con el deseo del Inca de saber si en la ciudad de Lima hay alguna "cosa singular" que la distinga del resto de América (XXVI 417). El Visitador responde que hay dos: "La primera es la grandeza de las camas nupciales, y la segunda, de las cunas y ajuares de los recién nacidos en casas opulentas" (XXVI 418). Al narrador le parecen singulares porque están hechas de las mejores telas que vienen de Europa y en el caso de los ajuares de los niños se les incrustan brillantes. Según el Visitador, por medio del lujo en la cuna y la vestimenta, los criollos pueden jactarse de "que se criaron en mejores pañales que todos los píncipes de la Europa, aunque entre el Gran Señor con todo su *serrallo*" (XXVI 419, cursiva mía). Un aspecto que se destaca inmediatamente es la asociación que establece el español entre las singularidades de Lima y la cuestión del desorden. La palabra "serrallo" se refiere a "qualquier sitio, ò lugar, donde se cometen graves desórdenes en materia de deshonestidad" usualmente asociado con la presencia de mujeres y concubinas (*Diccionario de Autoridades* 98). El Visitador sugiere que la grandeza de Lima sufre de cierta relatividad donde lo visible (la apariencia de las telas lujosas) esconde el engaño (la falta de moralidad del serrallo). Las "camas nupciales" como equivalentes al matrimonio, y las "cunas y ajuares" como objetos relacionados con la progiene y la crianza, en vez de establecer el orden que busca la sociedad constituyen elementos que encarnan peligro. La crítica del Visitador se hace más evidente cuando la imagen de la sirvienta negra es introducida en la conversación.

En el pasaje la negra y el negro pasan a ser epítomes de lo sucio. [39] Concolorcorvo después de quedar maravillado con la descripción de las camas y ajuares de los niños, comenta cómo le gustaría "ver" y "palpar" los encajes y puntas de las sábanas y vestimentas. El Visitador en forma burlona le contesta que existe la posibilidad de que lo dejen ver, pero que jamás le "permitirán palpar con esas manos de carbonero" por miedo a que las manche o le deje un olor a chuño (XXVI 419). El Visitador tilda a Concolorcorvo de negro por su color oscuro y prefiere ignorar la ascendencia indígena de éste. Desde su perspectiva, los negros representan una amenaza a la supuesta grandeza/limpieza de las telas de los ricos criollos. Es irónico que tal aseveración sea subrayada con un comentario de Concolorcorvo mismo quien responde que "peor es negra que huele a grajo, y la he visto hacer camas muy ricas" (XXVI 419). Concolorcorvo al igual que su acompañante también asocia a lo negro con lo sucio, según él, las sirvientas negras tienen mal olor (a sobaquina) lo cual sobrepasa la supuesta suciedad que el color de sus manos representa. Concolorcorvo sugiere que el sucio y el olor no han sido impedimentos para que las sirvientas negras se infiltren en los lugares que parecen ser más privilegiados afectando la nítida separación de fronteras sociales. [40] El comentario de Concolorcorvo

---

[39] En *El lazarillo* la asociación entre lo sucio y la naturaleza racial es aplicado también a la persona del mestizo. En el capítulo VIII Concolorcorvo utiliza una metáfora muy particular para referirse a la ciudad de Jujuy. Según él, la ciudad está rodeada por "un caudaloso río que se hace de dos arroyos grandes, el uno de agua muy cristalina y el otro *de agua turbia, de que resulta un mixto, como de español y de india*" (194, cursiva mía). En el pasaje la raza blanca se asocia con lo limpio mientras que la indígena es equiparada con lo sucio, o lo que no se puede confiar (turbio).

[40] En el capítulo XX se intercala otro pasaje en donde la limpieza y la suciedad están estrechamente relacionados con el aspecto racial. El Visitador le advierte a Concolorcorvo que no se equivoque de tildar de vagos a los indígenas que poseen un color más claro ya que esto se debe a "la limpieza y mejor trato, ayudado por la benignidad del clima" (344). Anteriormente señala que los indígenas cuando se lavan bien la cara, se peinan, cortan las uñas y se ponen camisa limpia "pasan por cholos que es lo mismo que tener mezcla de mestizo" (XX 342).
Karen Stolley observa que este pasaje refleja cómo "la sociedad colonial juzga a la persona por su presentación exterior", y, cómo el Visitador "considera que las diferencias raciales son una convención social arbitraria" (112). Habría que añadir que el pasaje también ilustra cómo la higiene se convierte en un instrumento que es capaz de transgredir las líneas raciales divisorias. Hasta cierto punto la limpieza también puede representar un peligro para las autoridades ya que confunde las líneas clasificatorias por medio de lo visible. En este caso, la cara, las manos y la ropa, representan los elementos expuestos a la vista y que pueden convencer. La limpieza

indirectamente sirve de suplemento a la crítica del Visitador cuando subraya que el supuesto prestigio de la clase adinerada criolla es uno relativo ya que está marcado por el desorden: en este caso, lo sucio y lo apestoso encarnado en la sirvienta negra.

El Visitador sugiere en sus comentarios cómo la imagen de la negra y el negro amenazan la limpieza que simboliza la blancura de las telas de las camas y ajuares de la nobleza limeña. En *El lazarillo*, las "amas y criadas" en aquellos lugares sólo son capaces de hacer "invisibles"/robar los brillantes y piedras que adornan los ajuares (XXVI 419). En un sentido figurado, las negras también pueden ser capaces de hacer desaparecer momentáneamente las líneas raciales divisorias que separan a la sociedad blanca de la negra, la rica de la pobre. El poder que emana en el tocar las telas representa un acceso al espacio que debido a su estatus racial y social se le es prohibido. Si la labor doméstica se asocia comúnmente con la noción de crear un "valor social" en el sentido que "segrega lo sucio de lo limpio, el orden del desorden y el significado de la confusión" (McClintock 170), en el caso de *El lazarillo de ciegos caminantes* sucede lo contrario. El trabajo doméstico ejercido por la criada negra genera suciedad, desorden y confusión del espacio social debido a que la criada negra en el contexto colonial encarna lo contaminado. Ella simboliza lo negativo ya que simplemente ha cruzado una línea que no debió haber sido cruzada (robar las joyas o tocar las telas), constituyendo para el narrador un elemento peligroso. Él concibe el estatus en términos de pureza (telas) e impureza (lo sucio y lo apestoso). Los grupos que pertenecen a las estratas más bajas de la sociedad quedan asociados con lo impuro, aunque irónicamente, son éstos los que permiten que los de clase alta permanezcan libres de impurezas a través de la limpieza (Douglas 123). En *El lazarillo de ciegos caminantes*, la dicotomía de la limpieza y la suciedad se convierte en parte de lo que Cixous y Clement denominan como la "dialéctica del amo y del esclavo" en donde el cuerpo del otro (la sirvienta negra) no debe desaparecer pero sí debe ser conquistado o controlado (70). En *El lazarillo de ciegos caminantes*, la oposición entre limpieza y la suciedad (o lo apropiado e inapropiado) sirve

---

de la cara y de las manos es lo que aseguraba, según los tratados médicos medievales, el hecho que se estuviera limpio (Vigarello 45-6). Era la apariencia lo que importaba, ya que la visión representaba el indicador más intuitivo y convincente para formular normas y establecer diferencias.

para articular una diferencia racial y social que funcione dentro del ordenamiento de una jerarquía social.

En *El lazarillo* los elementos de la vestimenta, la sexualidad y la higiene funcionan como instrumentos de ordenación discursiva de la sociedad colonial. Los comentarios de los narradores sobre estos aspectos son parte de un intento por controlar y ordenar una población que cada vez se hacía más heterogénea. El miedo a la multiplicidad racial y cultural obliga a la autoridad colonial a establecer medidas que faciliten la obliteración de ese miedo representando un intento por fortalecer el poder y la presencia colonial. En dichas discusiones la figura de la mujer ocupa un rol central haciéndose epítome de desorden y requiriendo por ende, que su cuerpo sea examinado y vigilado. La mujer representa para las autoridades coloniales un tipo de "ente estabilizador" de la sociedad colonial a través de su rol como procreadora (Johnson, *Women in Colonial Spanish America* 48). Su desenvolvimiento fuera de este marco es visto como peligroso por lo que sus hábitos en el vestir y sus prácticas sexuales e higiénicas son examinadas con detenimiento, especialmente si sus prácticas las alejan de su rol tradicional como entes reproductores del Estado.

El tema de la enfermedad en *El lazarillo de ciegos caminantes* se convierte en otro elemento desestabilizador siendo utilizado por el autor para evaluar el rol de la mujer en la sociedad colonial. La enfermedad funciona como un instrumento para criticarla y eventualmente para tratar de garantizar un control. El autor parece seguir la tradición del pensamiento occidental que visualizaba a la mujer como fuente de enfermedad y desorden físico. [41] Los pasajes sobre la mujer y la enfermedad están relacionados con los temas de las apariencias, la falta de población, el atraso de la sociedad colonial, el placer, la belleza y el conocimiento. La visibilidad que cobra la mujer fuera de la esfera de lo doméstico vuelve a causar ansiedad en el autor quien se vale de las formas de comportamiento como la se-

---

[41] Michael Solomon explica como desde la época medieval el cuerpo "incontrolable e irrefrenable" de la mujer era percibido como un medio que podía destruir el alma y el cuerpo del hombre (69). La mujer se consideraba más vulnerable que el hombre porque las partes bajas ("low doors") de su cuerpo que la comunicaban con el mundo exterior permanecían abiertas (85). Su vagina y su útero eran considerados como esas "puertas" que carecían de cerradura en contraposición al pene del hombre. En el epígrafe al comienzo del capítulo, Pedro Mártir de Anglería alude a esa imagen del útero como ente abierto.

xualidad, la fecundidad, el vestir y la enfermedad para circunscribir a la mujer dentro del espacio colonial. En *El lazarillo de ciegos caminantes* se busca el manejo del cuerpo femenino para que garantice la estabilidad del corpus colonial.

El primer pasaje donde se ofrece una imagen de la mujer con relación a la enfermedad tiene que ver con las habitantes de Salta. La descripción va precedida por un comentario en torno a la naturaleza del territorio donde Concolorcorvo señala que la ciudad está situada al margen de un valle y en un lugar cenagoso. El narrador añade que cuando llueve (debido al foso de agua del cual está rodeada) las calles se llenan de barro impidiendo que se pueda transportar a caballo o caminar en aquellos lugares (VI 145-6). La alusión a lo sucio del lugar ("zenagoso") anuncia el carácter negativo que el narrador va a destacar respecto a sus habitantes. A pesar de este aspecto negativo, Concolorcorvo todavía comenta, que la ciudad también se compone de "pastos útiles" enfatizando que no todo está perdido en aquel lugar (VI 146).

Las observaciones de Concolorcorvo en torno a los habitantes también fluctúan entre lo negativo y lo positivo. Concolorcorvo comienza estableciendo una división marcada entre la gente pobre y la principal, según él, los primeros padecen de un tipo de sarna ("que llaman de San Lázaro") mientras que los segundos son muy robustos y por ende trabajadores ("de infatigable trabajo") (VI 146). Cuando ofrece su observación sobre la mujer él resalta que a pesar que son las más valientes de la provincia del Tucumán y que "exceden en la hermosura de la tez a todas las de la América", y en la "abundancia y hermosura" de sus cabellos, todas padecen de enfermedades, ya sean pobres o ricas (VI 146). Concolorcorvo señala que es muy raro la mujer de 25 años en adelante que no padezca de "intumescencia en la garganta" enfermedad a la que se llama "coto" (VI 146), añadiendo que causa "admiración y risa" ver la "figura extravagante" que adquiere la garganta y que las mujeres tratan de ocultar con pañuelos de gasa fina (VI 147). La enfermedad proviene según él de que toda la ciudad está fundada sobre agua. El narrador pasa a destacar cómo para estas mujeres la apariencia es muy importante subrayando el hecho que ellas tratan de esconder su cuello con "gran honestidad" entre sus pechos para "que no se sepa su figura" (VI 147). Concolorcorvo apunta que según estas mujeres (a quienes se les conoce como "cotunas") la enfermedad no les ha causado ninguna incomodidad o detrimento alguno a pesar que las ataca en plena juventud. Al final del pasaje la figura de la mujer desaparece para dar paso a una serie de observaciones sobre la ciudad donde el narrador enfatiza las inconveniencias de que la ciudad esté fundada en un llano.

La descripción sobre la enfermedad de las mujeres de Salta refleja un interés por parte del narrador de burlarse del aspecto físico de ellas a la vez que intenta establecer una relación entre la falta de sanidad del lugar y la enfermedad de sus habitantes. La causa de la enfermedad del coto (tumor que se desarrollaba en la garganta) se adjudicaba a los problemas que traía el agua contaminada (Carilla 200), razón por la cual Concolorcorvo comienza y finaliza su observación sobre las salteñas con un comentario sobre el agua. Tanto la sarna que sufren los pobres como el bocio que sufren las mujeres, pueden prevenirse si se lleva a cabo un proceso de saneamiento que evite que el agua se contamine con el lodo. El problema se puede resolver más fácilmente si las ciudades se establecen en lugares altos ya que como el Visitador comentará más adelante "los sitios altos son más sanos que los baxos" debido a que no sufren de inundaciones (XVI 284). La relación entre el agua y la enfermedad cobra gran importancia en el siglo XVIII ya que aquélla se comienza a considerar como responsable del fortalecimiento y funcionamiento del cuerpo. Concolorcorvo parece sugerir que la mezcla del agua con el lodo es lo que causa los problemas de salud que sufren las salteñas. [42] En el caso de la mujer pobre la situación es mucho peor debi-

---

[42] Antes de llegar a Salta Concolorcorvo establece otra asociación entre la enfermedad y la naturaleza del agua. El pasaje se refiere a una familia que vivía cerca del fuerte de Cobos, un pueblo que Concolorcorvo comenta estaba constituido por una ladera pedregosa de aguas "casi ensangrentadas" que "causa[ban] pavor a la vista" (VI 144). El narrador indígena nota como todos los que llegaban allí tomaban de las aguas aspecto que le incita a comentar que "eran las mejores de todo el Tucumán, para enfermos y sanos" (VI 144). Según los habitantes, las aguas eran cristalinas, el único problema consistía en que se juntaban con "la tierra colorada por donde pasaban" (VI 144). Concolorcorvo añade que a instancias del dueño del fuerte y de la familia, él y los demás viajeros, bebieron "en abundancia" sin que nadie sintiera ningún malestar. No obstante, la sanidad del agua es puesta en duda cuando Concolorcorvo observa que todos los miembros de la familia que vivían allí estaban enfermos, excepto ella. Sin embargo, inclusive en ella, Concolorcorvo notó que no "manifestaba robustez en su semblante" y lo único bonito era su pelo (VI 145). Él concluye su opinión con un comentario irónico en donde sugiere que la enfermedad de la familia se debía a las aguas que tomaban. Concolorcorvo señala que el marido no podía ni siquiera salir del cuarto "por estar medio baldado, *a pesar de las prodigiosas aguas que bebía*" (VI 145). Obviamente, las aguas no eran tan "prodigiosas" debido a que produjeron una enfermedad en el hombre que le imposibilitaba moverse. Concolorcorvo deja claro que la causa de las enfermedades en las zonas periféricas estaba estrechamente relacionada con la falta de pureza en el agua.

do a que además de sufrir de coto sufre igualmente de sarna. [43] El mantenimiento de la limpieza de la ciudad por medio del agua impoluta se considera vital para conservar el orden en aquellos lugares periféricos.

Otro aspecto importante del pasaje es la asociación que establece Concolorcorvo entre la enfermedad y el aspecto físico de la mujer. A pesar que comienza exaltando la hermosa tez y cabellera de ellas, a lo que le otorga más importancia es a la fealdad de la enfermedad. Esa carnosidad tan horrible, según él, que se desarrolla en sus cuellos pone en duda la supuesta belleza de las salteñas, especialmente cuando Concolorcorvo señala que la inflamación causa "admiración y risa" (VI 147). Si se toma en cuenta la importancia de la tez y el cabello en cuanto a su significado en la sociedad de la época, la imagen de la mujer se complica aun más. Primero, según sugiere el narrador, la piel como el aspecto físico más visible es de poco confiar. Concolorcorvo parece advertir que se tome con cuidado las apariencias externas debido a que como sucede con las salteñas, pueden esconder fealdades. Por otro lado, el cabello largo que tanto alaba Concolorcorvo, se asociaba en la medicina clásica con el "abrigo y reparo a la natural flaqueza", mientras más largo, más hermosa y protegida se consideraba a la mujer (Simón Palmer 76). El hecho que la hermosura de la mujer salteña se ponga en duda por la enfermedad que sufren y que esconden con sus pañuelos, sugiere que esta supuesta protección de las flaquezas también se encuentra en peligro. [44]

Michael Solomon en su estudio sobre la literatura medieval misoginista en España arguye, que la asociación establecida por los escritores entre la enfermedad y el sexo femenino busca objetificar el desorden ejemplificado en el cuerpo de la mujer convirtiéndolas en

---

[43] El comentario sobre la enfermedad de los pobres es sumamente importante debido a que desde el siglo XVI se comenzó a sostener que los pobres podían acarrear consigo enfermedad, desorden e inmoralidad (Perry 157). Juan Luis Vives en su tratado "Del socorro de los pobres" (1525), asociaba a cierto tipo de pobres con la contaminación comentando que los "mendigos vagos" para que fueran ayudados debían declarar en un "local abierto o un espacio libre" el por qué mendigan (1393). Él sostenía que "aquella chusma infecta" de "mendigos enfermos" no debía poner "sus pies en el palacio consistorial" (1393).

[44] Las mujeres fueron asociadas desde la antigüedad con la flaqueza o la debilidad debido a las influencias lunares y a lo inestable de su matriz (Dixon 94). Laurinda S. Dixon observa que aunque al principio estas ideas se limitaban al campo de la medicina, luego del siglo XVII se desplazaron al campo de la filosofía, la literatura emblemática, la cultura y el arte popular (94).

un medio a través del cual "se pueden enmendar las tendencias sociales" que son consideradas como incorrectas (14). *El lazarillo* comparte esa misma tendencia, el reconocimiento del desorden en la mujer le permite a Concolorcorvo establecer el orden por medio de su crítica. Al narrador le preocupan esas tendencias sociales centradas en la habilidad de las mujeres de esconder sus defectos para gozar de placeres. Su éxito (ellas recalcan que la enfermedad no les causa ningún inconveniente) reitera que las salteñas son capaces de manipular hasta las situaciones más difíciles y sobreponerse a las desventajas de su físico. La actitud de las salteñas representa ese momento de hibridez del cual habla Bhabha donde el discurso del poder dominante se escinde por medio de la ambivalencia (113-4). Lo que el colonizador ve con repudio (la enfermedad) la mujer lo convierte en un arma de manipulación para cubrir los supuestos defectos.

La descripción de la enfermedad de las mujeres y los pobres le sirve a Concolorcorvo para subrayar los problemas que según él, existen en lo que considera una ciudad "enfermiza" (VI 148). El número de habitantes no aumenta considerablemente al año apuntando que en el 1771 se bautizaron "278 párvulos" (97 españoles y 181 indios, mulatos y negros) pero murieron 186 personas, por lo que el aumento de la población en ese año fue de 92 habitantes (VI 148). De acuerdo con Concolorcorvo los datos corroboran que "no se puede inferir la sanidad y buen temperamento de la ciudad. *Yo la gradúo por enfermiza*" (VI 148, cursiva mía). Él añade que la falta de sanidad de la ciudad se puede probar también por que no se ven ancianos en correspondencia a la población existente, la longevidad en aquellos lugares está ausente. La ciudad de Salta sufre de grandes problemas: las mujeres padecen de enfermedades, la población apenas aumenta, y los habitantes no llegan a edades avanzadas. En Salta hace falta la presencia de una autoridad poderosa que resuelva el desorden existente, limpiando (ordenando) la ciudad para así lograr un control que facilite grandes beneficios haciendo buen uso de los "pastos útiles" que existen allí. De lo contrario, la ciudad sólo gozará de una feria de mulas que se destaca por el fracaso, debido a que se lleva a cabo en terrenos "húmedos, incómodos y fastidiosos" causando enfermedades, muertes y pérdidas (VI 149). Concolorcorvo finaliza su descripción de Salta comentando que si estas mulas se llevaran a "potreros secos", ellas crecerían más robustas. De igual manera parece sugerir que si las mujeres, y el resto de los habitantes pobres de Salta (al igual que las mulas) fueran curados de las enfermedades, se podría tener una población más fuerte y sana, capaz de multiplicarse conforme a los recursos que posee el territorio que habitan. En *El lazarillo* la alusión a la enfermedad se utiliza para categorizar todo aquello que se percibe como desorden social.

En contraposición a la ciudad de Salta, Concolorcorvo ofrece como modelo de sanidad el pueblo de Combapata ubicado en la zona peruana. Al contrario de Salta, el pueblo está situado en un sitio elevado, lo que corrobora la posición del Visitador que los sitios altos son más sanos que los bajos. Según él, hombres y mujeres asisten allí a "tomar sus ayres" y curar "todo género de enfermedades" (XV 278). Como resultado del grado de sanidad, los habitantes en Combapata (mujeres y hombres) viven una vida más prolongada. Concolorcorvo ofrece el ejemplo de un tal Simón Herrera de 145 años, Thomasa Aballón de 137 años, cuatro indias de la misma edad y un minero de 130 años llamado Luca Luxán, todos ellos eran muy ágiles e inclusive apostaban a quién podía correr más rápidamente.

La correspondencia entre los problemas que causa la falta de sanidad en el agua y el origen de enfermedades, es el centro de la discusión de la comparación que establece el Visitador entre los habitantes de Lima y México. En este pasaje, la enfermedad también es asociada con los factores de la belleza física, el placer, las apariencias, el conocimiento médico, el atraso y la longevidad; factores que se llegan a relacionar indirecta y directamente con el papel que ocupa la mujer en la sociedad colonial. En el capítulo XXVI, el Visitador establece una comparación entre los habitantes de Lima y los de México, conversación que surge como motivo de la protesta del Visitador ante la sugerencia de Concolorcorvo de que los ingenios de los criollos de Lima son superiores a los de los mexicanos. El Visitador denuncia dicha posición reiterando que en los casi cuarenta años que ha estado en ambas Américas no ha notado ninguna diferencia entre el ingenio de uno y del otro. La comparación de ingenios le sirve de excusa al Visitador para ofrecer su posición sobre la relación entre el territorio, el clima, la enfermedad y su impacto en los habitantes. Le ofrece la oportunidad también para brindar un cuadro del comportamiento de la mujer mexicana versus la limeña.

El Visitador comienza su discusión estableciendo una correlación entre el clima del lugar, la constitución del territorio y el estado de salud de los habitantes. El narrador básicamente sigue las categorías de Hipócrates en donde el clima, la naturaleza de los territorios junto con las fluctuaciones de temperatura, la inconstancia de las estaciones del año, las medidas de la humedad y la sequedad de los suelos, jugaban un rol importante en la salud y comportamiento de las personas (Vigarello 143-44).[45] El Visitador apunta que la ciudad de México es la antípoda de la de Lima porque el aire de la primera es seco y el de la segunda es húmedo. Debido a la humedad, Lima sufre graves problemas como el de la dificultad de encontrar agua debido a que hay que excavar más, la comida por otra parte no dura tanto y los metales no son tan lustrosos como los de México. No obstante, la sequedad de los aires de México también acarrea dificultades ya que al estar impregnados de sal "pudre[n] los dientes, cubriéndolos de un sarro negro" por lo que es muy raro el que sus habitantes conserven sus dentaduras blancas (XXVI 404). Tanto las mujeres como los hombres, padecen de este problema desde una edad muy temprana lo que se empeora con "las continuas fluxiones".[46] Algunas de las enfermedades más populares en México, añade el narrador, son la sífilis, el tabardillo o tifus exantemático (especie de fiebre intestinal que causa grandes "destrozos" en los indios), el dolor de costado y la evacuación por boca y nariz. La presencia de tanta enfermedad lo incita a concluir que México es el "lugar más enfermo que acaso habrá en todas las poblaciones del mundo" (XXVI 405). El Visitador sugiere que dichas enfermedades atacan más a los indígenas y castas, mientras que los europeos y criollos que viven allí "no padecen o, por mejor decir, resisten por mucho tiempo las influencias malignas del lugar" (XXVI 405). El español parece coincidir con la noción sostenida por los historiadores del siglo XVIII quienes argüían que las personas de clase alta podían escapar de los efectos debilitadores del clima, aspecto que facilitaba un dominio sobre los pobres debido a su debilidad física. El Visitador reitera su premisa cuando alude al desorden (sífilis) que caracteriza a los que pertenecen a las clases más bajas. Los de

---

[45] Felicity Nussbaum comenta que en las historias naturales del siglo XVIII, ya se comenzaba a distinguir a los habitantes dependiendo de las variaciones climáticas de los territorios que habitaban (7). Por ejemplo, se sostenía que los climas calientes alimentaban el apetito sexual en los habitantes lo que equivalía al aumento de la población.

[46] Con "fluxiones" se refiere al "curso de los humores, que corre a alguna parte del cuerpo dañándola o enfermándola" (*Diccionario de Autoridades* 771).

piel más clara (criollos y europeos) son capaces de cuidarse y sobre-vivir en aquellos territorios mientras que negros, indígenas, mesti-zos y mulatos fracasan. La denuncia de la falta de sanidad ("el vigor y buen estado de las acciones el cuerpo y del ánimo") le sirve al Vi-sitador para enfatizar la urgencia de orden que se requiere en aque-llos territorios americanos (*Diccionario de Autoridades* 40). En *El la-zarillo*, las consideraciones sobre la enfermedad pasan a formar parte de una preocupación política y económica, por lo que la im-portancia radica en cómo controlar ese problema y establecer el orden.

Las observaciones sobre las enfermedades de los mexicanos le brinda la oportunidad al Visitador para concentrarse en la imagen de la mujer mexicana en comparación con la limeña, aclarando que sus observaciones se refieren a la mujer de clase alta y no de las "pobras" (XXVI 406). Las mujeres de las cuales habla el Visitador no están limitadas al espacio de lo doméstico sino que se ubican más en la esfera pública, aspecto importante debido a que para lo-grar un control productivo de la población y garantizar una expan-sión imperial, es preferible que la mujer sea contenida en el espacio doméstico, como ser reproductor y educador de la posible mano de obra. La mujer que cada vez se aleja más de dicho espacio para de-senvolverse en el público, es la que representa más peligro para las autoridades. Las mujeres de clase alta de las cuales habla el Visitador casi siempre poseen cierto tipo de poder (poseer el dinero para in-tentar una movilización); un poder que parece representar una ame-naza para el orden colonial. Hay que tener en cuenta que desde fina-les del siglo XVII, y más persistentemente en el siglo XVIII, surge un interés mayor por parte del gobierno de reiterar que la mujer debía lograr su completo desarrollo en el espacio limitado de la familia y el hogar. La vida "más saludable" según las autoridades, consistía en el alejamiento de los placeres, de la buena comida, las buenas camas, la búsqueda intelectual y los tiempos de ocio (Dixon 133).[47]

El Visitador comienza su comparación entre la mujer limeña y la mexicana comentando los problemas que confrontan las últimas con su dentadura. Él señala que debido al aire y al clima, las muje-res en México, inclusive "las damas más pulidas" tienen que llevar

---

[47] En Europa por ejemplo, se llegó a recomendar que la mujer de clase alta es-tuviera siempre "ocupada" (embarazada) para que así su matriz se mantuviera más sana (Dixon 133).

pañuelos en la boca debido a su melladura y también para protegerse del aire (XXVI 405). En este caso, la falta de limpieza no es responsable por los problemas dentales que sufren las mexicanas enfatizando que aun las más "pulidas" (las que tienen "compostura, aseo y delicadeza") padecen de este mal (*Diccionario de Autoridades* 429). No obstante, el defecto no impide que ellas sean "apetecidas" por nativos y extranjeros que están acostumbrados a verlas así (XXVI 405). La naturaleza del aire y del clima es lo que causa que las limeñas sean superiores a las mexicanas en la tez, y su acento lingüístico, que "procede de mantener hasta la senectud sus dientes y de la benignidad del ayre y temperamento" (XXVI 405). Las mexicanas para aliviar su mal, y no parecer inferiores a las limeñas, se despojan de sus dientes naturales y acuden a la utilización de dentaduras de marfil. También hacen uso del maquillaje y la longitud de sus cabellos para mejorar su acento y su aspecto físico presentándose en "ayrosa marcha y otras gracias [que] pueden lucir en las quatro partes del mundo" (XXVI 406). [48] Al Visitador le llama la atención lo preocupadas que están las mexicanas por su aspecto físico, su principal interés es lucir bien ante la sociedad y exponer sus atributos físicos públicamente.

El segundo comentario sobre las mexicanas y las limeñas también está intrínsecamente relacionado con el poder que las primeras van adquiriendo fuera del terreno de lo doméstico. El Visitador señala el constante interés de ellas por la medicina y todo tipo de curaciones citando el caso de una vieja mexicana que para curar las hemorroides sabía más de nueve remedios. El Visitador destaca como en México al igual que en Lima, "la más limitada muger sabe más remedios que Hipócrates y Galeno juntos, para todo género de enfermedades" (XXVI 406). El narrador añade que la preocupación de dichas mujeres por la medicina se debía a la dificultad de sobrevivir en terrenos desventajosos: *"Esta ciencia la adquieren mexicanas y limeñas por la necesidad que tienen de vivir en sitios enfer-*

---

[48] La utilización de dentaduras postizas había comenzado en el Oriente (Japón) en el siglo XVI y se conoce que en Estados Unidos se comenzaron a utilizar alrededor del 1728. Sus usos estaban relacionados con fines de preocupación física/estética: el lucir mejor. En el Japón, al contrario de otros lugares, el problema consistía en que los dientes lucían demasiado blancos por lo que utilizaban dentaduras negras para distinguirse de los perros quienes poseían una dentadura muy blanca. Sin embargo, en la mayoría de los países se recurría al uso de dentadura debido a la negritud y pérdida de los dientes. (Conversación personal con el Dr. Arden Christen, Indiana University School of Dentistry.)

mizos" (XXVI 406, cursiva mía). El acceso a un campo que cada vez se asociaba más con lo masculino (la ciencia y la medicina), representa una amenaza al rol tradicional que se quiere imponer a la mujer. [49] Su vasto conocimiento le amerita compararlas con Galeno e Hipócrates, hasta el siglo XVIII, las autoridades máximas en el terreno de la medicina.

El problema del poder que iba adquiriendo la mujer colonial se acentúa cuando el Visitador sugiere que en el terreno de la medicina, inclusive, hasta las pobres se desenvolvían. El hecho que muchas de las mujeres que se dedicaban a esta tarea en la época colonial pertenecieran a las clases bajas, ilustraba como dicha profesión podía representar prestigio y un cambio de estatus en la sociedad (Martín 37). El acceso al conocimiento médico es capaz de empañar la división de clases y de género sexual, situación que se torna muy peligrosa. *El lazarillo de ciegos caminantes* ilustra ese miedo que comenzó a surgir desde el siglo XV donde las autoridades gubernamentales y médicas, temían que las clases pobres tuvieran en sus manos el poder de curar (Solomon 161). [50] La habilidad de sanar representaba también un tipo de poder para la mujer que la alejaba de la esfera de lo doméstico para desenvolverse en el espacio público. El Visitador procede a culpar a los mismos médicos por tal situación cuando apunta que ellos en vez de ser "los hombres más contemplativos. . . son señores de horca y cuchillo" (XXVI 410). El narrador alude a que los médicos en las Américas actúan irresponsablemente (no eligen el tratamiento adecuado), y hacen lo que desean por lo que se obliga a los habitantes a recurrir a sus propios remedios. [51] Si los médicos cumplieran su labor, menos habitantes (y

---

[49] Felicity Nussbaum apunta que en el siglo XVIII menos mujeres estaban formando parte en los partos lo que había representado un área donde más se habían destacado (48). Los doctores iban tomando el puesto de las comadronas.

[50] Solomon comenta que en España, el miedo se reflejaba en el hecho que más mujeres, judíos y moros se estaban apropiando de la práctica de la medicina (161). En Hispanoamérica, el virrey Manuel de Amat y Junent (1761-1776) pensaba que la degradación de la medicina se debía a que las universidades no eran consistentes en su requerimiento de certificados de nacimiento. La Universidad de San Marcos en Perú, debido a la falta de dinero para pagar a los profesores, comenzó a vender grados de indulto sin importar el trasfondo racial lo que facilitó que mulatos y zambos pudieran estudiar y eventualmente practicar la carrera de medicina. Muchos de los doctores más populares en el Perú fueron mulatos, aspecto que causó gran ansiedad a las autoridades coloniales (Lanning 48-9).

[51] La crítica a la labor de los médicos en las Américas aparece desde el primer capítulo. Concolorcorvo comenta que "si los médicos fueran como algunos los pin-

mujeres en particular) estuvieran tomando la salud en sus propias manos, los doctores deberían estar al servicio del Estado facilitando el orden en la población por medio del mantenimiento de la salud. Los comentarios del Visitador con respecto a la movilización de la que es testigo la mujer subrayan la preocupación que sentían las autoridades masculinas en que las mujeres se desenvolvieran fuera del espacio doméstico, aspecto que las hacía más difíciles de controlar.

ORDEN Y CONTROL. CONCLUSIONES FINALES

En las secciones anteriores se ha ilustrado cómo los discursos sobre la higiene y la enfermedad están intrínsecamente relacionados con el proyecto colonialista de mantener un orden en la sociedad. Tanto lo sucio como la enfermedad, conducen a la presencia de un caos/desorden que es necesario erradicar para imponer un control. La figura de la mujer les facilita a los narradores elaborar un discurso en donde ella epitomiza la noción de desorden a la vez que un posible elemento estabilizador. Para el autor de *El lazarillo de ciegos caminantes* las mujeres, al igual que otros seres marginados de la sociedad (los gauchos, mestizos, indígenas y negros), representan una amenaza a la integridad y establecimiento del poder colonial. El interés por parte del autor en presentar a las mujeres de clase alta y baja, en el espacio de lo público constituye un modo de reiterar cómo la mujer colonial se aleja cada vez más de lo que según el autor debe ser su rol tradicional: el de ser reproductor y madre, su visibilidad fuera del espacio doméstico causa ansiedad.

La higiene y la enfermedad representan en *El lazarillo de ciegos caminantes* dos instrumentos de arreglo espacial, por el que los pasajes relacionados con ambos temas se refieren siempre a los problemas de la falta de población, la falta de fecundidad, la aridez de los territorios, la enfermedad de los animales, la calidad de los habitantes o su utilidad, la falta de moral radicada en la promiscuidad,

---

tan" (como aquellos responsables de la salud pública y de que ésta se cumpla eficientemente), los habitantes no tendrían que recurrir a boticarios e inclusive, párrocos para aliviar sus males (I 58). Aun los mismos viajeros se sirven de "métodos serranos" para curar sus enfermedades en vez de pagarles a doctores o cirujanos (58). Concolorcorvo parece asociar la medicina oficial (la de los médicos), con un posible establecimiento del orden, si se llevara a cabo eficientemente evitando que la salud de los habitantes estuviera en diferentes manos.

el placer y la importancia de las apariencias físicas. Dichos aspectos remiten a la falta, los márgenes y el desorden social. Para remediar esta situación hay que eliminar lo sucio, la enfermedad y por ende, la anomalía; de esta manera se podrá posibilitar la organización del espacio y el ambiente asegurando la utilidad y control de los habitantes.

En suma, la asociación que establece el autor de *El lazarillo de ciegos caminantes* de lo sucio y la enfermedad con el estatus racial y económico, refleja una de las preocupaciones principales de su proyecto colonialista: la manera en que las líneas raciales divisorias van cediendo frente a la transgresión de las jerarquías basadas en la raza y la clase. El trastoque de jerarquías sociales se ve asociado con el problema del desorden por lo que Alonso Carrió de la Vandera apela a la necesidad de la presencia de una autoridad que sea capaz de remediar y organizar ese caos. Los discursos sobre la higiene y la enfermedad en *El lazarillo*, pasan a ser parte de una preocupación política y económica en donde la mujer sirve como centro y eje productor de la discusión, al igual que un elemento imprescindible para la ordenación del desorden colonial. Se podría argüir que el discurso sobre la enfermedad en *El lazarillo* se convierte en lo que Michael Solomon denomina un "instrumento quirúrgico" que intenta recetar la "medicina apropiada" para contrarrestar las enfermedades (faltas) que caracterizan a la sociedad colonial (9). [52] El Visitador y Concolorcorvo cumplen el rol de dos médicos que a través de sus estrategias discursivas (descripciones, explicaciones, instrucciones y anécdotas) intentan restaurar el orden. En el caso de *El lazarillo de ciegos caminantes*, la paciente (la mujer) debe ser incorporada al orden colonial cumpliendo su supuesto rol como agente estabilizador de los sistemas raciales, sexuales y económicos que garantizan la posibilidad del poder y la presencia colonial.

---

[52] Solomon arguye que los "instrumentos textuales" pueden simbolizar y funcionar como "instrumentos quirúrgicos" en el sentido de recetar y comunicar el discurso apropiado (9).

BIBLIOGRAFÍA

Adán, Martín. "De lo barroco en el Perú: Concolorcorvo, Olavide y Valdés." *Obras en prosa*. Perú: Edubanco, 1982. 402-14.

Adorno, Rolena. "El sujeto colonial y la construcción cultural de la alteridad." *Revista de crítica literaria latinoamericana* XIV 28 (1988): 55-68.

———. "Nuevas perspectivas en los estudios literarios coloniales hispanoamericanos." *Revista de crítica literaria latinoamericana* XV 28 (1988): 11-27.

Aguirre Beltrán, Gonzalo. *La población negra de México. Estudio Etnohistórico*. 1946. México: Fondo de Cultura Económica, 1990.

Ahern, Maureen. "The Cross and the Gourd: The Appropriation of Ritual Signs in the *Relaciones* of Alvar Núñez Cabeza de Vaca and Fray Marcos de Niza." *Early Images of the Americas. Transfer & Invention*. Eds. Jerry M. Williams & Robert Lewis. Tucson & London: The U of Arizona P, 1993. 216-44.

Ahmad, Aijaz. *In Theory. Classes, Nations, Literatures*. 1992. London, New York: Verso, 1994.

Alfonso X El Sabio. *Leyes de Alfonso X*. Vol. III. Ed. Favra M. Rubio Moreno. Ávila: Gráficas C. Martín, 1991.

Álvarez Brun, Félix. "Noticias sobre Carrió de la Vandera, autor del *Lazarillo de ciegos caminantes*." *Caravelle* 7 (1966): 179-88.

Anawalt, Patricia. *Indian Clothing Before Cortés: Mesoamerican Costumes from the Codices*. Norman: U of Oklahoma P, 1981.

Arciniega, Rosa. "Concolorcorvo y el orgullo de ser Inca." *Cultura peruana* 116 (1958): 9-10.

Arguedas, José María. *Yawar Fiesta*. Santiago, Chile: Universitaria, 1968.

Arzáns de Orsúa y Vela, Bartolomé. *Historia de la Villa Imperial del Potosí*. Ed. Lewis Hanke y Guinnar Mendoza. Providence: Brown UP, 1965.

Bakhtin, Mikhail. *Problems of Dostoevsky's Poetics*. Trad. Caryl Emerson. Minneapolis: U of Minnesota P, 1989.

Barnes, Trevor J. & James S. Duncan. "Introduction: Writing Worlds." *Writing Worlds. Discourse, Text & Metaphor in the Representation of Landscape*. Eds. Trevor J. Barnes & James S. Duncan. New York, London: Routledge, 1992. 1-17.

Barnes, Ruth & Joanne B. Eicher. "Introduction." *Dress and Gender. Making and Meaning in Cultural Contexts*. Eds. Ruth Barnes y Joanne B. Eicher. Oxford: Berg, 1991. 1-8.

Barragán, Rossana. "Entre polleras, ñañacas y lliqllas. Los mestizos y cholas en la conformación de la tercera república." *Tradición y modernidad en los Andes*. Ed. Henrique Urbano. Cuzco: Centros Regionales Andinos, 1992. 43-73.

Bastide, Roger. *African Civilizations in the New World.* Trad. Peter Green. London: C. Hurst & Company, 1971.

Bastos, María Luisa. "El viaje atípico y autópico de Alonso Carrió de la Vandera." *Lexis: Revista de Lingüística Literaria* 2 (1981): 51-7.

Bataillon, Marcel. "Introducción a Concolorcorvo y su itinerario de Buenos Aires a Lima." *Cuadernos Americanos* 111 4 (1960): 197-216.

Béhague, Gerard H. "Introduction." *Music and Black Ethnicity. The Caribbean and South America.* Ed. Gerard H. Béhague. New Brunswick: Transaction Publishers, 1994. v-xii.

Behdad, Ali. *Belated Travelers. Orientalism in the Age of Colonial Dissolution.* Durham and London: Duke UP, 1994.

Bhabha, Homi. *The Location of Culture.* London: Routledge, 1994.

Biscay, Acarette du. *An Account of a Voyage up the River de la Plata and thence over Land to Perú, with Observations on the Inhabitants, as well as Indians and Spaniards, the Cities, Commerce, Fertility, and Riches of the Part of America.* Ed. Samuel Buckley. *Voyages and Discoveries in South America.* London, 1698.

Blum, Dilys. *Illusion and Reality. Fashion in France 1700-1900.* Houston: The Museum of Fine Arts, 1986.

Bosco, Eduardo J. *El gaucho a través de los testimonios extranjeros (1773-1870).* Buenos Aires: Emecé, 1947.

Bourdieu, Pierre. *The Field of Cultural Production: Essays on Literature and Art.* Ed. Randall Johnson. Great Britain: Columbia UP, 1993.

Bowser, Frederick. "Africans in Spanish American Colonial Society." *The Cambridge History of Latin America.* Vol. II. Ed. Leslie Bethell. Cambridge, London: Cambridge UP, 1984. 357-79.

———. *The African Slave in Colonial Peru 1524-1650.* Stanford, CA: Stanford UP, 1974.

Bray, Alan. "Homosexuality and the Signs of Male Friendship in Elizabethan England." *Queering the Renaissance.* Ed. Jonathan Goldberg. Durham and London: Duke UP, 1994. 40-61.

Bredbeck, Gregory W. *Sodomy and Interpretation. Marlowe to Milton.* Ithaca, New York: Cornell UP, 1991.

Burke, Timothy. "'Sunghlight Soap has changed my life': Hygiene, Commodification, and the Body in Colonial Zimbabwe." *Clothing and Difference. Embodied Identities in Colonial and Post-Colonial Africa.* Ed. Hildi Hendrickson. London, Durham: Duke UP, 1996.

Burkholder, Mark A. y Lyman L. Johnson. *Colonial Latin America.* 1990. New York: Oxford UP, 1994.

Butler, Judith. *Gender Trouble. Feminism and the Subversion of Identity.* New York, London: Routledge, 1990.

———. "Discussion." *October* 61 (1992): 108-20.

Butler, Judith y Joan W. Scott. "Introduction." *Feminists Theorize the Political.* Eds. Judith Butler y Joan W. Scott. New York, London: Routledge, 1992. xiii-xvii.

Cahill, David. "Popular Religion and Appropriation: The Example of Corpus Christi in Eighteenth-Century Cuzco." *Latin American Research Review* 31 2 (1996): 67-110.

———. "Colour by Numbers: Racial and Ethnic Categories in the Viceroyalty of Peru, 1532-1824." *Journal of Latin American Studies* 26.2 (1994): 325-46.

Campbell, Leon G. "Racism without Race: Ethnic Group Relations in Late Colonial Peru." *Racism in the Eighteenth Century.* Ed. Harold E. Pagliano. Cleveland: P of Case Western Reserve U, 1973. 323-33.

Carilla, Emilio. *El libro de los misterios: 'El lazarillo de ciegos caminantes.'* Madrid: Gredos, 1976.

Carilla, Emilio. "Introducción." *El lazarillo de ciegos caminantes*. Ed. Emilio Carilla. Barcelona: Editorial Labor, 1973. 7-95.

Carrió de la Vandera, Alonso. *El lazarillo de ciegos caminantes*. Ed. Antonio Lorente Medina. Madrid: Editora Nacional, 1980.

———. "Reforma del Perú." Ed. Pablo Macera. Lima: Universidad Mayor de San Marcos, 1966. 7-27.

Certeau, Michel de. "Travel Narratives of the French to Brazil: Sixteenth to Eighteenth Centuries." *Representations* 33 (1991): 221-26.

———. "Montaigne's 'Of Cannibals': The Savage 'I'." Trad. Brian Massumi. *Heterologies: Discourse on the Other*. Minneapolis: U of Minnesota P, 1989. 67-79.

Chambers, Iain. *Migrancy, Culture, Identity*. London, New York: Routledge, 1994.

Cixous, Hélène and Catherine Clement. *The Newly Born Woman*. 1975. Trad. Betsy Wing. Minneapolis, Oxford: U of Minnesota P, 1991.

Cohen, Ed. "Legislating the Norm: From Sodomy to Gross Indecency." *South Atlantic Quarterly* 88 1 (1989): 181-217.

Collins, Patricia Hill. *Black Feminist Thought. Knowledge, Consciousness and the Politics of Empowerment*. New York, London: Routledge, 1990.

Condamine, Marie-Charles de la. *Relación abreviada de un viaje hecho por el interior de la América Meridional*. 1745. Madrid: Espasa Calpe, 1941.

Conley, Tom. "De Bry's Las Casas." *Amerindian Images and the Legacy of Columbus*. Eds. René Jara y Nicholas Spadaccini. Minneapolis: U of Minnesota P, 1992. 103-131.

Cornejo Polar, Antonio. *Escribir en el aire. Ensayo sobre la heterogeneidad socio-cultural en las literaturas andinas*. Perú: Editorial Horizonte, 1994.

Descola, Jean. *Daily Life in Colonial Peru 1710-1820*. Trad. Michel Heron. New York: Macmillan, 1968.

Diccionario de Autoridades. Madrid: Gredos: 1963.

Diccionario de la Real Academia Española. Madrid: Espasa Calpe, 1992.

Díez-Echarki y José María Roca-Figueroa. *Historia de la literatura española e hispanoamericana*. Madrid: Aguilar, 1960.

Dixon, Laurinda S. *Perilous Chastity: Women and Illness in Pre-Enlightenment Art and Medicine*. Ithaca, London: Cornell UP, 1995.

Douglas, Mary. *Purity and Danger. An Analysis of Concepts of Pollution and Taboo*. New York: Frederick A. Praeger, 1966.

Dranssart, Penny. "Pachamama. The Inca Earth Mother of the Long Sweeping Garment." *Dress and Gender. Making and Meaning in Cultural Contexts*. Eds. Ruth Barnes y Joanne B. Eicher. Oxford: Berg, 1991. 145-63.

Duncan, James y David Ley. *Place/Culture/Representation*. London, New York: Routledge, 1993.

Estenssoro Fuchs, Juan Carlos. "Música y comportamiento festivo de la población negra en Lima colonial." *Cuadernos hispanoamericanos* 451.52 (1988): 161-68.

"Éxodo." La Biblia. Ed. Casiodoro de Reyna, 1969.

Fanon, Frantz. *Black Skin. White Masks*. New York: Grove Weidenfeld, 1967.

Flor, Fernando de la. "Arcadia y Edad de Oro en la configuración bucólica dieciochesca." *ALE* 2 (1983): 133-53.

Foucault, Michel. *Power/Knowledge*. Ed. Colin Gordon. New York: Pantheon Books, 1980.

———. *The History of Sexuality. Volume I: An Introduction*. New York: Vintage Books, 1980.

Franco, Jean. "Women, Fashion and the Moralists in Early Nineteenth-Century Mexico." *Homenaje a Ana María Barrenechea*. Eds. Lisa Schwartz e Isaias Lerner. Madrid: Castalia, 1984. 421-30.

García Calderón, Ventura. "La literatura peruana." *Revue Hispanique* XXXI (1914): 305-91.

García López, José. *Historia de la literatura española*. República Dominicana, np., nd.

Gates, Henry Louis Jr. "Writing 'Race' and the Difference it Makes." *Race, Writing, and Difference*. Chicago: The U of Chicago P, 1986. 1-20.

Gisbert, Teresa, "Art and Resistance in the Andean World." *Amerindian Images and the Legacy of Columbus*. Eds. René Jara y Nicholas Spadaccini. Minneapolis: U of Minnesota P, 1992. 629-77.

Goldberg, Jonathan. "Sodomy in the New World: Anthropologies Old and New." *Social Text* 29 (1991): 46-56.

Gómez de la Serna, Gaspar. *Los viajeros de la Ilustración*. Madrid: Alianza Editorial, 1974.

González Posada, Carlos D. *Memorias históricas del Principado de Asturias y Obispado de Oviedo*. Vol. VII. Luarca: Bibliófilos Asturianos, 1972.

Gruzinski, Serge. *La guerra de las imágenes. De Cristóbal Colón a "Blade Runner". 1492-2019*. Trad. Juan José Utrilla. México: Fondo de Cultura Económica, 1994.

———. *La colonización de lo imaginario. Sociedades indígenas y occidentalización en el México español. Siglos XVI-XVIII*. Trad. Jorge Ferreiro. México: Fondo de Cultura Económica, 1991.

Guerra, Francisco. *The Pre-Columbian Mind. A Study into the Aberrant Nature of Sexual Drives, Drugs Affecting Behaviour, and the Attitude Towards Life and Death, with a Survey of Psycotheraphy in Pre-Columbian America*. London, New York: Seminar P, 1971.

———. *Historiografía de la medicina colonial hispanoamericana*. México D.F.: Abastecedora de Impresos, S.A., 1953.

Halperin, David M. *One Hundred Years of Homosexuality and Other Essays on Greek Love*. New York, London: Routledge, 1990.

Hamington, Maurice. *Hail Mary? The Struggle for Ultimate Womanhood in Catholicism*. New York, London: Routledge, 1995.

Harth-Terre, Emilio. *Negros e indios. Un estamento social ignorado del Perú colonial*. Lima, Perú: Juan Mejía Baca, 1973.

Hooks, Bell. *Yearning. Race, Gender, and Cultural Politics*. Boston, MA: South End P, 1990.

Humboldt, Alejandro de. *Viaje a las regiones equinocciales del Nuevo Continente*. Venezuela: Monte Ávila, 1991.

JanMohamed, Abdul R. "The Economy of Manichean Allegory: The Function of Racial Difference in Colonialist Literature." *Race, Writing and Difference*. Ed. Henry Louis Gates, Jr. Chicago: The U of Chicago P, 1986. 78-106.

Jara, René y Nicholas Spadaccini. "The Construction of a Colonial Imaginary: Columbus' Signature." *Amerindian Images and the Legacy of Columbus*. Minneapolis: U of Minnesota P, 1992. 1-95.

Johnson, Julie Greer. *Satire in Colonial Spanish America: Turning the New World Upside Down*. Austin: U of Texas P, 1993.

———. *Women in Colonial Spanish American Literature. Literary Images*. Westport, Connecticut: Greenwood P, 1983.

Juan, Jorge y Antonio de Ulloa. *Relación histórica de un viage a la América meridional*. Ed. Antonio Marín. Madrid, 1748.

———. *Noticias secretas de América* (1743). Argentina: Ediciones Mar Océano, 1953.

Konetzke, Richard. *Colección de documentos para la historia de la formación social de Hispanoamérica 1493-1810 (vol. 3)*. Madrid: Consejo Superior de Investigaciones Científicas, 1962.

Kristeva, Julia. *Powers of Horror. An Essay on Abjection*. Trad. Leon S. Roudiez. New York: Columbia UP, 1982.

Kuznesof, Elizabeth Anne. "Ethnic and Gender Influences on 'Spanish' Creole Society in Spanish America." *Colonial Latin American Review* 4 1 (1995): 153-76.

Lafaye, Jacques. *Quetzacoátl y Guadalupe. La formación de la conciencia nacional en México* [1977]. México: Fondo de Cultura Económica, 1985.

Langner, Lawrence. *The Importance of Wearing Clothes*. New York: Hasting House, 1959.

Lanning, John Tate. "Legitimacy and 'Limpieza de Sangre' in the Practice of Medicine in the Spanish Empire." *Jahrbuch für Geschichte von Staat. Wirtschaft und Gesellschaft Lateinamerikas* 4 (1967): 37-60.

Laqueur, Thomas. *Making Sex. Body and Gender from the Greeks to Freud*. 1990. Cambridge, MA.: Harvard UP, 1994.

Larson, Brooke. "Andean Communities, Political Cultures, and Markets: The Changing Countours of a Field." *Ethnicity, Markets and Migration in the Andes. At the Crossroads of History and Anthropology*. Eds. Brooke Larson, Olivia Harris, Enrique Tandeter. Durham, London: Duke UP, 1995. 5-53.

Latini, Brunetto. *Bestiario*. Ed. Spurgeon Baldwin. Vol. XXXI. Illinois: Exeter U, 1982.

Lauretis, Teresa de. *Technologies of Gender. Essays on Theory, Film and Fiction*. Bloomington and Indianapolis: Indiana UP, 1987.

Lavie, Smadar y Ted Swedenburg. "Introduction: Displacement, Diaspora, and Geographies of Identity." *Displacement, Diaspora, and Geographies of Identity*. Durham, London: Duke UP, 1996. 1-25.

Lavrin, Asunción. "*Lo femenino*: Women in Colonial Historical Sources." *Coded Encounters. Writing, Gender, and Ethnicity in Colonial Latin America*. Eds. Francisco Javier Cevallos-Candau, Jeffrey A. Cole, Nina M. Scott y Nicomedes Suárez-Aráuz. Amherst: U Massachusetts P, 1994. 153-76.

———. "Introduction: The Scenario, the Actors, and the Issues." *Sexuality and Marriage in Colonial Latin America*. Lincoln, London: U of Nebraska P, 1993. 1-43.

———. "Investigación sobre la mujer de la colonia en México: siglos XVII-XVIII." *Las mujeres latinoamericanas. Perspectivas históricas*. Ed. Asunción Lavrin. México: Fondo de Cultura Económica, 1978. 33-73.

Lecercle, Jean-Jacques. *The Violence of Language*. New York: Routledge, 1990.

Levin, Harry. *The Myth of the Golden Age in the Renaissance*. New York: Oxford UP, 1972.

Lienhard, Martin. *La voz y su huella: Escritura y conflicto étnico-cultural en América Latina 1492-1988*. Lima: Editorial Horizonte, 1992.

Lorente Medina, Antonio. "Introducción, cronología y bibliografía." *El lazarillo de ciegos caminantes*. Ed. Antonio Lorente Medina. Venezuela: Biblioteca Ayacucho, 1985. ix-xxxvii.

Ludmer, Josefina. *El género gauchesco. Un tratado sobre la patria*. Buenos Aires: Sudamericana, 1988.

Lynch, John. *Bourbon Spain, 1700-1808*. Oxford: Basil Blackwell, 1989.

Macera, Pablo, ed. "Prólogo." *Reforma del Perú*. Lima: Universidad Mayor de San Marcos, 1966. 7-27.

Mager, Donald N. "John Bale and Early Tudor Sodomy Discourse." *Queering the Renaissance*. Ed. Jonathan Goldberg. Durham and London: Duke UP, 1994. 141-61.

Malamud Rikles, Carlos D. "La economía colonial americana en el siglo XVIII." *Historia de España: la época de la Ilustración, las Indias y la política exterior*. Madrid: Espasa-Calpe, 1988. 117-24.

Martín, Luis. *Daughters of the Conquistadores. Women of the Viceroyalty of Perú.* 1983. Dallas: Southern Methodist UP, 1989.

Massey, Doreen. *Space, Place, and Gender.* Minneapolis: U of Minnesota P, 1994.

McClintock, Anne. *Imperial Leather. Race, Gender and Sexuality in the Colonial Contest.* New York, London: Routledge, 1995.

Meléndez, Mariselle. "La vestimenta como retórica del poder y símbolo de producción cultural en la América colonial: de Colón a *El lazarillo de ciegos caminantes.*" *Revista de Estudios Hispánicos* 29 (1995): 411-39.

———. "The Reevaluation of the Image of the *Mestizo* in *El lazarillo de ciegos caminantes.*" *Indiana Journal of Hispanic Literatures* 2 2 (1994): 171-83.

———. "*El lazarillo de ciegos caminantes* y la metáfora del *viage* como vehículo de transgresión historiográfica, literaria y cultural." Diss. U of Wisconsin, 1993.

Mellafe, Rolando. *Negro Slavery in Latin America.* Trad. J.W.J. Judge. Berkeley: U of California P, 1975.

———. *La introducción de la esclavitud negra en Chile. Tráfico y rutas.* Santiago de Chile: Universidad de Chile, 1959.

Mercurio Peruano. Lima: Biblioteca Nacional del Perú, 1964.

Mignolo, Walter. *The Darker Side of the Renaissance. Literacy, Territoriality, & Colonization.* Ann Arbor: The U of Michigan P, 1995.

Money, Mary. *Los obrajes, el traje y el comercio de ropa en la Audiencia de Charcas.* La Paz, Bolivia: Escuela de Artes Gráficas del Colegio Don Bosco, 1983.

Monjardín, Federico. "*El lazarillo de ciegos caminantes* de Concolorcorvo. ¿Quién fue su autor?" *Boletín del Instituto de Investigaciones Históricas. Facultad de Filosofía y Letras* VII 37 (1928): 30-2.

Montaigne, Michel de. *Œuvres Complètes. Les Essais.* Paris: Louis Conard, 1924.

Montesinos, Fernando de. *Anales del Perú* (1642). Tomo II. Madrid: De Gabriel L. y del Horno, 1906.

Mörner, Magnus. *Race Mixture in the History of Latin America.* Boston: Little, Brown and Company, 1967.

Mouffe, Chantal. "Citizenship and Political Identity." *October* 61 (1992): 28-32.

Muriel, Josefina. *Las mujeres de Hispanoamérica. Época colonial.* Madrid: Mapfre, 1992.

Murra, John. "Cloth, Textile, and the Inca Empire." *The Peru Reader. History, Culture, Politics.* Eds. Orin Starn, Carlos Iván Degregori y Robin Kirk. Durham, London: Duke UP, 1995. 55-69.

Nussbaum, Felicity A. *Torrid Zones. Maternity, Sexuality, and Empire in Eighteenth-Century English Narratives.* Baltimore, London: The Johns Hopkins UP, 1995.

Ocaña, Fray Diego de. *Un viaje fantástico por la América hispana del siglo XVI 1599-1606.* Ed. Fray Arturo Álvarez. Madrid: Ediciones Barlén, 1969.

O'Connor, Patrick J. "Deleitando, dilatando, delatando: una multiplicidad de lectores para *El lazarillo de ciegos caminantes.*" *Revista Iberoamericana* LXII 15 (1996): 333-50.

Pastor, Beatriz. *Discursos narrativos de la conquista: mitificación y emergencia.* Hanover: Ediciones del Norte, 1988.

Penha, Evaristo de Souza. "La función ideológica de la ironía en *El lazarillo de ciegos caminantes.*" Diss. U of Washington, 1978.

Penna, J.M. y Horacio Madero. "Consideraciones sobre la higiene pública en Buenos Aires durante el periodo colonial." *Revista del Círculo Médico Argentino y Centro de Estudiantes de Medicina* VIII-IX (1909): 333-53.

Pequeño Larousse Ilustrado. Buenos Aires, Paris: Larousse, 1964.

Pereda Valdés, Ildefonso. *Negros esclavos y negros libres.* Montevideo: s.e., 1941.

Pérez de Castro, J.L. "El viaje a América de Carrió de la Vandera con otras aportaciones bibliográficas." *Archivum: Revista de la Facultad de Filosofía y Letras* (Oviedo) 15 (1965): 358-79.

Perry, Mary Elizabeth. *Gender and Disorder in Early Modern Seville*. Princeton, New Jersey: Princeton UP, 1990.

Piedra, José. "The Black Stud's Spanish Birth." *Callaloo* 16.4 (1993): 820-46.

———. "Literary Whiteness and the Afro-Hispanic Difference." *The Bounds of Race. Perspectives on Hegemonic Resistance*. Ed. Dominick LaCapra. Ithaca: Cornell UP, 1991. 278-310.

Pratt, Mary Louise. *Imperial Eyes: Travel Writing and Transculturation*. London: Routledge, 1992.

Pupo-Walker, Enrique. *La vocación literaria del pensamiento histórico en América. Desarrollo de la prosa de ficción: Siglos XVI, XVII, XVIII y XIX*. Madrid: Editorial Gredos, 1982.

———. "Notas para una caracterización formal de *El lazarillo de ciegos caminantes*." *Revista Iberoamericana* 48 120.121 (1982): 647-70.

Rama, Ángel. *La ciudad letrada*. Hanover: Ediciones del Norte, 1984.

Rancière, Jacques. "Politics, Identification, and Subjectivization." *October* 61 (1992): 58-64.

Raynal, Guillame Thomas. *Histoire philosophique et politique des établissemens et du commerce des Européens dans les deux Indes*. Geneva, 1780.

Rivera Cusicanqui, Silvia. "La raíz: colonizadores y colonizados." *Violencias encubiertas en Bolivia*. Eds. Xavier Albó y Raúl Barrios. La Paz, Bolivia: Aruwiyiri, 1993. 27-42.

Roche, Daniel. *The Culture of Clothing. Dress and Fashion in the 'Ancien Régime.'* Trad. Jean Birrell. Great Britain: Cambridge UP, 1994.

Rodríguez Solís, Enrique. *Historia de la prostitución en España y América*. Madrid: Biblioteca Nueva, 1921.

Romero, Raúl. "Black Music and Identity in Perú: Reconstruction and Revival of Afro-Peruvian Musical Traditions." *Music and Black Ethnicity. The Caribbean and South America*. Ed. Gerard H. Béhague. New Brunswick: Transaction Publishers, 1994. 307-27.

Rose, Gillian. *Feminism and Geography. The Limits of Geographical Knowledge*. Minneapolis: U of Minnesota P, 1993.

Rowe, William & Vivian Schelling. *Memory and Modernity. Popular Culture in Latin America*. London: Verso, 1991.

Said, Edward. *Orientalism*. New York: Vintage Books, 1994. 328-52.

Saignes, Thierry. "Indian Migration and Social Change in Seventeenth-Century Charcas." *Ethnicity, Markets and Migration in the Andes. At the Crossroads of History and Anthropology*. Eds. Brooke Larson, Olivia Harris & Enrique Tandeter. Durham, London: Duke UP, 1995. 166-95.

Salas, Alberto M. "Relación sumaria de cronistas viajeros e historiadores hasta el siglo XIX." *Historia argentina*. Ed. Roberto Levillier. Buenos Aires: Plaza & Janés, 1968. 1714-19.

Salles-Reese, Verónica. *From Viracocha to the Virgin of Copacabana. Representations of the Sacred at Lake Titicaca*. Austin: U of Texas P, 1997.

Sandoval, Alonso de. *Un tratado sobre la esclavitud*. 1627. Madrid: Alianza Universidad, 1987.

Santa Cruz Gamarra, Nicomedes. "El negro en Iberoamérica." *Cuadernos Hispanoamericanos* 451-52 (1988): 7-46.

Sarmiento, Domingo F. *Facundo*. Buenos Aires: Losada, 1938.

———. *Conflicto y armonía de las razas en América*. Buenos Aires: Imprenta y Litografía Mariano Moreno, 1900.

———. "Montevideo." *Viajes por Europa, Africa y América*. Paris: Belín Hermanos, 1969. 23-63.

Schwartz, Stewart B. "Colonial Identities and the *Sociedad de Castas.*" *Colonial Latin American Review* 4 1 (1995): 185-201.

———. "New World Nobility: Social Aspiration and Mobility in the Conquest and Colonization of Spanish America." *Social Groups and Religious Ideas in the Sixteenth Century.* Eds. Miriam Usher Chrisman y Otto Gründler. Kalamazoo, Michigan: The Medieval Institute Western Michigan U, 1978. 23-37.

Silverblatt, Irene. "Andean Women Under Spanish Rule." *Women and Colonization. Anthropological Perspectives.* Eds. Mona Etienne y Eleanor Leacock. Brooklyn, New York: Praeger, 1980. 149-85.

Simón Palmer, María del Carmen. "La higiene y la medicina de la mujer española a través de los libros. (S. XVI a XIX)." *La mujer en la historia de España. Siglos XVI-XX.* Madrid: Actas de las II Jornadas de Investigación Interdisciplinaria. Universidad Autónoma de Madrid, 1982. 71-84.

Slatta, Richard W. *Gauchos & the Vanishing Frontier.* Lincoln: U of Nebraska P, 1992.

Smith, Jonathan. "The Slightly Different Thing that Is Said: Writing the Aesthetic Experience." *Writing Worlds: Discourse, Text & Metaphor in the Representation of Landscape.* Eds. Trevor J. Barnes & James S. Duncan. New York, London: Routledge, 1992. 73-85.

Snowden, Frank M. *Before Color Prejudice. The Ancient View of Blacks.* Cambridge, MA.: Harvard UP, 1983.

Socolow, Susan. "Acceptable Partners: Marriage Choice in Colonial Argentina, 1778-1810." *Sexuality and Marriage in Colonial Latin America.* Ed. Asunción Lavrin. Lincoln: U of Nebraska P, 1992. 209-251.

Solomon, Michael. *The Literature of Misogyny in Late Medieval Spain: The Arcipreste de Talavera and the Spill.* Cambridge, Massachusetts: Cambridge UP, 1997.

Spivak, Gayatri Chacravorty. "Can the Subaltern Speak?" *Marxism and the Interpretation of Culture.* Eds. Nelson Bary y Lawrence Grossberg. Urbana: U of Illinois P, 1988. 271-313.

Stephenson, Marcia. *Gender and Modernity in Andean Bolivia.* Austin: U of Texas P, (forthcoming).

Stern, Steve. "The Tragedy of Success." *The Peru Reader. History, Culture, Politics.* Eds. Orin Starn, Carlos Iván Degregori y Robin Kirk. Durham, London: Duke UP, 1995. 112-36.

———. *Resistance, Rebellion, and Consciousness in the Andean Peasant World. 18th to 20th Centuries.* Madison: The U of Wisconsin P, 1987.

Stevenson, Robert. "The Music of Colonial Spanish America." *The Cambridge History of Latin America. Colonial Spanish America.* Ed. Leslie Bethell. London, New York: Cambridge UP, 1984. 771-798.

Stolley, Karen. *El lazarillo de ciegos caminantes: un itinerario crítico.* Hanover: Ediciones del Norte, 1992.

———. "*El lazarillo de ciegos caminantes:* un itinerario crítico", Diss. Yale U, 1985.

Tandeter, Enrique et al. "Indians in Late Colonial Markets: Sources and Numbers." *Ethnicity, Markets and Migration in the Andes. At the Crossroads of History and Anthropology.* Eds. Brooke Larson, Olivia Harris & Enrique Tandeter. Durham, London: Duke UP, 1995. 196-223.

Tardieu, Jean Pierre. *Noirs et Indiens au Perou (XVe-XVIIesiècles). Histoire d'une politique segrégationiste.* Paris: L'Harmattan, 1990.

Thomas, Nicholas. *Colonialism's Culture. Anthropology, Travel and Government.* Princeton, New Jersey: Princeton UP, 1994.

Tiscornia, Eleuterio, ed. *Poetas gauchescos.* Buenos Aires: Losada, 1974.

Trexler, Richard C. *Sex and Conquest. Gendered Violence, Political Order, and the European Conquest of the Americas.* Ithaca: Cornell UP, 1995.

Tuana, Nancy. *The Less Noble Sex. Scientific, Religious and Philosophical Conception of Woman's Nature*. Bloomington, Indianapolis: Indiana UP, 1993.

Ulloa, Antonio de. *Noticias americanas*. Madrid, 1772.

Urton Van Oss, Gary. *The History of a Myth. Pacariqtambo and the Origin of the Inkas*. Austin: U of Texas P, 1990.

Van Oss, Adrián C. "La América decimonónica." *Historia de la literatura hispanoamericana: del neoclasicismo al modernismo*. Madrid: Ediciones Cátedra, S. A., 1987. 11-53.

Vargas Ugarte, Rubén. *Historia del culto de María en Iberoamérica y de sus imágenes y santuarios más celebrados*. Madrid: Talleres Gráficos San Lorenzo, 1956. 128-42.

Vázquez Rodríguez, Rosa Elena. *La práctica musical de la población negra en el Perú*. La Habana, Cuba: Casa de las Américas, 1982.

Vega, Inca Garcilaso de la. *La Florida*. Madrid: Alianza, 1988.

Vicente, Rafael L. *Contracting Colonialism. Translation and Christian Conversion in Tagalog Society Under Spanish Rule*. Durham, London: Duke UP, 1993.

Vigarello, Georges. *Concepts of Cleanliness. Changing Attitudes in France since the Middle Ages*. Trad. Jean Birrell. Cambridge, New York: Cambridge UP, 1988.

Vives, Juan Luis. "Del socorro de los pobres." *Obras completas*. Madrid: M. Aguilar, 1947. 1355-1411.

Warner, Michael. "New English Sodom." *Queering the Renaissance*. Ed. Jonathan Goldberg. Durham, London: Duke UP, 1994. 330-58.

Williams, Raymond. *The Country and the City*. New York: Oxford UP, 1973.

Winant, Howard. *Racial Conditions. Politics, Theory, Comparisons*. Minneapolis, London: U of Minnesota P, 1994.

Young, Robert J.C. *Colonial Desire. Hybridity in Theory, Culture and Race*. London, New York: Routledge, 1995.

———. *White Mythologies. Writing History and the West*. New York, London: Routledge, 1990.

Zamora, Margarita. "Historicity and Literariness: Problems in the Literary Criticism of Spanish American Texts." *MLN* 102 2 (1987): 334-46.

Zapata, Roger. "El 'otro' del *Lazarillo*." *Dieciocho* 13 1.2 (1990): 58-70.

NORTH CAROLINA STUDIES IN THE
ROMANCE LANGUAGES AND LITERATURES
I.S.B.N. Prefix 0-8078-

Recent Titles

When ordering please cite the *ISBN Prefix* plus the last four digits for each title.

Send orders to: University of North Carolina Press
                   P.O. Box 2288
                   CB# 6215
                   Chapel Hill, NC 27515-2288
                   U.S.A.

www.ingramcontent.com/pod-product-compliance
Lightning Source LLC
Chambersburg PA
CBHW020654030726
47498CB00002B/507